Die weiße Einsamkeit

검은 고독

흰 고독

Die weiße Einsamkeit

검은 고독 흰 고독

라인홀트 메스너 지음 | 김영도 옮김

P 필로소픽

고독은 너를 죽이는 힘이다
느닷없이 너에게서 터져나오면

고독은 지평선 저 너머로
너를 데려간다
고독을 맞이할 마음이 있을 때

차례

나에게 많은 것을 기대하지 말라.
그대신 산으로 가라고 말할 수 있다.
우리들은 서로에게 너무 많은 답을 기대한다.
산은 모든 사람에 대한 대답을 가지고 있다.
그곳에는 매일 새로운 해답이 있다.

| 라인홀트 메스너 |

낭가

사람들은 낭가파르바트를 '운명의 산' 이라고 부른다. 나는 낭가파르바트를 내 눈으로 직접 보고 그제야 알았다. 낭가파르바트는 내가 오를 최초의 8,000미터 봉이라는 것을. 인간 대 산, 즉 한 인간과 8,000미터 봉이 서로 조우하는 것이다. 성공하느냐 실패하느냐는 문제가 되지 않는다. 나는 나 자신을 증명하고 싶다. 그리고 꿈을 실현하고 싶다. 나의 도전은 아직 끝나지 않았다.

사히브가 자기를 망치는 것은
무엇이든 알려고 하면서
아무것도 보지 않기 때문이다

사히브는 기술만을 믿으며
사히브는 언제나 따지기를 좋아하고
사히브는 고독이 무서워 집단을 이루고도
그 안에서 고립하며
사히브는 굳게 입을 다물지만
언제나 죽음을 생각하고 생각한다

| 팡보체 셰르파 다와 텐징 |

한 인간과 8,000미터 봉

가파른 암벽을 오른다. 숨이 가쁘다. 다시는 돌아갈 수 없을 것 같은 생각이 든다. 온몸이 마비된 듯하다. 싸늘한 텐트 안인데도 몸에서 땀이 난다. 머리 위로 보이는 엷은 텐트 천에 서리가 엉겨 있다. 혼자 소리를 질러 보지만 아무것도 들리지 않는다. 나를 둘러싼 공포가 온몸으로 느껴진다. 무서움에 계속 소리를 지르고 싶다.

졸음이 쏟아지는 가운데 미리 생각해 둔 등반 루트를 머릿속에 떠올려보지만 갑자기 고독이 물밀듯이 밀려든다. 내가 오르고 있는 이 암벽은 너무도 거대하여 어디까지 올라왔는지조차 알 수가 없다. 발아래는 끝이 보이지 않는 나락이다.

잠깐 나를 둘러싼 공포는 내 자신을 두려움에 덜덜 떠는 나약한 인간으로 만들어 버렸다. 아래를 보지 않을 수만 있다면 암벽 속에라도 기어들어가 울고 싶다. 주먹을 쥐려 해도 쥐어지지 않고 무릎에도 힘이 빠진다. 눈을 감으려고 하지만 감기지 않는다. 날이 밝으려면 아직 멀었다. 얼어붙은 텐트 안으로 별이 비쳐 보

낭가파르바트 디아미르 측면 능선

인다. 긴장이 풀리기까지는 시간이 걸릴 것이다. 나는 혼자 텐트 안에서 팔다리를 주물렀다.

내 자신을 되찾으려는 필사적인 몸부림이 온몸을 휘감는다. 무엇 때문에 이러한 공포에 휩싸였는지조차 알지 못한 채 오랜 시간 공포는 사라지지 않는다. 이곳에 있다는 무서움, 앞으로 어떤 행동을 해야만 한다는 두려움, 아니 그보다 내가 인간이라는 사실 그 자체에서 오는 공포가 나를 짓누른다. 내 몸에서 힘을 앗아 간 것은 추락에 대한 공포가 아니다. 그것은 이 고독 속에서 내 자신이 사라져 버리는 것은 아닌가 하는 공포였다.

'다 부질없는 일이야. 이제 그만두자.'

나는 혼자 중얼거리며 눈을 감았다. 잠들기 위해서는 어떻게든 마음을 정리해야만 한다.

새벽 다섯 시, 날이 밝기 시작할 무렵 나는 하산하기로 결심했다. 이제 며칠 후면 집으로 돌아가 침낭 속에 몸을 파묻고 다시 깊은 잠에 빠져들 것이다. 그러나 정리된 줄만 알았던 마음은 그리 오래 가지 않았다. 다시금 눈앞에 낭가파르바트 디아미르 측방 능선이 우뚝 다가섰다. 그래, 어쩌면 오를 수 있을지도 몰라.

"낭가파르바트를 혼자서!"

하지만 그것이 무슨 의미가 있단 말인가. 나는 하산하기로 결심했음에도 한편으로는 계속 오를 생각을, 그것도 더 높이 오를 생각을 하고 있었다. 벌써 날이 밝았는데도 나는 아직 결정을 내리지 못한 채 두 손으로 얼굴을 가리고 깊은 생각에 잠겼다. 어찌되었든 눈사태가 쏟아지기 전에 이곳을 빠져나가야 한다. 일어나지 않으면 안 돼!

결국 단념하기로 마음을 굳히자 몸을 일으킬 힘이 생겼다. 나는 온 힘을 다해 따뜻한 새털 침낭에서 나와 발밑 매트리스 아래 넣어둔 등산화를 꺼냈다. 안에 손을 넣어 보니 아직 꽁꽁 얼어 있었다. 나는 등산화를 침낭 속에 넣고 다시 누웠다. 이런 자질구레한 일을 핑계로 하산을 미뤄 보려는 건가. 움직이기 위해서는 우선 스스로를 납득시켜야만 했다. 한참동안 고도계를 만지작거렸다. 하지만 아무런 도움이 되지 않았다. 날씨는 좋았다. 다만 암벽에 눈이 너무 쌓여 있었다. 아침인데도 식사를 준비할 생각이 전혀 들지 않았다. 무엇 때문에 식사 준비를 한단 말인가. 두 시간 후면 저 밑의 풀밭에 가 있을 텐데. 서두르면 만년설이 녹기 전에 돌아갈 수 있을 것이다.

하산하는 쪽으로 마음이 굳어지면서도 한편으로는 그런 나 자신을 비웃는다. 지금 나는 괴로움에 마음이 갈기갈기 찢긴 한 인간에 지나지 않는다. 내려가고 싶다. 하지만 올라가야만 한다는 생각이 줄곧 머리에서 떠나지 않는다. 불안하다. 이것은 고독을 이기지 못하는 데서 오는 불안과 자신의 일을 해결하지 못하는 데서 오는 불안이다. 나는 불안과 열망 사이에서 갈팡질팡했다.

그때 갑자기 머리 위쪽에서 무언가 깨지는 소리가 났다. 어디선가 바위가 무너져 내린 것 같았다. 곧이어 바위 조각들이 벽 아래로 굴러 떨어지는 소리가 들렸다. 나는 수많은 음향이 뒤섞인 소리에 숨을 죽였다. 그것은 마치 허공에서 들려오는 노랫소리 같기도 하고, 휘파람 소리 같기도 했다. 계속해서 바위 조각들이 암벽이나 빙벽에 부딪히는 소리와 돌이 아래로 떨어지면서 부서지는 소리가 들렸다.

나는 무의식중에 침낭에서 나와 텐트 문을 젖히고 밖을 내다보았다. 밖은 대낮같이 밝았고 돌사태가 지나간 자리에는 먼지가 구름처럼 솟아오르고 있었다. 먼지구름 사이로 검은 바위 덩어리들이 보였다. 그 돌들은 더욱 빠른 속도로 떨어지며 암벽을 때리고 다시 새로운 먼지구름을 여기저기 일으켰다.

머메리 능선과 킨스호퍼 루트 사이, 즉 내가 있는 곳의 왼쪽 편 암벽에서 돌이 우박처럼 떨어졌다. 그것은 마치 살아 있는 짐승 같았다. 다행히 내가 있는 곳까지는 위험이 미치지 않아 안심하며 위를 올려다보았다. 앞으로 올라갈 루트는 경사가 그리 심하지 않았다.

가날로 첨봉 위의 하늘은 아침 햇살로 환하게 빛나고 있었다. 방금 얼어붙은 바다의 파도처럼 보이는 디아마 빙하의 어지러운 빙폭이 발밑 아래로 아득히 펼쳐져 있었다. 파도치는 물결은 푸르스름한 흰색이었고 그 사이사이는 검고 어두웠다. 위에서 보니 어제 저 얼음 통로를 지나오는 길이 왜 그렇게 힘들고 어려웠는지 비로소 알 수 있었다.

나는 앞으로 올라가야 할 루트를 바라보았다. 머메리 · 리페 상단부 밑의 이곳 비부아크 지점에서 정상까지 가려면 앞으로 2~3일은 더 걸릴 것이다.

며칠 전에 겪은 일들이 주마등처럼 눈앞을 스쳐 지나갔다. 황야 같은 인더스 계곡의 트래킹, 디아미르 깊은 골짜기에서 만난 엄청난 눈, 암벽 기슭에서 겪은 견디기 힘든 고소 순응의 나날들. 세 명의 포터는 베이스캠프까지만 나를 따라왔다. 이제 밑에서 나를 기다리는 이는 아무도 없다. 텐트는 아직 그대로 있을까.

엊그제 지난 일기를 읽으며 나는 벽을 오르지 말았어야 했다는 생각이 들었다.

1973년 6월 1일. 벌써 자정이 지난 지 오래다. 잠이 오지 않는다. 저녁에 마지못해 먹은 얼마 안 되는 음식이 내려가질 않는다. 우쉬를 생각했다. 그러자 왈칵 눈물이 쏟아져 흐느끼고 말았다. 이상하게도 가슴이 짓눌린 듯 답답하다……. 배도 고프지 않고 갈증도 느껴지지 않는다. 큰일을 앞두고 있기에 입맛을 잃고 잠을 이루지 못하는 건 아니다. 그녀와 헤어져 있기 때문이다. 이 일을 해내기에 나는 너무나도 마음의 균형을 잃고 있다.

“오늘은 6월 3일이다.”

텐트를 열어 놓고 짐을 꾸리며 나는 혼잣말을 했다. 가끔 텐트 밖으로 머리를 내밀어보았다. 거대한 방벽처럼 수직의 빙탑—세락—이 머리 위쪽 벽을 가로막고 있었다. 벽 위의 하늘은 밤의 온기가 남아 있는 잿빛에서 점점 차가운 아침의 푸른빛으로 바뀌고 있었다. 다시 힘과 용기를 얻기 위해서는 무엇이든 해야만 할 것 같다. 서두르면 네댓 시간 안에 눈사태를 피할 수 있는 높이까지 올라갈 수 있겠지. 머리 위의 하늘은 흐리지도 맑지도 않고 마치 엷은 베일에 싸여 있는 듯했다. 산의 힘 앞에 대항할 길은 없다. 이제 앞쪽에 있는 봉우리들의 가파른 암벽 사이로 깊게 흐르는 빙하도 잿빛으로 변해 양쪽에 있는 모레인 지대와 거의 식별이 안 될 정도였다. 날씨도 공기도 얼음도 모두 밤사이에 달라져 있었다.

무리할 것까지는 없다. 아무도 나를 강요하지 않는다. 내려가고 싶으면 내려가자. 불안이 뱃속까지 느껴진다. 몸 안에서 불안이 오르내리고 있는 것 같다. 머리에서 배까지, 배에서 머리까지.

나는 굳은 빵 한 조각을 입에 넣었다. 잠시 후 등산화를 신고 아노락의 지퍼를 잠그고 있을 때 열망의 물결이 다시금 나를 덮쳤다. 나는 체력 소모를 최대한 덜기 위해 일부러 천천히 조심스럽게 몸을 움직였다. 그런데 무엇을 위해 이러는 걸까.

출발 직전 다시 마음이 가라앉았다. 대립하던 두 마음 사이에 조용한 합의가 이루어진 모양이다. 텐트를 걷은 뒤에 결단을 내려도 늦지 않다. 나를 무기력하게 만든 것은 열망의 상실이 아니다. 그것은 하릴없이 기다리는 데서 오는 고독에 대한 불안 때문이다. 더 높이 올라가서도 이러한 불안이 덮치면 그때는 끝이다.

텐트를 접어 짐이 가득한 배낭에 묶었다. 그리고 잠시 눈 위에 놓아둔 붉은색 짐 꾸러미를 멍하니 바라보았다. 마치 짐이 나를 기다리고 있는 듯했다. 지금 이 자리에서 결정을 강요할 사람은 아무도 없다. 이러쿵저러쿵하며 고개를 끄덕이거나 머리를 가로젓는 사람도 없다. 얼굴도, 어떠한 시선도 없다.

나는 따뜻하게 옷을 입었다. 겉에 입은 두터운 방한복이면 추위는 걱정 없을 것 같다. 그러나 발은 여전히 시렸다. 손에는 우모로 된 벙어리장갑을 꼈다. 손가락 사이에 땀이 났다. 고글은 아직 쓰지 않았다. 챙 없는 모자도 배낭 안에 그대로 있다. 그동안 내 머리는 길고 숱이 많아졌다. 이젠 이처럼 망설이고 있는 것이 약한 탓이라고 생각하지 않는다. 그건 마치 숨을 크게 쉬는 것과 같은 것이다. 20킬로그램 정도의 짐이 든 배낭의 오른쪽 끈을 잡았을 때 그제야 내가 무엇을 하려는지 알 수 있었다.

올라가야 한다. 적어도 6,500미터까지는. 거기에서라면 하루만에도 돌아올 수 있을 것이다. 그곳은 눈사태의 위험도 많지 않다. 두세 번 몸을 움직여 편안하게 배낭을 멘 나는 피켈을 들고 천천히 걷기 시작했다.

그사이 날이 밝았다. 보랏빛과 잿빛의 중간색으로 변한 하늘은 음침했다. 나는 다시 한 번 마음을 가다듬고 오르기 시작했다. 마치 자기가 하는 일이 무엇인지 명확히 알고 있는 자신에 찬 사람처럼. 만년설은 단단해서 빠지지 않았다. 아이젠을 달지 않은 무거운 등산화 끝으로 걷어차며 발을 내딛자 눈에 자리를 낼 수 있었다. 아이젠을 붙였다 뗐다 하면 시간만 낭비할 뿐이다. 머메리 · 리페가 시작되는 바위 지대는 말라 있는 듯했다. 다행히 몸 상태가 좋아져 기분이 한결 나았다.

무슨 일이 일어나기야 할까. 밤새 갖가지 불안이 몸 안에서 요동친 연유는 무엇 때문일까. 그때 갑자기 내 자신이 산을 내려가고 있음을 알아차렸다. 나도 모르는 사이 내 몸은 얼음의 통로를 지나 베이스캠프 쪽으로 가고 있었던 것이다. 나는 올라가고 싶었고 계속 오르려 했는데……. 몸은 자기가 가야 할 곳으로 가고 있었다. 나는 몸이 가는 대로 내버려두기로 했다.

오를 때는 꼬박 하루가 걸렸던 곳이 내려갈 때는 몇 시간 만에 통과했다. 크레바스를 뛰어넘고 달리기도 했다. 경사가 다소 완만해진 얼음 비탈을 지나 나는 줄곧 얼굴을 계곡 쪽으로 돌린 채 내려갔다. 루트를 찾기도 수월했다. 아침 햇볕이 퍼지기 전에 나는 베이스캠프에 도착했다.

아침에 보니 오목한 벽은 작은 느낌이 들었다. 그러나 이 벽은 영원히 아무것도 지날 수 없게 계곡의 한쪽을 가로막은 거대한 장벽처럼 보였다. 주봉의 양쪽 어깨를 이루는 바위 지대가 얇은 곡선을 그리고 있었다. 바위 지대는 검푸른 하늘을 배경으로 날카롭게 솟아 있었고 시시각각으로 빛이 변했다. 그때 한 조각의 구름이 태양을 가리자 순식간에 모든 것이 얼어붙었다. 그러자 나도 모르게 몸이 떨렸다.

디아미르 측면. 빙하 지대 오른쪽에서 귄터가 실종됐다

문득 1970년의 기억이 떠올랐다. 당시 동생 귄터와 나는 루팔 벽을 넘어 정상에 오른 뒤 이쪽 루트로 내려올 수밖에 없었다. 귄터는 조금씩 처지기 시작했다. 그래서 내가 다른 루트를 찾아 나섰다. 나는 벽을 지나 내려오면서 수없이 단념하고 싶은 생각이 들었다. 쓰러진 채 더 이상 갈 수 없을 것만 같았다. 우린 사흘 동안 악전고투했다. 정상에서 4,000미터까지 내려온 곳에서는 빠져나갈 수 없는 궁지에 놓였다. 그러나 우리는 그것을 뚫고 나갔다. 그리고 그 직후 사고가 일어났다. 디아미르 빙하 위쪽 벽 기슭에서 눈사태가 일어나 귄터를 덮친 것이다.

그동안 나는 1970년의 기억과 끝없이 싸워왔다. 나는 그 기억을 마음속에서 지울 수가 없었다. 다행히 시간이 지나자 괴로움

사람들은 낭가파르바트를 '운명의 산'이라고 부른다

은 극복할 수 있었다. 그러나 그 기억은 내 것이고 내 인생의 일부였다. 1971년, 수색 원정에 나서 당시의 일들을 되돌아본 나는 그때의 사고는 사람의 힘으로는 막을 수 없는 일이었음을 깨달았다. 설사 동생을 찾아낼 수 없다 하더라도…….

그 무렵 나는 트래킹 중에 또는 베이스캠프에서 밤마다 악몽에 시달렸다. 빙하 위를 기어 귄터가 나에게 다가오는 꿈이었다. 그때마다 나는 동생을 찾은 놀라움과 기쁨으로 갑자기 잠에서 깨어나곤 했다.

사람들은 낭가파르바트를 '운명의 산'이라고 부른다.

1895년, 앨버트 프레드릭 머메리는 처음으로 이 운명의 산을 오르려고 했다. 그것은 8,000미터 봉을 향한 최초의 도전이었다.

처음에 머메리는 루팔 계곡에서부터 낭가파르바트 산군의 남쪽을 살폈다. 그곳은 높이가 4,500미터나 되는 거대한 절벽이었다. 이어서 머메리는 베이스캠프를 디아미르 계곡으로 옮기고 처음에는 두 명, 다음에는 한 명의 구르카 병사를 포터로 데리고 등반을 시작했다. 그것도 바로 주봉을 향해 올라갔다. 그들은 하나의 가파른 늑골 암릉을 따라 상당히 높은 곳까지 올라갔다. 그러나 같이 갔던 라고비르가 고산병에 걸려 포기할 수밖에 없었다. 그러고 나서 얼마 후 머메리는 구르카 병사 둘을 데리고 낭가파르바트 북쪽 산능에 있는 디아마 샤르테를 횡단하려다가 실종됐다. 그 뒤 그를 찾기 위해 노력했지만 실패하고 말았다.

머메리가 실종된 후 낭가파르바트에는 조용한 시간이 흘렀다. 예나 지금이나 변함없이 거대한 경사면에서 눈사태가 폭음을 냈으며 쓸쓸한 산봉우리에는 거센 바람이 휘몰아쳤다. 미신을 믿는 그곳 사람들은 이해할 수 없는 이 엄청난 자연 광경에 갖가지 전설을 만들어냈다. 그 후 한동안 정상까지 가는 루트를 찾아내려고 한 사람은 없었다. 1913년, 영국인 여행가 챈들러가 낭가파르바트 주변을 돌아보았으나 산군 자체에는 가까이 가지 않았다. 1년 후 히말라야를 꾸준히 연구해온 켈라스 박사가 낭가파르바트를 찾았다. 그러나 그는 등반을 시도하지 않고 그대로 되돌아갔다.

1930년 초겨울, 독일의 뛰어난 등반가 빌로 벨첸바흐가 낭가파르바트 등반 계획을 세웠다. 8,000미터 봉 중에서 낭가파르바트가 가장 오르기 쉬울 것이란 생각에서였다. 그는 머메리처럼 디아미르 쪽으로 오르려고 했으나 실패했다. 1932년, 빌리 메르클

왼쪽 : 빌리 메르클
아래: 빌로 벨첸바흐와 알프레드 드렉셀

은 빌로 벨첸바흐를 대신해서 새로운 낭가파르바트 원정대의 지휘를 맡게 되었다. 벨첸바흐가 다른 일로 원정에 나설 수 없었기 때문이다. 메르클은 북쪽에 등반 루트를 잡았다. 그러나 그의 시도는 신설이 깊어서 좌절되고 말았다. 실패에도 불구하고 메르클은 이상적인 루트를 찾아낸 것으로 굳게 믿고 있었다. 그래서 2년 후 다시 대규모 원정대를 조직했다. 원정대는 9명의 등반가, 1명

의 베이스캠프 관리인, 3명의 과학자와 2명의 수송지휘관, 이 밖에 35명의 유능한 셰르파와 500명이나 되는 포터들로 구성되었다. 이후 빠른 속도로 캠프 네 개가 세워졌다. 알프레드 드렉셀이 급성폐렴으로 죽는 불상사가 일어났지만 원정은 강행되었다. 그러나 정상 바로 밑 실버플라토에서 최후 등반에 나서려던 원정대를 눈보라가 덮쳤다. 그리고 눈보라를 피해 하산하던 비일란트, 벨첸바흐, 메르클 세 명의 대원과 6명의 셰르파가 사망하였다.

1937년에는 눈사태가 라키오트 피크 밑의 캠프를 덮쳐 16명의 생명을 앗아갔다. 파울 바우어가 이끄는 소규모 수색 원정대가 그곳을 찾았지만 그들은 파괴된 캠프의 일부만을 발굴하고 일기장을 찾아내는 데 그쳤다. 1938년에는 스리나가르에 주둔하고 있는 융커 3발기가 짐 수송을 위해 제공됐다. 모렌코프 부근에서 바우어와 대원들은 메르클과 그의 포터 가이라이의 시신을 찾아냈다. 이후 낭가파르바트 계획은 중단되었다. 하켄크로이츠의 깃발을 낭가파르바트 정상에 꽂으려던 목표와 그를 위해 투입된 엄청난 비용에 비하면 그 성과는 너무나도 보잘것없었다.

이처럼 낭비가 많은 등반 방법에 대해 일찍부터 논란이 있었다.

등반가는 근본적으로 피켈과 자일을 믿는다. 등반에서 허용되는 한계, 즉 스포츠로서 용납될 수 있는 한계를 엄격하게 규정지을 수는 없다. 그러나 참다운 등반가들 사이에서는 그 한계를 명확히 구분 지어야 한다는 생각이 대두되기 시작했다. 영국 등반계에는 지나치게 규모가 크고 엄청난 돈이 드는 에베레스트 원정에

> 반대하는 움직임이 벌써부터 일고 있다. 그런데 독일의 히말라야 원정사는 이와 정반대의 발전 양상을 보여주고 있다. 독일의 등반사는 바로 그 단출한 조직으로 해서 세상 사람들의 관심을 모은 1929년의 등반, 일명 칸츄라고도 하는 칸첸중가 원정에서 시작해 마침내는 막대한 비용을 투입한 1938년의 낭가파르바트 원정으로 그 막을 내린다. 어쩌면 이것은 순수한 등반의 발전이 아니었을지 모른다. 이미 오래전부터 낭가파르바트를 향한 도전은 용기 있는 산 사나이들의 자유를 향한 모험이라고 볼 수 없게 되었다. 막대하게 투입된 비용만으로도 그것이 당시 독일의 국가적 사업이었음을 말해주고 있다.
>
> —루돌프 스쿠라, 《신들의 옥좌를 향한 공격》

1939년, 옛 머메리의 직등 루트와 북봉을 거쳐 가는 디아미르 측방 루트가 탐사됐다. 페터 아우프슈나이더와 하인리히 하러의 소규모 원정대는 눈사태와 낙석의 위험 때문에 등반을 포기했다. 기술적인 어려움뿐만 아니라 이 벽이 가지고 있는 위험도 문제가 되었기 때문이다.

1953년, 빌리 메르클 추모 원정대가 두 세대에 걸친 독일 등반가들의 꿈을 실현시켰다. 드디어 낭가파르바트가 정복된 것이다. 티롤의 사나이 헤르만 불이 불가능한 일을 해냈다. 헤를리히코퍼 박사는 대단한 집념으로 온갖 난관을 물리치고 자금을 모아 원정대를 조직했다. 원정 대원들은 6,900미터까지 루트 공작을 하여 헤르만 불의 정상 공격을 도왔다. 헤르만 불은 산소 기구를 휴대하지 않은 채 새벽 두 시에서 저녁 일곱 시까지 암벽 등반을 하면서 표고차가 1,400미터나 되는 산을 올랐다. 죽음의 지대에서 40여 시간의 사투 끝에 이뤄낸 이 업적은 다른 등반과는 비교도 안 되는 힘든 일이었다.

1895년부터 1953년에 이르기까지 200명이 넘는 원정대가 히말라야와 카라코룸에 갔으나 8,000미터 급 세 개의 봉우리만 정복됐을 뿐이다. 당시의 등반가들은 놀라운 끈기와 인내, 용기를 지니고 있었다. 그러나 장비가 무겁고 경험마저 적었다. 제2차 세계대전 후에야 비로소 합성섬유로 된 자일과 등산복, 침낭과 텐트 등이 등장했고 이 밖에 경금속의 하켄, 카라비너, 산소 기구, 아이젠도 나왔다. 그로부터 불과 15년 사이에 8,000미터 급 14개 봉우리가 모두 등정됐다.

등반 기술의 진보와 교통수단의 발전을 별문제로 친다면 히말라야 원정대는 모두 1787년 몽블랑 등정 때 소슈르가 사용한 전술을 그대로 따랐다. 체력과 시간을 절약하기 위해서 등반가들은 발티, 구르카, 훈자, 셰르파 등 그 지역 부족 출신의 유능한 고소 인부를 고용했다.

히말라야를 오를 때 생기는 여러 문제를 해결하는 데는 유럽 동부와 서부 알프스를 오를 때와는 다른 전제 조건이 필요하다. 히말라야에서는 며칠 혹은 몇 달이라는 긴 시간 동안 정신적 · 육체적인 모든 힘을 모아 그 집중력을 잃지 말아야 한다. 히말라야에서는 순발력이 문제가 되지 않는다. 그러한 힘은 유럽 알프스의 험난한 벽을 오를 때는 결정적으로 중요하지만 히말라야에서는 그와 달리 끊임없는 싸움을 인내할 수 있는 마음가짐이 중요하다. 그리고 무엇보다도 히말라야에서 가장 중요한 것은 함께하는 이들의 협력이며 개인적 명예가 아닌 커다란 하나의 목표에 개개인의 힘을 보태는 협동 정신이다.

—빌리 메르클, 《낭가파르바트로 가는 길》

나는 이런 이야기를 책에서 수없이 읽었다. 그러나 내 마음에는 들지 않았다. 나는 본래 아주 개인주의적인 사람이기에 이러한 생각에 공감할 수 없었다. 게다가 당시 나는 8,000미터 봉에 사람들이 열중하는 것을 이해할 수 없었다. 그러나 낭가파르바트를 내 눈으로 직접 보고 그제야 알았다. 낭가파르바트는 내가 오를 최초의 8,000미터 봉이라는 것을.

후일 나는 안나푸르나와 다울라기리를 보았고 마나슬루에 오르고 K2와 브로드 피크 그리고 다시 낭가파르바트를 찾았다. 다시 찾은 낭가파르바트는 신비로움 그 자체였다. 가까운 장래에 8,000미터 봉을 등정하기 위해 조를 짜거나 단독으로 오를 수 있는 날이 반드시 올 것이다. 그것도 고소 인부를 고용하거나 캠프를 치지 않고 늘 사용해왔던 자일, 피켈, 텐트와 같은 장비만 가지고 말이다. 그렇게 되면 원정대의 물량 작전은 사라지고 신비로움만이 남게 되리라. 수많은 등반가들은 대체로 모험의 규모와 이런 모험에 따르기 마련인 엄청나고 새로운 위험만을 생각한다. 그 가능성에 도취되는 기분은 전혀 모른 채 말이다.

서북쪽에서 본 낭가파르바트

히말라야의 거대한 스케일은 샤모니에서 몽블랑을 오르는 것처럼 인근 마을에서 단숨에 정상을 공격하는 방식을 허용하지 않았다. 히말라야 등반의 개척자들에게는 포터나 고소 인부가 절대적으로 필요했다. 그들 없이는 불가능한 것이나 다름없었다. 그렇지만 원정 대원이나 고소 인부 그리고 트래킹 인부의 수가 많아질수록 최종 공격을 준비하는 데 많은 시간이 걸리고 원정대의 비용도 늘어나 모든 것이 번거로워졌다. 극히 당연한 일이지만 이러한 과거의 방식에서 벗어나려는 노력이 조금씩 일어났다. 1954년, 오스트리아 원정대의 허버트 티히와 제프 요힐러 그리고 헬무트 호이버거는 네 군데의 중간 캠프와 11명의 고소 인부만을 고용하여 8,189미터의 초오유에 올랐다. 또 오스트리아 원정대의 마르크스 슈묵, 프리츠 빈터슈텔러, 쿠르트 딤버거 그리

히말라야 안나푸르나 산군의 틸리초 피크

고 헤르만 불은 세 군데의 중간 캠프만을 사용하고 고소 인부 없이 8,047미터의 브로드 피크를 올랐다. 그러나 8,000미터 봉을 순수한 서부 알프스를 오르는 방식으로 오를 수 있게 되기까지는 다시금 18년의 세월이 흘러야만 했다. 1975년 8월 나는 페터 하벨러와 12일간에 걸친 고소 순응을 마치고 고소 인부와 중간 캠프 그리고 산소 기구 없이 8,068미터의 히든 피크에 올라갔다.

아직 달성되지 않은 것이 있다면 8,000미터 봉을 단독으로 오르는 일뿐이다. 인간 대 산, 즉 한 인간과 8,000미터 봉이 서로 맞서는 것이다.

이미 1929년에 화머라는 미국 청년이 혼자서 칸츄를 시도하였고, 1934년에는 영국인 윌슨 역시 이런 방식으로 에베레스트를 오르려고 했다. 그러나 그들은 모두 돌아오지 못했다.

나는 다시 한 번 디아미르 측면을 바라보았다. 도전은 아직 끝나지 않았다. 한번 마음먹은 생각을 여기서 단념할 수는 없었다.

1856년에 이미 아돌프 슐라긴트바이트가 이 산을 '디아미르' 또는 '낭가파르바트'라고 불렀다. 낭가파르바트는 K2, 에베레스트와 함께 가장 널리 알려진 8,000미터 봉으로 카슈미르 수도와 스리나가르에서 북쪽으로 125킬로미터 떨어진 곳에 히말라야의 서쪽 기둥처럼 솟아 있다. 카슈미르 이름인 낭가파르바트는 히말라야에서 모르는 사람이 없다. 또 다른 이름인 디아미르는 '산 중의 왕'이라는 뜻이다. 또한 낭가파르바트는 황량하고 건조한 인더스 계곡 북쪽에 약 7,000미터 높이로 솟아 있다. 내가 있는 곳에서 보면 그것은 커다란 박쥐처럼 생겼다.

오목하게 들어간 벽의 가운데는 빙폭으로 덮여 있었다. 그 모양은 마치 계단을 거꾸로 만들어 놓은 듯 얼음이 겹쳐져 폭포를 이루고 있었으며 솟아오른 빙벽은 100미터 혹은 200미터로 수직을 이루고 뚝 잘려 있었다. 이 빙탑들은 가장자리가 떨어져 나가서 매일 새끼를 쳤다. 때문에 벽 밑을 오르는 일은 러시안룰렛을 하는 것이나 다름없었다. 더욱이 디아미르 측면에서는 얼음 사태가 일과처럼 일어나고 벽 기슭의 반달 모양 골짜기로 눈사태가 몰리기 때문에 거기서 도망칠 방법은 없었다.

나는 두 번 다시 이런 곳에 오르지 않기로 다짐했다. 그러나 내 구상은 머릿속에서 떠나질 않았다. 나는 선글라스를 옆에 벗어놓고 우아한 선을 그리고 있지만 동시에 공포감을 주는 산봉

디아미르 측면 기슭의 얼음 사태

우리를 바라보았다. 그 봉우리는 멀리 있었지만 내 곁에 아주 가까이 있는 것처럼 느껴졌다. 그러나 실제 크기를 가늠할 수 없기 때문에 낭가파르바트라는 산이 얼마나 큰지 나로서는 도저히 알 수가 없었다.

이제 전체 높이의 3분의 1정도를 올랐다. 이곳까지 오는데 하루밖에 걸리지 않았다. 베이스캠프에서 바라보니 마제노 벽은 디아미르 벽 크기와 비슷한 높이로 보였다. 그러나 낭가파르바트 정상까지의 거리는 아직 1,000미터나 남았고, 이러한 죽음의 지대에서 1,000미터는 엄청난 거리였다. 마제노 벽은 그 자체만으로도 알프스의 대 암벽 중 가장 벅찬 벽이라고 하는 몽블랑 산군의 드르와트 북벽의 세 배나 된다.

디아미르 계곡에 있는, 자연이 만든 이 원형극장은 너무나 거대해 전체를 파악할 수 없을 뿐 아니라 비교 대상이 없을 정도이다. 아이거 북벽을 두 개나 쌓아 올린 크기를 누가 상상이나 하겠는가? 그러나 아무리 암벽이 높이 솟아 있다 해도 낭가파르바트 정상까지는 아직 미치지 못했다. 게다가 베이스캠프는 아이거 정상보다 높은 곳에 있었다.

날이 점점 어두워지기 시작했다. 저녁의 미풍 속을 걸으며 공기 냄새를 맡을 때면 나는 언제나 이 세계의 거대함을 느끼곤 한다. 산이 한없이 크게 다가왔다. 이 산을 한 인간이 혼자 오른다는 것은 아무리 생각해봐도 불가능한 일이라 여겨졌다. 만약 내 모든 계획이 수포로 돌아간다면 그것은 절대적인 무한 속에서 고독을 이겨낼 수 없는 불안과 무능 때문일 것이다.

"내일 집으로 돌아가자. 아마 두 번 다시 이곳에 오지 않게 되겠지."

난 스스로를 달랬다. 봉우리 위에 첫 별이 반짝이자 산에는 투명하고 차가운 기운이 감돌았다. 만년설로 뒤덮인 마제노 가지 능선의 둥근 산마루와 가날로 산군에 둘러싸인 서쪽 지평선 위로 고동색 숲이 있는 산이 보였다. 저 부근에서 내가 왔다. 이제 숨이 막힐 듯한 열과 먼지 속을 며칠만 더 걸어가면 길기트에 가장 가까운 비행장에 가 닿겠지.

돌아올 때 짐을 지겠다고 자원했던 두 소년이 돌담 사이에 앉아 차를 마시고 있었다.

"차이?"

소년들이 내게 물었다.

"티케."

나는 대꾸하고 아이들과 함께 어울렸다. 포터들이 피워 놓은 모닥불을 함께 쬐며 나는 운명에 모든 것을 맡긴 그들의 고요한 영혼을 느꼈다. 그 무엇과도 바꿀 수 없는 것에 대한 그들의 믿음은 강했다. 그래서 그들은 모든 일의 인과관계를 일일이 따지지 않는다. 이에 반해 사실에 대한 나의 감각이나 논리적인 사고력 따위가 뭐란 말인가.

늦게서야 우리는 꺼져가는 모닥불 곁을 떠나 어둠 속을 더듬거리며 텐트로 돌아왔다. 낭가파르바트 하늘 높이 뜬 달이 구름 사이로 얼굴을 내밀고 있었다.

빠른 걸음으로 귀로를 재촉하여 이틀 후 길기트에 도착했다. 나는 도착하자마자 마을로 가 우쉬에게 편지를 썼다. 편지를 부치고 사무실을 나올 때 지금까지 잠재의식 속에만 존재했던 생각들이 되살아났다. 우쉬는 이제 뮌헨으로 돌아가고 더 이상 휠뇌스에 없다. 완전히 내 곁을 떠난 것이다.

파키스탄 국제공항 사무소에 가서 라왈핀디까지 가는 항공편을 예약하려고 했다. 그런데 나를 길기트까지 태워 준 비행기가 돌아가다 동체 착륙을 한 탓에 다시 뜰 수 없다고 했다.

"비행기는 당분간 없을 겁니다."

사무실의 직원이 말했다. 만일 우쉬 없이 혼자서 인더스 계곡으로 차를 타고 돌아간다면 나는 견딜 수 없을 것이다. 별수 없

하늘에서 본 낭가파르바트

이 비행기를 기다리기로 했다.

오후가 되자 바람이 일고 구름이 꼈다. 나는 책을 펼쳐 들었다. 그러나 그것도 그때뿐이었다. 잠도 오지 않았다. 우쉬 일로 마음이 너무 복잡해 그녀와의 관계를 확실히 해 두어야겠다는 생각이 들었다.

이번 원정으로 분명해진 것은 모든 일은 단념할 수 있어도 우쉬만은 예외라는 사실이었다. 그녀야말로 내가 믿을 수 있는 유일한 사람이며, 그녀가 없다는 생각만으로 벌써 나는 절망과 공허 속에 빠졌다. 내가 우쉬를 얼마나 사랑했는가는 말로 다 표현할 수 없다. 그러나 안타깝게도 헤어지고 나서야 그것을 깨달았다.

시간이 오래 걸릴 것이라는 예상과는 달리 하루 뒤에 첫 비행기가 왔다. 마음이 조금 놓였다. 이제는 떠날 수 있게 되었다.

아득히 먼 구름 위에 솟은 낭가파르바트의 봉우리가 한눈에 들어왔다. 조종사는 곧바로 낭가파르바트를 향해 기수를 돌렸다. 저기가 라키오트 피크, 그 옆으로 모렌코프, 그 바로 위가 실버자텔이다. 7,500미터 높이에는 플라토가 있다. 이곳은 수평방 킬로미터의 너비를 가진 빙하 지대인데, 여기서 1934년에 비극이 일어났다. 저 펀펀한 설원을 넘어 선발대가 공격을 감행했었다. 그러나 정상은 거기서 상당히 먼 곳에 있었다.

설능과 암릉으로 된 좁은 능선 하나가 앞 봉우리로 뻗어 있었다. 그 앞쪽은 바즈인 샤르테로 낭떠러지를 이루고 있었고, 뒤쪽으로는 만년설을 머리에 쓴 피라미드 모양의 주봉이 위치하고 있었다. 피라미드는 사방을 기와로 포개어 쌓아 놓은 듯한 바위 벼랑이다. 산군의 밑부분은 안개 속에 감춰졌으나 위쪽은 모든 것이 그대로 드러나 있었다.

비행기는 능선 위를 지나 남쪽으로 향했다. 그때 왼편으로 디아미르 측면이 나타났다. 갑자기 온몸이 떨렸다. 무언가가 나를 뚫고 지나간 듯했다. 디아미르는 타원형의 비행기 유리창 저편에 수킬로나 떨어져 있었지만 그 벽과 하나로 연결된 느낌이 들었다. 나는 완전히 벽 안에 있고 벽이 내 안으로 들어와 있는 느낌이었다. 언젠가 다시 이곳에 오게 될 것이다. 신비로운 힘이 나를 일으켜 세운다. 누군가 내게 '티케'라고 말하는 듯했다.

비행기는 산을 넘어 남하하기 시작했다. 나는 얼굴을 돌려 한곳을 뚫어지게 바라보았다. 낭가파르바트는 벌써 시야에서 사라지고 보이지 않았다.

내 영혼을 찾아 떠나는 길

그로부터 4년이 지난 1977년, 나는 또다시 낭가파르바트로 향했다. 이번엔 동생 한스 외크가 함께했다. 그는 수개월 동안 인도를 여행하고 있었는데, 카트만두에서 나의 다울라기리 원정대에 합류했다. 귀국길에 우리는 낭가파르바트에 잠깐 들러 보기로 했다. 8,000미터 급 봉을 단독으로 등반하고 싶은 열망이 아직도 내 가슴속에 남아 있었다.

이번이 세 번째 시도였다. 두 번째 시도에서 나는 브로드 피크를 겨냥했으나 이번에는 기술과 감정상의 이유에서 낭가파르바트로 정했다. 낭가파르바트는 여러 갈래의 암릉과 빙하가 한곳에 몰려 푸른 계곡 밑까지 닿아 있어서 크레바스에 떨어질 위험이 적었다. 이 8,000미터 봉의 벽 기슭에서 정상까지의 고도차는 다른 대부분의 봉우리보다 훨씬 크지만 언제나 이 산이야말로 혼자서 등반하기에 안성맞춤이라는 느낌이 들었다. 이렇다 할 뚜렷한 이유가 있는 것은 아니다. 그냥 직관적인 느낌일 뿐이다.

이번에는 앞서 두 번 시도했을 때처럼 깊숙이 들어가지는 않

디아미르 측면 벽 밑에 쌓인 빙하의 퇴적물을 위에서 내려다본 모습

았다. 그러나 카간 계곡을 지날 때 심한 절망감이 엄습하여 우리는 돌아서지 않을 수 없었다. 문득 홀로 8,000미터 봉을 오르는 것이 그렇게 중요한 일인가 하는 생각이 들었다. 이 등반에 대한 열망은 우쉬가 떠나버린 것을 알고 나서부터 표현하기 힘든 고독의 늪 속에 묻혀 버렸다.

밤에 깜박 잠이 들 때나 길을 걸을 때 혹은 나무가 드문드문 서 있는 산을 바라볼 때면, 멀어져 가는 우쉬의 모습이 보였다. 그녀는 절대 돌아보지 않았다. 내가 어디를 가건 어디를 바라보건 그리고 어디를 걸어가건 그녀는 반대 방향으로만 가고 있었다. 우쉬가 멀어질 때까지 나는 그 뒷모습을 쫓았다. 그러는 사이 그녀의 모습은 천천히 사라지고, 나는 꿈에서 깨어나 현실로 돌아왔다. 고향으로 돌아가는 길에서, 비행기 안에서, 호텔에서 이러한 상념들이 나를 떠나지 않았다. 때로는 우쉬에게 다가가 앞으로는 같이 있겠다고 말을 건네기도 했다. 그러나 그녀는 아무 말이 없었다. 나는 한없는 슬픔에 잠겼다. 이러한 불안이 모두 공연한 것이기를 바랐다. 우쉬로부터 벌써 몇 주간이나 소식이 없어 허전하고 불안했다.

뮌헨 공항에 그녀가 마중 나왔다. 마지막 작별을 위해서였다. 나는 그런 줄 알고 있었지만 그렇게 생각하고 싶지 않았다. 순간 슬픔과 함께 눈사태와 같은 무언가가 나를 덮쳐 왔다. 그것은 노여움도 스스로에 대한 힐난도 아니었다. 바로 고독이었다. 나는 우쉬를 바라보았다. 신비로운 터키 구슬을 연상케 하는 그녀의 푸른 눈이 나를 갈기갈기 찢어 놓는 듯했다. 그녀가 내 모든 것을 빼앗아 갔는지 내 몸에 구멍이 난 것처럼 허전했다. 그녀는 그야말로 내 모든 것을 빼앗아 갔다. 우쉬는 자기가 가고 싶은 데로 어디나 갈 수 있는 힘을 가지고 있었다.

갑자기 외톨이가 되고 공허하기만 한 이 감정이 나를 혼란에 빠뜨렸다. 지난 몇 달 동안 나는 무엇을 했는지 알 수 없었다. 밤새 잠을 이루지 못했고 내 자신을 감당할 수가 없었다. 그녀가 내게 준 빛은 일찍이 다른 누구에게 받은 것보다 강했다. 그녀와 헤어진 후에도 그랬다. 그녀를 어떻게 해서라도 내 곁에 붙잡아 두려는 욕심이 오히려 나 자신을 망쳐 버렸다. 내 의지와는 전혀 다른 그 무엇인가가 그녀를 붙잡고 있었다. 이제는 새로운 길을 찾아가야겠다고 혼자 중얼거렸다. 그러나 아무 소용이 없었다. 이것으로 끝이라는 생각도 들었다. 무자비한 절망감이 엄습했고 내 안에서 사무친 고독이 폭발했다. 나는 죽고 싶었다. 그리고 바로 이 고통스러운 1977년 여름 나는 다시 홀로 낭가파르바트로 떠나기로 결심했다. 이 고독감을 그곳에 묻어 버리든지 아니면 고독감이 나를 쓰러뜨리든지 둘 중 하나였다.

죽음이 마지막으로 나를 지탱해 주었다.

7년 전 나는 낭가파르바트를 횡단하고 나서 거의 의식을 잃다시피 하여 디아미르 계곡 상부를 기어 내려갔다. 동생을 잃고, 굶주림 속에서 손과 발에 심한 동상이 걸렸었는데, 그때처럼 죽을 것 같다는 생각이 강하게 든 적이 없었다. 나는 미련 없이 떠날 마음의 준비가 되어 있었다. 지금까지 중요하다고 생각했던 모든 것들을 그대로 놓아둔 채 영원히 떠나고 싶었다. 다른 생각은 전

메스너는 거의 의식을 잃다시피 하여 디아미르 계곡 상부를 기어 내려갔다

혀 들지 않았다. 꿈도 희망도 아무 상관없이 그저 떠나고 싶을 뿐이었다.

그 옛날 자신감에 넘치던 마음은 어디로 갔을까. 그 자신감은 오직 그녀, 우쉬에게서 온 것일까. 우쉬만이 나의 유일한 위안이었을까. 마음이 허전해지자 또다시 무섭게 불안이 엄습해 왔다. 나의 상념은 산산조각 났다. 그러자 갑자기 매듭이 풀렸다. 나는 이 불안 때문에 죽을지도 모른다는 생각이 들었다는 것을 깨달았다. 서둘러 짐을 꾸리기로 했다.

여권도 문제 없고 돈도 넉넉히 있다. 단독 등반에 필요한 모든 장비는 지하실에 있다. 모든 것이 갖추어져 있다. 이제 출발하기만 하면 된다. 떠나면 된다. 떠나자.

한 시간 뒤 나의 자살 행위에 필요한 물건들이 눈앞에 가지런히 놓여 있었다. 배낭, 지개, 카메라 두 대, 자일, 하켄 그리고 빙벽용 스크류 하켄도 몇 개 있었다. 아이스 피켈과 슈타이크아이젠, 침낭, 텐트, 고도계, 컴퍼스 그리고 손때 묻은 낭가파르바트의 지도…….

거실에서 이 모든 것을 점검하는데 갑자기 울음이 터져 나왔다. 나는 소파 위에 쓰러져 울면서 한동안 멍하니 있었다. 이대로는 떠날 수 없다는 생각이 들었다. 내 가슴은 깊은 슬픔으로 가득했다. 나는 떠날 수 없었다. 만일 지금 떠난다면 죽을 것만 같았다.

자살 행위가 어떤 것인지 나는 잘 알고 있다. 내가 알고 있는 일 그리고 하고 싶은 일로부터 도망치고 싶은 생각이 이번처럼 강하게 일어난 적이 없다. 내 마음대로 할 수 있는 마지막 일이고, 죽을지도 모르는 일에 운명을 맡긴다고 생각하니 마음에 흥분이 인다. 내가 죽는다는 것은 나 자신의 일이다. 그것은 내 문제이지 그녀의 문제가 아니다.

그로부터 반년이 지났다. 그런데 나는 지난날처럼 한길을 가지 않고 우왕좌왕하고 있었다. 결국은 아무 일도 시작하지 못했다. 이렇게 마냥 제자리걸음을 하며 하찮은 일에 정력을 쏟다가는 내 자신을 잃고 말 것이라는 생각이 들었다.

낭가파르바트 단독 등반 계획은 일단 보류했다. 어쩌면 에베레스트에 갈지도 몰랐다. 정해진 것은 아무것도 없었다. 이렇게 불안한 가운데서도 1978년 5월, 에베레스트를 목표로 두고 자신을 지탱할 수가 있었다. 그리고 나는 에베레스트로 가 산소흡입기 없이 이 지구의 정상까지 오르게 되었다. 에베레스트에서 고향으로 돌아오는 길에 나는 6주 뒤 낭가파르바트로 출발하게 되리라는 생각이 강하게 들었다. 그동안 우쉬에 대한 나의 마음이 어느 정도 달라졌을까. 다만 확실한 것은 내가 다시 살 수 있게 됐다는 것뿐이었다.

무엇인가 확실히 달라졌다. 그것만은 틀림없다. 살아야 한다. 살아서 마음껏 하고 싶은 일을 해 보자는 생각이 그 어느 때보다도 강하게 일어났다. 다만 다른 사람의 영역을 건드려서는 안 된다. 나는 그동안 남의 모랄을 인정하지 않았다. 그리고 만약 누군가가 나의 영역을 침범하려 들면 나는 크게 화를 냈다. 그러나 차츰 본래의 나 자신으로 돌아오면서 이제는 어떤 일이건 비교해서 생각하지 않기로 했다. 좋건 나쁘건, 옳건 그르건 구분 짓지 않고 이제는 모르는 일을 알려 하거나 섣불리 판단하려 들지 않으며 있는 그대로 살아가기로 마음을 정했다. 그러자 나는 진정한 하나의 반쪽에 불과하고 손으로 만질 수 있는 나의 또 다른 반쪽이 내 옆에 있는 것처럼 느껴졌다. 하지만 지금은 이 반쪽이 무엇인지 애써 알려 하지 않았다.

지금 나는 혼자 있다는 것이 무엇을 의미하는지 스스로에게 보여주고 싶었다. 그래서 나는 낭가파르바트로 향했다. 간혹 사람들과 어울리는 일이 있어도 나는 내 이야기를 한마디도 하지 않았다. 내 꿈에 대해서도 말하지 않았다. 성공하느냐 실패하느냐는 문제가 되지 않았다. 단지 그곳으로 떠나고 싶을 뿐이었다.

인더스 계곡에서 바라 본 낭가파르바트는 상상할 수 없는 거대한 높이로 치솟아 있었다. 주위의 봉우리보다 무려 1,000미터나 더 높이 우뚝 솟아 있었다.

지금 내 가슴에는 여전히 어제의 고독감이 남아 있었다. 그러나 이렇게 혼자 있을 수 있다는 신비감이 나를 공포에서 벗어나게 해 주었다. 나는 전과 다름없었지만 무언가 새로운 안정감이 느껴졌다. 이번 등반에서 나는 내 영혼을 완전히 되찾을 수 있을 것 같았다. 나는 인간 능력의 한계까지 오르기로 마음먹었다.

내 마음속의 산을 오르다

무엇 때문에 또 가야 하느냐고 아버지와 친구들이 물었다. 방금 에베레스트에서 돌아왔는데 또 떠나야만 하느냐고 말이다. 그러나 나는 떠나야만 해서 떠나는 것이 아니라 떠날 수 있으니까 떠나는 것뿐이다.

"당신은 할 만한 일은 모두 이루지 않았소?"

사람들은 나를 단념시키려고 했다.

"하지만 아직 모든 힘을 다 쏟아버린 것은 아닙니다."

그러나 정작 내 마음을 알아주는 사람은 아무도 없었다. 지금 내게 중요한 것은 새로운 등반으로 생길 뉴스거리가 아니라 상상을 넘어선 세계에 나 자신을 던져 보려는 것임을 누가 알겠는가. 정작 내가 두려워한 것은 단독 등반이 아니었다. 그보다는 에베레스트와 낭가파르바트 사이에 놓인 6주 동안에 해야 했던 일들을 앞으로 평생 해야만 하는가 하는 생각에 나는 몸서리쳤다.

똑같은 질문에 끝없이 대답을 하고 있자니 지겨웠고 하고 싶은 일을 안 하면 내 인생은 그것으로 끝날 것 같은 느낌이 들었다. 그래서 나는 에베레스트 원정의 성과 분석을 마칠 때까지 기다릴 여유가 없었다.

낭가파르바트 단독 등반으로 모처럼 얻은 에베레스트의 성과를 망칠 수도 있다는 우려 섞인 말을 수없이 들었다. 일부 사람들은 도대체 또 어디를 가겠다는 거냐고, 가장 높은 곳에 오른 자는 더 이상 오를 데가 없을 텐데, 산꼭대기에 앉아서 명상에 젖기라도 하겠다는 거냐고 조롱 섞인 말을 하기도 했다.

그러나 나는 단지 나 자신으로 돌아가고 싶을 뿐이다. 유럽에 있으면 사람들의 관심을 피할 수가 없다. 어쩔 수 없이 대중 앞에 끌려 나가야 하고 때로는 스스로 나서기도 해야 한다. 세상 사람들은 나를 '쇼의 명수'라고도 했다. '어떠한 일을 하면 어느 정도의 상을 받게 되는지 알고 있으며 새로운 명성을 얻으려면 어느 정도로 일을 해야 하는지 아는, 시대를 이용할 줄 아는 자'라고 혹평했다.

"너는 너무나 빨리 불타 버리고 말 거야."

이런 호의적인 충고도 있었는데, 이 말은 한때 내 가슴에 와 닿았다. 그러나 이 충고마저도 지금의 내게는 무용지물이었다. 지금은 다만 나 혼자서 내 문제를 결정하고 싶었다. 소위 '산 친구'라고 자칭하는 사람들이 질투와 악의로 대하더라도, 여러 가지 의혹이 번지고 있더라도, 심지어 에베레스트의 성과마저 의심을 받을지라도 내 생각에는 변함이 없었다. 오로지 내게는 산을 오르는 일이 즐거울 뿐이다. 일각에서 나의 생활 방식이 등반가로서 성실치 않다는 비판을 했고 심지어는 '정상 정복으로 얻은 고귀하고 영원한 가치'를 내가 조롱했다는 말까지 들었다.

"언젠가는 저 친구도 그런 일은 안 하게 되겠지."

나를 아끼는 몇몇 옛 친구들도 수군대기 시작했다.

"에베레스트에 다녀온 뒤로 주머니 사정도 좋아졌다며……."

모두들 비아냥거렸지만 나는 설사 목숨을 잃는 한이 있더라도 내 길을 가고 싶었다. 안부를 묻고 악수를 청하는 많은 사람들 속에서 아사하고 싶지 않았다. 아무리 돈을 많이 벌고 아무리 칭찬을 받는다 해도 그것으로 삶에 대한 나의 허기진 욕망이 채워지진 않았다.

6주 동안 나는 정신을 차릴 만한 여유마저 없었다. 그렇지 않았다면 아마도 나는 벌써 떠났을 것이다. 간신히 인터뷰하는 틈을 타서 정말로 생각해봐야 할 문제에 대해 몰두했다. 지금 나에게는 모든 것이 생기를 잃은 듯 보였다. 마치 계속 되풀이되는 이야기를 듣고 있는 듯한 느낌이 들었다.

나는 앞으로 그 누구도 따르지 않을 생각이다. 나 자신에게도 절대 꺾이지 않을 것이다. 일상생활에서도 사람들이 모두 그렇게 한다고 해서 그대로 따라갈 수는 없다. 그것은 자신의 파괴를 뜻한다. 그러므로 내 길을 갈 수밖에 없다. 내 길과 하나가 될 때 비로소 나는 강해진다.

무엇이 이 힘을 나에게 주는지 알 수 없다. 그렇다고 이 힘을 설명할 생각도 없다. 그저 그 힘을 이용할 뿐이다. 지금까지 나는 그 힘을 황량한 협곡에서, 쓸쓸한 고지대의 계곡에서, 그리고 높은 산중에서 찾아냈을 뿐이다.

베이스캠프에서 음식을 만들고 있는 우쉬

1년 전의 나는 온갖 일에 머리를 쓰며 삶의 의미를 찾으려고 했다. 그러나 지금의 나는 삶을 있는 그대로 받아들이기로 했다. 추한 대로, 광기 어린 대로, 운명의 장난 그대로 살기로 했다. 내가 애써 생각하지 않아도 온갖 의문에 대답해 주는 단순 명확한 일이 세상에는 흔히 있다. 그럼에도 사람들은 걱정하고 괴로워한다. 나는 이러한 짐을 떨쳐 버리고 낭가파르바트로 떠나려는 것이다.

이제 결단을 내린 이상 그 책임은 나에게 있다. 그것도 내게만 있는 것이다. 단독 등반의 열망이 왜 이렇게 강하게 다시 내 마음을 사로잡았는지 모를 일이었다.

1년 전만 해도 단독 등반의 열망을 깨끗이 단념하고 있었다.

혼자서 가기에는 스스로가 너무나도 나약하고 나이도 많다는 생각이 들었다. 더욱이 우쉬와 이별한 뒤 나는 모든 의욕을 잃었고 무엇을 해야 할지도 몰랐다.

지금도 우쉬를 잊은 것은 아니다. 잊을 수도 없고 잊을 생각도 없다. 아무리 시간의 흐름이 우쉬를 잊게 만들려고 해도 그녀에 대한 감정은 생생하기만 하다. 밤마다 꿈에서 깨어나면 나는 쓸쓸했다. 처음에는 꿈에서 깨어날 때마다 그것이 이별처럼 느껴져서 괴로웠다. 그러나 혼자 살기로 결심하고 내 운명을 주저하지 않고 받아들이기로 하자 나는 절망과 자기 연민에서 벗어날 수 있었다.

어쩌면 내 자신을 지나칠 정도로 대단하게 여겼는지도 모른다. 그랬기 때문에 그녀와의 작별을 그토록 고민했는지도 모른다. 모든 것을 뛰어넘을 때까지 내 인생의 갈피를 잡지 못하고 있었던 것이다. 그렇다고 그녀의 모습을 지워버릴 생각은 없다. 앞으로는 그녀에게 매달리지 않을 것이다. 그렇더라도 아마 그녀를 사랑한 만큼 다른 한 사람을 사랑하는 일은 없으리라. 이것은 애정의 크기가 아니라 그 방법을 두고 하는 말이다. 애정이 크고 작음은 그다지 중요하지 않다. 어떻게 사랑하느냐가 중요하다.

6월이 끝나갈 무렵 나는 정오쯤에 뮌헨 거리를 걷고 있었다. 간간이 햇빛에 눈이 부셨지만 마음은 가벼웠다. 나는 눈을 깜박거리다가 갑자기 머리 위에 떠 있는 구름 사이로 8,000미터 높이의 어딘가를 쳐다보고 있다는 것을 깨달았다. 하늘의 빛깔로 정확한 고도를 알 것 같았다.

나는 인생의 슬픔에 대하여 구질구질하게 생각하지 않기로 했다. 그러자 찢긴 마음도 깨끗이 나은 듯했다. 마치 하늘 위에 떠 있는 구름 위로 사라지기라도 한 것처럼.

얼마 후 나는 마리엔플라츠 광장에서 코카콜라를 마시며 주위 사람들을 바라보고 있었다. 하지만 머릿속은 일에 대한 생각으로 가득 차 있었다. 그때 두 남자와 한 소녀가 내 곁으로 다가왔다. 그들은 나를 알고 있는 것이 분명했다. 세 사람은 말하는 투로 보아 등반가인 듯했다. 그들은 산에 대해 제법 알고 있었고 나에게 이것저것 물어보았다.

"혼자서 낭가파르바트에 간다고 들었는데 무섭지 않나요? 나라면 무서워서 못 견딜 것 같은데."

소녀가 새로운 내 목표를 화제로 삼았다.

"무섭기는요."

내가 대답했다.

"당신은 한 번도 의심을 품거나 불안을 느낀 적이 없나요?"

그들 중 한 남자가 내 기분을 알고 싶어 했다.

"전에는 있었지요. 근래 수년 동안에는 적어졌지만."

"그렇다면 불안을 즐기고 있는 것 아닌가요?"

또 다른 사람이 물었다.

"불안해지면 피해버리죠."

"당신은 8,000미터 봉을 오르려는 다른 사람들을 어떻게 봅니까?"

"그야 각자 다르겠지요. 일테면 많은 일본인들은 일부러 위험한 벽으로 가는데, 그들은 그런 모험을 즐기는 거지요. 그러나 나는 그런 짓은 안 합니다. 나는 지나치게 위험하다고 생각되면 그 이상 앞으로 나가지 않아요."

"그렇다면 당신은 올라갈 수 있다는 확신을 미리 가지고 있다는 건가요?"

"그렇지는 않습니다. 그러나 나는 올라갈 수 있을지 어떨지 확실치 않은 루트를 늘 찾곤 합니다."

"확실치 않은 점에 매력을 느끼나 보죠?"

"맞아요, 가능성이 있으니까요. 그리고 나는 아직 젊다고 생각합니다. 만일 몸이 쇠약해지고 나이도 예순 살쯤 되면 마터호른도 벅찬 상대가 되겠지요. 그때 가서도 매력을 느낄지 지금으로서는 말할 수 없지만 상상할 수는 있겠지요."

"당신도 실현할 수 없는 것을 목표로 세울 때가 있겠죠?"

"그럴 때도 있죠."

"세상을 깜짝 놀라게 하는 일에만 열중한다는 비난이 있는데, 어떻게 생각하나요?"

"나더러 센세이션을 뒤쫓는다고 하는데 구태여 그렇지 않다고 변명하지는 않겠어요. 그러나 그것이 전부는 아닙니다. 세상 사람들을 만족시킬 생각이라면 나는 틀림없이 해낼 수 있는 목표만을 고를 겁니다."

"디아미르의 사면은 언제나 눈사태의 위험이 있지요. 그러나 올라갈 수 없어 보이지는 않아요. 그 중간 부분은 몹시 깎아지른

고도차 4,000미터의 눈사태 위험 지대

듯 서 있고 수많은 세락이 있지요. 그렇지만 그곳에는 늑골 모양을 한 바위 능선이 있고, 그 암릉 중 하나가 튀어나와 있습니다. 어쩌면 거기에 위로 빠져나갈 수 있는 통로가 있을지도 몰라요. 라키오트 쪽에 비하면 훨씬 어렵겠지만 루트가 짧고 바위를 따라 오르면 비교적 안전한 캠프 자리도 있으니까요."

그들 중 한 사나이는 디아미르에 대해서 잘 알고 있었다.

"디아미르 쪽은 단독 등반가에게 이상적인 곳입니다. 그러나 이제까지 정상에 이르는 낭떠러지 루트에서 원정대가 모두 실패했습니다."

"그렇다면 당신은 한 번 더 최초의 사나이가 되고 싶단 말인가요?"

"누군가 먼저 낭가파르바트를 단독 등반했다면 나는 다른

8,000미터 봉을 올라갔을 것입니다. 내게 무엇이든 할 수 있는 힘을 주는 것은 미지의 세계 그것이죠. 가능한 것을 미리 알면 그다지 매력이 없어요."

소녀는 영 모르겠다는 듯이 머리를 가로저었다.

"다른 사람이 나보다 먼저 어떤 일을 한다면 나한테서 많은 신비를 빼앗아가는 셈입니다. 내가 세상일을 모르고 어려서부터 그 일을 혼자 힘으로 알게끔 되어 있다면 지금 낭가파르바트에 혼자 갈 필요는 없을 거예요. 그런데 대부분의 사람들은 주는 것을 받아먹기만 하죠."

잠시 후 나는 말을 계속했다.

"만일 어린애가 이 코카콜라 깡통을 모래 속에서 찾아냈다면 아주 신기한 일이겠지요. 낭가파르바트는 이것과 비슷합니다."

"그렇지만 그런 일은 결코 중요한 일이 아니지 않을까요! 인생은 장난이 아니잖아요. 평생 동안 모래 속에서 콜라 깡통을 찾고 있을 순 없잖아요."

나는 어떻게 설명해야 할지 몰라서 난처했다. 하긴 설명해야 할 것도 없었다. 나는 단지 결단을 내릴 수 있는 천성 때문에, 또 시간과 필요한 돈과 해 보자는 생각이 있었기 때문에 단독 등반을 결심한 것뿐이다. 굳이 세세하게 설명해야 할 의무는 없었다. 그것은 아무래도 좋았다.

"그런 일을 했다고 해서 인류에게 가져다주는 건 없잖아요. 산소 기구 없이 에베레스트에 오르거나 혼자 낭가파르바트에 올라봐야……."

다른 사람이 말했다.

“무엇이든 가져와야 한다고 말한 사람도 없죠.”

“그러나 당신은 돈을 많이 벌겠죠.”

“내가 그런 생각으로 에베레스트에 갔다면 틀림없이 못 돌아왔을 겁니다.”

“만일 동상에 걸려 다리를 잘라야 한다든가 눈이 먼다든가 해서 불구의 몸으로 살아야 한다면 어떻게 하겠어요?”

“어쩔 수 없는 일로 두 눈을 잃게 된다면 인간으로서의 삶을 계속할 수는 없는 일 아니겠어요. 그때는 산에 그대로 있는 거죠.”

“높은 곳에 오르면 어떤 만족감이 있나요? 성적 쾌락까지 느껴지는 건가요?”

소녀는 무척 알고 싶어 했다.

“진정으로 묻는 거요?”

“그럼요.”

“나는 성적 욕망을 채우기 위해 산에 오르거나 책을 쓰는 게 아닙니다. 정말 그래요. 요컨대 기록을 추구하는 스포츠에서는 그런 질문이 나올 수 없다고 봐요.”

“당신이 하는 등반이란 위험한 것이죠. 당신에게도 역시 위험하겠죠? 당신은 절대로 추락하지 않는다고 생각하세요?”

“나는 내가 추락할 것이라고 생각해 본 적은 한 번도 없어요. 그러나 위험한 것만은 분명해요.”

“등반에서 얻는 희열은 가정생활까지 희생할 정도인가요?”

“내겐 그런 질문이 해당되지 않아요.”

"어째서요?"

"내가 어떤 사람인지 알기 전에는 그런 질문을 할 수 없다는 말입니다."

세 사람은 내가 이혼한 사실을 알고 있었다. 그렇지만 내가 다시 혼자가 됐을 때 얼마나 외로웠는지 그들은 모른다. 나의 삶은 그들과 다른 것이다. 그렇다고 그들과 비교해서 결코 한쪽으로 치우친 것도 아니다. 물론 그렇다고 쉬운 것도 아니지만.

낭가파르바트로 떠나기로 마음을 굳히자 그때까지 단독 등반의 구상에 따른 여러 가지 불안과 회의에서 처음으로 나를 해방시킬 수 있었다. 내 결혼 생활 문제도 이와 비슷했다. 나는 결단을 내리기 전에 생각에 생각을 거듭했다. 그리고 전과 다름없는 인간으로서 결단을 내렸다. 그리고 일단 결단을 내리면 내가 할 수 있는 한에서 그 문제와 맞섰다. 우쉬와 나는 서로가 독립된 인간이었다. 그래서 우리 사이는 시간이 흐르면서 서먹서먹해졌다. 두 사람 모두 시간이라는 벽 속에 갇힌 꼴이 되고 말았다. 헤어졌을 때만 해도 나는 나 자신이 혼자 살 수밖에 없는 운명이라는 사실을 미처 모르고 있었다. 인간은 홀로 삶을 짊어지고 갈 때 오직 자신의 길을 갈 수 있다. 또한 결단을 내릴 수 있고 그에 대해 완전한 책임을 질 수 있게 된다.

5년의 결혼 생활 동안 나는 무척 많은 일을 계획했다. 결혼 생활 후에도 나는 내 생활 방식을 한 번도 포기한 적이 없었다. 우쉬를 위해서 또는 그 밖에 다른 일로 해서 계획을 포기한 적은 없었다.

자리를 같이한 세 사람은 내가 그들의 질문을 얼버무렸다고 말하고 싶은 표정이었다. 나는 계속 말을 이었다.

"여기에는 조금의 모순도 없습니다. 내가 산에 오를 수 없게 될 때는 이미 내가 아니죠."

"방금 에베레스트를 끝내고도 더 큰 모험을 찾아 나서려는 겁니까?"

마치 종교재판에라도 회부된 기분이었다. 그들이 나를 이해 못 하리라는 것은 처음부터 알고 있었다. 이 거리는 그들이 언제든 있을 수 있는 곳이다. 그들은 여기서 한가롭게 지내며 마음 편하게 지내겠지. 하지만 나는 이런 곳에서는 미칠 것 같다. 주위에는 황량한 산야도 황무지도 없다. 내 마음속에는 오로지 산밖에 없다.

나는 이 거리를 오랜 시간 돌아다니며 사람들을 구경했다. 이렇게 걷는 것이 나는 좋다. 그러나 얼마 지나면 내 마음은 어느덧 수직의 암벽을 높이 오르고 싶은 열망으로 가득해진다.

불안을 느끼는 것도 나쁘지 않다. 내가 싫은 것은, 내가 어떤 일은 하고 어떤 일은 하지 않는지 사람들이 귀찮게 질문하는 일이다. 살아가기 위해서 정든 곳을 버리고 새로운 세계를 찾는 일은 나라고 해도 쉽지 않다. 지금까지 너무 오랫동안 온갖 일에 집착한 나머지 내 모든 힘을 소모해 버렸고 많은 일들을 그대로 방치해 두고 있었다. 이번에야말로 주저 말고 후회 없이 승부를 걸어 보고 싶다. 설사 낭가파르바트에서 끝장이 나더라도 도전해 볼 생각이다.

낭가파르바트 정상

한 사람이 마치 전문가 같은 말투로 다그쳐 물었다.

"알프스를 오르는 등반가의 눈으로 낭가파르바트의 사진을 들여다보면 동북쪽은 비교적 덜 위험한 눈과 빙하의 사면이지요. 이와는 반대로 서북쪽은 힘든 빙벽과 암벽입니다. 그것은 샤모니에서 몽블랑으로 오르는 보통 루트와 또 한쪽의 부렌바 빙하에서 오르는 경사가 급한 루트를 비교하는 것과 아주 비슷합니다. 그런데 왜 그 힘든 벽을 오르려는 겁니까?"

"그저 그러고 싶어서요."

나는 대답하고 자리에서 일어났다. 내 마음은 더 이상 흔들리지 않았다. 그들이 어떻게 생각하든 아무래도 좋았다. 며칠 뒤면 나는 벌써 산을 오르고 있을 테니까.

1978년 6월 30일, 20킬로그램의 배낭을 메고 작은 짐을 든 채 나는 뮌헨 림 공항으로 향했다.

1957년, 불, 딤버거, 슈묵, 빈터슈텔러 등은 약 2,000킬로그램 무게의 원정 장비를 가지고 브로드 피크로 향했다. 1975년, 나와 페터 하벨러 단둘이 히든 피크를 오르려고 했을 때의 장비는 200킬로그램이었다. 그 10분의 1을 가지고 이번에는 나 혼자 올라가려는 것이다.

신문기자는 진부한 질문을 하곤 했지만 이번에는 그들의 말 가운데 다소 공감이 가는 부분이 있었다.

"이 계획을 어느 정도까지 해낼 생각입니까?"

"뭐라고 말할 수 없습니다. 다만 신중하게 할 생각이죠. 지금 같아선 전혀 불안을 느끼지 않아요."

"계획한 대로 틀림없이 해낼 자신이 있습니까?"

"아니요, 없습니다. 나는 지금까지 8,000미터 급 세 개의 봉우리에서 모두 실패했지요. 그러나 그 일을 후회하지는 않습니다."

"당신이 구하고 있는 경험은 오직 등반에서만 찾을 수 있는 겁니까, 아니면 다른 생활 영역에서도 찾을 수 있다고 생각합니까?"

"경험이라는 것은 모든 일에 적용될 수 있다고 봅니다."

"그러나 다른 일은 등반처럼 위험하지는 않겠지요."

"적어도 다른 일은 등반만큼 자기 자신에 대해 깊은 성실성을 요구하지 않습니다. 특히 최종 단계에서 그렇지요. 이곳에서는 자신에 대해 관대하게 대할 수 있습니다. 그러나 저 높은 산에서는 그렇게 안 되지요. 8,000미터의 고소에서 자기 힘 이상의 것을 하려 든다면 목숨을 잃고 말겁니다."

"만일 앞으로 산에 오를 수 없게 된다면 무엇을 하실 겁니까?"

"그런 것을 생각하느니 홀로 낭가파르바트로 떠나겠습니다."

"이번 단독 등반이 산 사나이로서 당신의 생애에 클라이맥스가 될 것으로 생각합니까? 그리고 그것이 의미 있는 일로 보이나요?"

"의미가 있느니 없느니 하는 질문은 낭가파르바트 정상이 바라보이는 곳에서는 할 수 없습니다. 여기서는 다만 나 스스로 자문자답할 수 있을 뿐이지요."

"당신이 하는 말은 그곳에 살고 있는 원주민들에게도 해당됩니까?"

"그렇지 않습니다. 아마도 그들은 이러한 단독 등반을 하지 않을 것입니다. 그 사람들은 내가 낭가파르바트의 정상에서 체험하는 기분 속에서 늘 살고 있을 겁니다. 힌두교도건 불교도건 아시아인은 이처럼 높은 산에 오르려는 생각을 하지 않겠지요. 그들은 영적인 세계를 추구하고, 굳이 올라가지 않아도 저 높은 곳에 자기 몸을 옮겨 놓을 수 있습니다. 비유하자면 내가 지금 여기 앉아 있지만 저 위에 있지 않다고 누가 말할 수 있습니까."

"그러나 그것은 다른 두 개의 길에 대한 이야기 아닌가요? 다시 말해서 하나는 실제로 가야 하는 길이고, 또 하나는 마음속에 그려 볼 수 있는 길이니까요."

"나는 그 두 길을 하나로 봅니다."

"당신은 산에 오르기 훨씬 이전부터 그러한 생각을 가지고 있었나요?"

"정확히 기억나지는 않아요. 하지만 그때 느낀 것과 똑같이 지금도 그런 느낌이 듭니다. 아마도 다섯 살 때 일 같은데, 나는 양지바른 곳에 누워 있었지요. 시간은 아주 천천히 흘렀고, 나는 현실과 상상의 세계를 분리할 수 없었습니다. 아주 재미있는 일이었지요."

"대부분의 삶의 방식은 대대로 계승되지요. 세상에는 특별한 것이 없는 법이니까요. 인간에게는 그것으로 충분하기 때문이죠. 그런데 당신이 진정 하고자 하는 것은 도대체 무엇입니까?"

"인간은 누구나 같으면서도 한편으로는 서로 다르다고 봅니다. 사람에게는 제각기 사는 방식이 있지요. 옳은 길을 찾아서 그 길을 갈 용기가 있으면 누구도 잘못을 저지르는 일은 없을 겁니다. 대부분의 사람들은 지금 살고 있는 그대로 살면 된다는 말을 들어왔겠지만요."

"우리가 설교를 듣고 있는 기분인데요."

한 사람이 비판조로 말했다.

"정말 그래요. 나를 설득해서 어떤 일을 하게 할 수 있다고 생각하는 사람들이 많습니다. 종교학자라든가 사회학자, 정치가, 언론인 등이 그렇습니다. 그러나 나는 내가 하지 않으면 안 되는 일을 하는 것뿐이죠."

"당신의 생활 태도는 어떤 종교와의 갈등에서 오는 겁니까?"

"나는 종교가 없어요. 하기야 각자 나름의 종교가 있겠지요. 그러나 어떤 삶의 방식도 내게는 같기 때문에 한 번도 충돌한 적이 없습니다. 종교에 의지하는 사람은 이미 행복을 가졌거나 아니면 불행 속에 살고 있겠죠."

당신이라면 할 수 있을 거라든가 잘해보라는 등의 말들이 여권 창구 너머로 들려온 마지막 인사였다. 그들의 말투에서 이해할 수 없다는 듯한 비난이 느껴졌다. 입 밖으로 내지는 않았지만 그들은 내가 자살하려는 것은 아닌가 하고 생각하는 듯했다. 이제는 내 삶이 내 것이 아닌 것처럼 느껴졌다. 그러나 나는 내 생애의 마지막을 준비하려고 가는 것이 아니라 다만 내 길을 가고 싶을 뿐이었다. 그것은 내게 주어진 권리라는 생각이 들었다.

밀라노를 향해 알프스 상공을 날아가는 동안 창밖으로 33년을 보낸 조그만 휠뇌스 계곡을 보며 문득 내 인생의 역사가 어떻게든 이어지고 있다는 느낌이 들었다. 남티롤의 산마을 속 깊숙이 파묻혀 있던 또 하나의 인생이 내 눈앞에 나타났다. 숲으로 뒤덮인 산등, 돌로미테의 봉우리들, 산골 농민들의 촌락.

두 차례에 걸친 등반에서 수많은 어려움이 있었다. 나는 에베레스트에 올랐지만 그것은 나 자신을 위한 것일 뿐 나라를 위해 즉, 남티롤을 위해 이탈리아를 위해 혹은 오스트리아를 위해 한 것은 아니라고 분명히 말해 두고 싶다. 또한 어느 산악 단체를 위해서도 아니고 하물며 어떤 원정대를 위한 것도 아니었다. 오직 나 자신만을 위해서였다. 오로지 자신만의 목표이기를 바라는 이런 생각은 무엇이든 이상주의적 명분을 찾기 좋아하는 나라에서는 반감을 불러일으킬 수밖에 없다. 때문에 내 삶의 방식은 남티롤에서 용납되지 않았다. 때때로 나는 마치 옛날의 모험가가 된 것 같은 느낌이 들었다. 모험가는 사랑하는 모든 것을 뒤에 남겨

둔 채 떠났다가 엄청난 경험을 하고 집으로 돌아온다. 그가 돌아오면 사람들은 기뻐하며 모험을 떠나기 전 그를 만류했던 일을 까맣게 잊는다. 그런데 그가 돌아와 요란한 환영 잔치를 달갑지 않게 여기고 모험의 경험만을 보물처럼 소중히 한다면 사람들은 당장 그의 동기가 불순하다고 비난한다.

이러한 사정은 초기 원정대 때부터 오늘날까지 조금도 달라진 것 없이 그대로 이어져 내려오고 있다. 그들이 소중히 여기는 것을 빌리 메르클은 다음과 같이 기록하고 있다.

> 히말라야, '눈의 고향'—지구의 지붕, 산의 소리를 듣는 인간의 모든 행위와 꿈의 목표, 깊은 바다와 그 밑, 황폐한 사막, 북극과 남극, 아니 거기에 그치지 않고 창공까지 인류는 지칠 줄 모르고 끊임없이 탐구하고 정복했다. 그러나 베일에 싸여 있는 지구의 마지막 신비는 아직 누구의 손길도 닿지 않은 채 가장 높은 봉우리에 남아 있다. 인간은 어떻게 해서라도 이 세계의 신비를 캐내고 문제를 풀려고 한다. 새로운 세계로 돌진해 나가려고 한다. 그리고 이러한 열망 속에 놀라운 힘이 숨어 있다.
>
> —빌리 메르클, 《낭가파르바트로 가는 길》

흔히 사람들은 어떤 일에든 의미를 부여하려고 한다. 그들은 자기가 오르려는 산에 대해 지나치게 열을 올리며 달려든다. 그래서 그들은 그 이면에 숨겨진 진정한 놀라움을 경험하지 못한다. 승리를 약속받고 떠났던 1930년대의 수많은 낭가파르바트 원정대는 하켄크로이츠를 깃발에 그려 넣고 조국을 위해 싸운다는 맹세를 가슴에 새기고 낭가파르바트로 향했다. 그들은 낭가파르바트에 간 것처럼 얼마 뒤에는 전쟁터로 갔다.

> 다시 한 번 빛나는 낭가파르바트의 정상을 쳐다보았을 때 우리 가슴에서 운명과의 모든 투쟁이 사라지고 다음과 같은 생각이 떠올랐다. 즉, 이 웅대한 산에서 승리를 거두고 고국으로 돌아간다는 것은 멋진 일임에 틀림없다. 그러나 이러한 목적을 위해 목숨을 바칠지라도 뒤따르는 젊은 전사들의 마음에 길이 되고 횃불이 된다면 이 또한 얼마나 위대한 일이겠는가.
>
> —프리츠 베히톨트, 《낭가파르바트의 독일인》

지금까지 여섯 차례나 등정됐다고는 하지만 나에게 낭가파르바트는 아직도 헤아릴 수 없는 신비와 깊이로 둘러싸인 산이다. 때문에 이 산을 혼자 오르는 일은 나에게 이루 말할 수 없이 중요한 일이다. 나는 이 산에 대해 깊은 경외감을 느낀다. 그러나 내 마음을 유혹하는 정상까지의 길은 아직도 멀다. 딴생각 하지 않고 갈 수 있는 산록의 길, 눈앞에 펼쳐지는 엄청난 장관, 그 속에 내가 들어갈 수 있는 세계가 있다.

비행기 창밖을 내다보았다. 그리고 이젠 저 밑에 내가 살고 있지 않다는 것을 다행으로 여겼다. 저 멀리 성 막달레나 언덕 위에 내가 살던 집이 보였다. 이제 저곳은 내 집이 아니다. 지금까지 그토록 간절했던 고향 생각을 언제 왜 잃어버리게 되었는지 모른

휠뇌스의 막달레나 성당

다. 지금은 어디건 발길 닿는 곳이 내 집이다. 고향이 따로 없다.

이 사람 저 사람 신경 쓰며 잡다한 일에 얽매이지 않는다면, 더욱 전진해 보겠다는 부질없는 노력을 그만둔다면, 그리고 과거와의 인연을 끊는다면 사람은 누구나 자기 자신 이외의 어떤 고향도 떠날 수가 있다.

나는 다시 저 골짜기로 돌아가지 않을 것이다. 과거로 돌아가지 않을 것이며 다른 사람의 생각을 좇아서 살지도 않을 것이다.

잠이 들락말락하는 순간 갖가지 환상들이 소용돌이치며 떠올랐다. 어느새 죽음의 문제가 현실적인 일로 내 눈앞에 다가왔다. 여기에는 약간의 호기심도 있었고 과연 내가 이겨낼 수 있을까 하는 의문도 있었다.

나는 내 자신을 증명하고 싶다. 그리고 꿈을 실현하고 싶다.

낭가파르바트 단독 등반은 등반가들이 부딪히는 현실적인 문제가 아니라 내 마음속의 커다란 숙명 같은 것이다. 나는 그저 산을 오르려는 것이 아니라 내 마음속에 있는 산을 오르려는 것이다. 모든 기술을 배제하고 파트너도 없이 산을 오르려고 생각할수록 나는 환상 속에서 나만의 산을 만들어 내고 있었다. 어쩌면 궁극적인 고독의 끝까지 가서 그 고독을 넘어 보려는 것인지도 모른다.

지금까지 나는 두 번의 완전한 단독 등반을 시도했다. 1969년 여름, 나는 알프스에서 가장 어려운 암벽을 완등했다. 몽블랑 산군의 드르와트 북벽, 지베타의 오목한 필립 지대, 랑코펠 북벽의 졸라 루트, 마르몰라다 디 로카의 미끄러운 암벽을 직등한 것이다. 그리고 1978년 현재 나는 낭가파르바트로 향하고 있다.

1969년, 암벽에서 비부아크를 해야만 했을 때 나는 몹시 불안했다. 당시 나는 아주 어려운 루트를 혼자 확보 없이 등반할 수 있는 체력과 내구력이 있었다. 그러나 암벽 한가운데 있는 좁은 바위 선반에서 밤을 지새울 만한 정신력은 없었다. 그래서 나는 이 루트를 쉬지 않고 빠른 속도로 올라갔다. 또 모든 루트를 하루만에 올라갔다. 다만 마르몰라다 디 로카 남벽을 처음으로 등반할 때는 예외였다. 그 무렵 나는 밤에 느낀 불안을 씻어 버리려고 오전 느지막이 벽을 올라가곤 했다. 그리고 오후에는 일찌감치 계곡으로 돌아왔다.

나는 암벽을 오르는 동안에는 정신이 온통 한군데로 집중되어 있다. 그래서 불안이나 의심이 생길 만한 틈이 없다. 그때만큼은

6,400미터 고소의 비부아크 천막 앞에서의 메스너

고독이 느껴지지 않는다. 만약 고독이 느껴졌다면 견디기 어려웠을지 모른다. 그러나 낭가파르바트에서는 사정이 다르다. 나는 한 주 또는 두 주를 벽에서 혼자 지내지 않으면 안 된다. 그리고 높이 올라갈수록, 그럴 리야 없겠지만, 내려오기가 점점 어려워질 것 같다는 생각이 엄습해 왔다.

티케

낭가파르바트 정상에서 쓰러지지 않으려면 내 자신을 다시 찾아야만 한다. 나 스스로의 꿈을 향해 도전해야 할 때가 온 것이다. 언젠가는 모든 것이 사라진다는 사실을 너무나도 잘 알고 있다. 나는 단지 내가 지금 여기 있다는 것만으로도 족하다. 이렇게 여기 앉아 있는 동안 나는 과연 이 산을 혼자서 오를 수 있는지 스스로에게 묻는다. 혼자서 밑에서부터 저 높은 정상까지.

걷는 기술은 옳은 길을 가는 데 있다
그 길에는 친구가 있고 그 길에서 너는 강해진다
할 수 있다면 마음이 가는 쪽으로 가라
자기 길을 찾아갈 때
힘이 되고 방향이 되며 목표가 된다
아무것도 그 누구도 너를 막지 못한다

| 쿠에타 벨루체의 모하메드 타히르 |

내 안으로 걸어가다

10년 전만 해도 내게는 두려운 일이 많았다. 헤르만 불과 발터 보나티, 그들의 8,000미터 봉과 아콩가구아 남벽이 그것이다. 그러나 이 '불가능한 일들'이 모두 이루어진 지금, 내 자신의 꿈만큼 이루기 어려운 일도 없는 듯하다. 전에는 다른 사람들의 꿈을 좇곤 했지만 이제는 나 스스로의 꿈을 향해 도전해야 할 때가 온 것이다.

히말라야에 가게 되리라고는 생각도 하지 못하고 있을 무렵 나는 벨첸바흐, 메르클, 베히톨트, 바우어 등이 쓴 '독일인의 숙명의 산'에 대한 원정 보고서를 읽었다.

다음날 아침, 우리가 소용돌이치는 키린 강의 격류를 따라 말을 타고 계곡을 빠져나왔을 때는 언제 그랬냐는 듯 다시금 남색 하늘이 둥근 천정처럼 머리 위를 덮고 있었다. 고다이까지의 길은 끝이 없었다. 마침내 길이 꺾이는 곳에 이르자 드디어 꿈에 그리던 낭가파르바트가 보였다. 남벽을 바라보는 순간 우리는 넋을 잃었다. 벽의 높이는 무려 5,000미터. 아마도 이 지상에서 가장 거대한 절벽이리라. 소름끼치는 급사면 너머로 만년설이 뒤덮인 정상을 쳐다보려면 고개를 힘껏 뒤로 젖혀야만 했다. 그야말로 우리들이 이제까지 본 것 중에서 가장 위대한 모습이었다. 비할 데 없이 장엄한 이 산 앞에서 우리의 존재는 너무도 작게만 느껴졌다.

—빌리 메르클, 《낭가파르바트로 가는 길》

1970년, 우리는 이 깎아지른 듯한 경사면을 완등했다. 당시의 원정대는 규모가 컸고 물자도 수톤에 이르렀다. 동생 귄터와 나는 정상에 도달하기까지 이 벽에서 40일이라는 긴 시간을 보냈다. 히말라야 등반에 관한 나 자신만의 생각이 떠오른 것은 이때였다. 이제까지 원정대에 관한 책을 통해 알았던 8,000미터 봉을 나는 다른 각도에서 보게 되었다. 그리고 여태껏 고산 등반가들로부터 배운 갖가지 방식을 버리기로 했다.

그때부터 나는 산에 대한 인식뿐만 아니라 전통적인 공격 방법도 달라져야 한다는 생각이 들었다. 그때서야 나는 비로소 히말라야를 재발견하고 나 자신의 꿈을 키우며 나의 세계에 의미를 부여할 수가 있었다.

나는 단독 등반에 대해 끝없는 애착을 느꼈다. 그래서 나는 낭가파르바트로 향했다. 아마도 나와 같은 생각을 가지고 있는 등반가가 아니고서는 이런 일에 만족을 느끼진 못할 것이다. 그러나 나에게는 용기와 힘과 마음의 평온 그리고 그 무엇과도 바꿀 수 없는 홀가분한 기분이 들었다.

원정대의 의무대원 우즐라 그레터

나는 언제나 망설이지 않고 하고 싶은 일을 한다. 그럴 때면 지난 일도 다가올 일도 모두 내 앞에서 사라지고 만다. 나는 어떤 일이건 그것이 나에게 전부일 때 행동한다. 내가 하는 일의 성공 여부는 중요하지 않다. 무엇인가를 하고 있다는 사실 그 자체가 중요하다.

파키스탄의 등반 규칙에 따르면 단독 등반자인 나에게도 베이스캠프까지는 의료원과 연락 장교를 대동해야 할 의무가 있었다. 그리고 원정 허가를 얻으려면 모두 1,200달러의 수수료를 내야만 했다. 1만 마르크의 예산에서 이것은 큰 액수였지만 나는 육군 소령인 테리와 원정대의 의무대원 우즐라를 대동했다.

우즐라 그레터는 의학부 여대생으로 곧 졸업할 예정이었다. 그녀는 산에 오른 적은 없지만 베이스캠프에서 내가 돌아올 때까지 연락 장교와 함께 기다리기로 했다.

우즐라는 호텔에 있든 텐트 안에 있든 개의치 않고 지낼 수 있는 드문 사람이었다. 벌써 수년 전부터 그녀는 홀로 세계 곳곳을 여행했으며 또 황량한 산악 지대를 걷는 것도 좋아했다. 그녀는 혼자 에베레스트의 베이스캠프까지 왔다가 다시 로마에서 나와 합류해 비행기로 파키스탄으로 향했다. 우즐라와 나는 관광객으로 여행했는데 그녀는 자기 짐과 약간의 의약품을, 나는 등반용 장비와 수킬로의 식량을 휴대했다. 그 안에는 굳은 플라데 빵과 고체 수프 그리고 가스 카트리지 열 개가 들어 있었다. 그 밖의 물건은 모두 라왈핀디에서 살 작정이었다. 로마발 라왈핀디 직행 항공기를 타고 갈 때 우리는 일등석에서 환대용으로 받은 고급 포도주를 마셨다. 기내에서 우리는 눈앞에 다가올 모험에 대해 처음으로 자세하게 의논했다.

밤이 되서야 라왈핀디에 도착했다. 예약을 하지는 않았지만 프레슈멘즈 호텔에 방을 구할 수 있었다.

라호레에서 서북쪽으로 170마일 정도 떨어진 라왈핀디는 카우보이가 없다는 것 빼고는 미국 서부의 거리와 다를 바 없었다. 넓은 길이 곧게 뻗어 있었고, 고압선이 길게 늘어져 있었으며, 모양이 비슷한 집들이 줄지어 서 있었다. 경적을 울리는 자동차들, 딸랑딸랑 소리를 내며 지나가는 마차, 길가의 상인들, 베일을 쓴 여자 등등 이 거리에서 계획성은 아예 고려되지 않은 듯했다.

라왈핀디에서 동북쪽으로 7마일 정도 떨어진 곳에 있는 이슬라마바드는 파키스탄의 새로운 수도이다. 기후는 이곳이 훨씬 좋았다. 커다란 관청 건물, 아담한 공원 그리고 대로가 있는 상가 등이 생긴 지 10년이 안 되는 위성도시의 모습을 잘 보여 주고 있었다.

도착해서 열흘 동안은 라왈핀디와 이슬라마바드 사이를 바쁘게 오갔다. 우리가 묵고 있는 곳은 라왈핀디이고 관청 관련 일은 모두 이슬라마바드에서 처리해야 했기 때문이다.

우리는 모하메드 타히르 소령을 테리라고 불렀다. 연락 장교로 배속된 그는 신장이 190센티미터나 되고 체중이 100킬로그램이 넘었지만 조용하고 마음씨 고운 28살의 건장한 사나이였다. 나는 테리에게 호감이 갔다. 그는 우리에게 배속된 것을 자랑으로 여겼다. 그는 내가 단독 등반을 한다는 걸 알고 있었다. 우리가 물건을 살 때나 관광성에 들릴 때나 그는 늘 우리를 따라다녔다. 그리고 문제가 생기면 나서서 도와주었다. 원정에서 이런 일은 무척이나 고마운 일이다.

관청 일은 마음에 들었다. 관광성에 근무하는 아왕 씨는 그곳에서 일한 지 수년 된 사람인데, 늘 우리에게 적절한 조언을 해 주었다.

얼마 후 우즐라와 나는 값이 싼 미스 · 데이비스 호텔로 방을 옮기고 즐거운 기분에 젖어 있었다. 호텔에는 일본 원정대와 프랑스 원정대도 묵고 있었다. 그들에게서 얻은 정보에 의하면 우리와 같은 기간에 슈바벤의 원정대도 낭가파르바트 남쪽에서 등반을 한다고 했다. 오스트리아의 한 그룹도 디아미르 사면 왼쪽에 있는 킨스호퍼 루트에 다시 도전한다고 했다. 나는 디아미르 벽 중앙부를 오르기로 계획하고 있었다. 그렇다면 최소한 산 속에서 다른 사람들과 마주치는 일은 없을 것이다. 나는 유럽 알프스에서 단독 등반을 할 때처럼 밑에서부터 꼭대기까지 남의 도움 없이 올라갔다가 돌아오고 싶었다.

라왈핀디에서 우즐라와 나는 대부분 파키스탄 음식을 먹었다. 파키스탄 음식은 일종의 버터기름인 '기'나 겨자기름 또는 식물성 지방으로 조리하며 고기나 생선, 야채 요리의 맛이 진하다. 디저트는 대체로 달콤하다. 사프란이나 장미의 향수 그리고 '게브라'라는 우아한 꽃을 써서 만드는데, 디저트의 가장자리를 두른 은비치 장식은 먹을 수도 있다.

떠나기 전날 밤 우리는 '티카 카바브'를 주문했다. 티카 카바브는 양념한 고기 덩어리를 조그마한 꼬챙이에 끼워서 불에 구운 것이다. 식사 후에는 '샤히 투크레이'를 먹었다. 샤히 투크레이는 텁텁하지만 맛이 좋은 빵 푸딩이다. 다음은 얇게 썬 빵을 기름에 튀긴 뒤 밀크나 크림으로 쪄서 시럽으로 맛을 내고 사프란의 향료를 친 다음 가장자리를 아몬드와 피스타치오로 장식한 것을 먹었다.

"어째서 낭가파르바트에 혼자 오르려고 하는 거죠?"

갑자기 우즐라가 물었다.

"나는 꽤 오래전부터 장비를 가능한 한 쓰지 않는 등반을 해 왔지. 에베레스트 등반에는 산소 기구도 사용하지 않았어. 에베레스트 등반 이후 나는 꼭 파트너 없이 혼자서 산을 오르고 싶다는 마음이 간절했지. 이번에는 반드시 혼자 힘으로 해 보고 싶어."

"그렇군요. 하지만 사람이란 완전히 혼자 살 수는 없는 것 아닌가요?"

"그렇기는 해. 그건 나도 잘 알고 있어. 집을 떠난 지 수년 동안은 어머니와 떨어져 있는 게 아주 쓸쓸했었지. 오랫동안 나는 어머니한테 의지해 왔었거든. 지난 번에 낭가파르바트에 갔을 때는 우쉬한테 의지했었지. 그것뿐만이 아니냐. 큰형이 집을 떠나 학교에 갔을 때도 무척 외로웠어. 우리는 모두 아홉 형제였고 나는 그중 둘째였지."

"혼자서 살 때 새로운 자유의 세계가 열리나요?"

"아마도 그럴 거야."

트래킹 코스로 카간 계곡과 바부자르 고개를 통과해도 좋다는 허가가 났다. 이 코스는 고개를 여러 번 넘어야 하기 때문에 낭가파르바트로 가는 지름길이라고는 말할 수 없었다. 수시로 노상강도가 출몰해서 모두가 두려워하는 곳이었다.

카간 계곡은 95마일이나 되고 4,000미터 고소까지 길이 나 있다. 이곳은 경치가 다채롭고 기후가 좋아 파키스탄 관광객들도 자주 찾는 곳이다. 여름 한철 이곳은 여행지가 된다. 그러나 깊숙한 오지에는 아직 차가 다니지 못한다.

6월 12일 오전 열 시, 우리는 차로 라왈핀디를 떠나 이동하기 시작했다. 이동 수단인 포오드 · 버스의 첫인상은 너무도 낡아서 가다가 멎을 것만 같았다. 찌는 듯한 더위 속에 차는 산길을 오르내렸다. 정오가 되자 발라콧에 도착했다. 우리는 버스에서 지프로 갈아탔다. 그리고 잠시 휴식을 취한 뒤 다시 이동했다. 계곡 왼쪽으로 강바닥에서 올려다보이는 곳에 길이 나 있었다. 우리는 한쪽이 낭떠러지인 길을 가야만 했다. 태양은 머리 위에서 내리 쬐고 있었고 오른쪽 산에는 그늘진 곳이 없었다.

나란을 눈앞에 두고 거대한 눈사태가 있었던 곳이 나타났다. 기분이 좋지 않았지만 잠시 지체할 수밖에 없었다. 기분이 나빠진 것은 몹시 더운 탓이라 생각했다. 해가 머리 위에서 타는 듯 계속 내리쬐고 있었다.

나란은 파키스탄 대로변에 있는 전형적인 마을 중 하나였다. 건물의 반은 시가지처럼 차도를 중심으로 모여 있었고, 나머지는 밭과 메마른 산비탈까지 이어져 있었다. 우리는 과일 가게 앞에서 차를 세웠다. 나는 지프에서 내려 망고 세 개, 멜론 한 개, 그리고 배 몇 개를 샀다. 어디를 가나 엄청나게 많은 파리가 날아다녀서 처음에는 파리밖에 눈에 띄지 않았다. 과일을 집으려고 하면 파리떼가 사방으로 흩어졌다.

건너편 시장에서 차파티를 팔고 있었다. 길거리에서 우리는 차파티를 먹었다. 나는 차파티를 좋아해서 파키스탄에 온 이후로 줄곧 차파티를 먹었다. 시장에는 사람들이 많아서 지프를 천천히 몰아야 했다. 길가에는 200~300미터에 걸쳐 사람 키 높이의 판잣집이 끝없이 늘어서 있었다. 모두 가게들뿐이었다. 이곳 남자들은 조금도 서두르는 기색이 없었다. 그들은 교통이 막히면 길 한가운데서 시끄럽게 떠들고 있었다. 한 젊은이가 새끼를 밴 당나귀를 끌고 시장에 왔는데, 손에는 라디오를 들고 있었다. 그는 라디오에서 흐르는 음악에 장단을 맞춰 춤을 추듯 경쾌한 걸음으로 사라졌다.

오후 느지막이 지프를 보내고 우리는 휴게소가 있는 곳으로 한가롭게 걸어갔다. 주위는 온통 푸른 풀밭이었고 서너 마리의 당나귀가 한가롭게 풀을 뜯고 있었다. 휴게소는 돌과 콘크리트로 지은 단조로운 건물이었다. 창문틀과 서까래는 녹색 페인트를 칠한 목재로 되어 있었다. 줄눈이 있는 벽으로 둘러싸인 네모 상자 같은 집은 원주민들이 사는 회갈색 움막과 대조를 이뤄 묘한 인상을 주었다. 휴게소 앞에는 울타리가 쳐져 있었고, 그 안에는 우두머리인 듯한 사람 주위로 여러 명이 삼삼오오 모여서 마치 우리를 기다리고 있기라도 하는 듯 서 있었다.

따뜻한 햇볕이 양지바른 잔디밭에 쏟아지고 있었다. 너무나 평화로운 풍경이었다. 이곳까지 차파티 냄새가 퍼져 있었다. 휴게소에 가까이 가자 입구에 원주민들이 있었다. 옷차림으로 보아 라왈핀디 카라치 혹은 라호레에서 온 관광객인 것 같았다. 마치 땅에 뿌리를 내리기라도 한듯 휴게소 앞에서 떠나지 않고 서 있는 이곳 사람들은 파키스탄 관광객들과 섞여 있으면 울긋불긋한 옷 때문에 일종의 장식 효과를 냈다. 마치 각각 다른 시대의 인간을 한꺼번에 구경할 수 있도록 모아 놓은 것 같은 풍경이었다.

우리는 그들에게 가까이 다가갔다. 테리가 뭐라고 말을 건네자 그들의 표정이 살아났다. 그들은 서로 껴안고 인사를 나눴다. 단층집에서 한 남자가 나와서 "할로!" 하고 인사했다. 내가 "굿 모닝!" 하고 대꾸하자 모두 웃어댔다. 그러고 보니 벌써 저녁이다 되었던 것이다.

이곳에 외국인이라고는 우리 둘밖에 없었다. 우리는 방 두 개를 얻고 여덟 시에 저녁 식사를 먹을 수 있도록 해달라고 부탁했다.

"치리 소스에 양고기 어때요?"

쿡이 자리를 뜨기 전에 상냥하게 물었다.

"티케. 그렇게 해 줘요."

나는 대답했다.

우즐라와 나는 다시 거리로 나갔다. 먼지가 이는 혼잡한 거리로 들어서기 전에 나는 잠시 휴게소 쪽을 바라보았다. 굴뚝에서 연기가 나고 있는 휴게소는 주위 풍경과 어울리지 않는 낯선 물체로 보였다. 그림자가 점점 길어졌다. 사람들이 하나 둘 진열대를 치우기 시작했고 한 남자가 가게 앞길에 물뿌리개로 물을 뿌리고 있었다.

"기분이 이상해지는데요."

우즐라가 밝은 표정을 지으며 말했다.

나는 힐끗 시계를 본 뒤 하늘을 쳐다보았다. 저녁 여섯 시. 하늘에는 구름 한 점 없었다. 우리는 오늘 꽤 먼 길을 걸어왔다.

"이런 식으로 가면 일주일 후에 베이스캠프에 도착하겠는 걸."

나는 우즐라에게 말했다.

"티케."

그녀는 대답하며 만족스러운 표정을 지었다.

'티케'는 우르두어로 '그렇다', '그것으로 됐다', '기분이 좋다', '만사 순조롭다' 등의 뜻으로 쓰인다. 어떻게 말하느냐에 따라 그 뜻이 달라지며 대체로 긍정적인 의미에서 어떤 상태를 인정하는 뜻이 되지만 상황에 따라서는 부정적으로 쓰이기도 한다. 또한 올바른 루트를 가리키는 말도 티케로 통한다.

벌써 14일째 걷고 있다. 그래도 서두르지 않았다. 우리는 여정에서 잠시 벗어나 사이플 물르크라는 호수에 갔다. 그곳에서 두어 시간 동안 머물며 주위를 돌아보았다. 호수는 조용하고 산마저 고요해 내 몸에 정적이 스며들 것만 같았다. 나는 가끔 껑충거리며 내 발에 있는 힘을 느껴보았다. 그리고 가만히 앉아 수면을 바라보았다. 호수에는 해가 비치고 있었다.

유럽에 있는 동안 나는 견딜 수 없는 기분이었다. 사람들에게 이리저리 끌려다니고 그들은 내 생활을 마음대로 할 수 있다고 믿고 있는 듯했다. 아예 내 생활은 없는 것처럼 굴었다.

낭가파르바트 정상에서 쓰러지지 않으려면 내 자신을 다시 찾아야만 한다. 내 일을 후세가 알아주길 바라는 것은 아니다. 언젠가는 모든 것이 사라진다는 사실을 나는 너무나도 잘 알고 있다. 나는 단지 내가 지금 여기 있다는 것만으로도 족하다. 이렇게 여기 앉아 있는 동안 나는 과연 이 산을 혼자서 오를 수 있는지 스스로에게 묻는다. 혼자서 밑에서부터 저 높은 정상까지.

에베레스트에서 낭가파르바트로 오는 사이에 나는 트래킹을 하지 않았다. 트래킹을 하고 싶은 생각이 전혀 들지 않았다. 무엇인가 다른 일을 위해 내키지 않는 어떤 일로 고생까지 한다면 내 인생이 너무 고달프다는 생각이 들었다. 그저 시간이 날 때마다 마음이 내키면 달리고 바위에 매달려 보았다. 다른 해야 할 일들이 많았기 때문이다. 점점 시간이 지날수록 나는 낭가파르바트에서 버텨 낼 만한 육체적인 조건을 갖추고 있는지 자신할 수 없었다.

지난번에 내가 왜 실패했는지 자문해 보았지만 그 이유를 정확히 알 수 없었다. 그때 나는 전혀 체험해 보지 못한 고독에 부딪혀 도망치기에 바빴다. 그 아득한 높이에서 올바른 결단을 내릴 수 없다는 불안 때문에 마음을 걷잡을 수 없었다. 고통 속에서 절망할 것 같은 불안도 있었다. 세 차례에 걸친 도전에서 실패한 것은 정신적으로 나약했기 때문이다. 나 자신으로부터 도망친 것이다. 그러나 그 속에서도 하나의 열망이 나를 놓아주지 않았다. 그 열망은 내가 실패를 거듭할수록 그리고 산에 대한 경험이 많아질수록 더욱 나를 붙들었다. 그 후 1978년 봄, 에베레스트 원정 때 파키스탄 정부로부터 단독 등반 허가를 받고 나는 뛸 듯이 기뻤다.

고독이란 마음속에서 생겨나는 것이지 외부로부터 생기는 것이 아니다. 때문에 나는 이 힘을 이용할 수 있을 때 비로소 낭가파르바트 단독 등반에 성공할 수 있다고 생각했다. 나는 등반가로서 정상까지 갈 수 있는 능력과 올바른 루트를 찾아낼 수 있는 본능적인 감각 그리고 며칠 동안 아니 몇 주 동안이라도 거대한 벽에서 지낼 수 있는 내구력을 가지고 있다고 자신했다.

트래킹을 이어가는 동안 나는 보통 지프 지붕에 누워 있거나 아니면 돌투성이 길을 혼자 걸으며 길가의 사람들을 구경하곤 했다. 그들은 별세계에서 온 생물을 대하듯 나를 쳐다보았다. 테리와 나는 약속한 것은 아니지만 하나의 모토 같은 말을 주고받곤 했는데, 골치 아픈 일이 생길 때마다 우리는 이 말을 외치곤 했다.

"아무도 우리를 막지 못해!"

이 말은 현재 우리의 심정을 대변해 주고 있었다. 비단 정상까지 오르려는 나의 결심을 나타내는 것만은 아니었다. 그것은 우연히 서로 알게 된 우리 세 사람의 마음을 나타내고 있는 것이었다.

높이 올라갈수록 고산의 계곡은 점차 웅대한 모습을 드러냈다. 그와 더불어 길을 가로막는 눈사태의 덩어리도 많아졌다. 두 갈래의 물줄기가 합쳐지는 표고 3,000미터의 부라와이에서 다리의 통행을 제한하고 있었다. 우리는 통행료로 100루피를 지불했다. 그러자 스스로 책임질 수 있다면 건너가도 좋다고 했다.

지프 통과가 어렵게 되어 우리는 원정대의 짐을 한 마리의 낙타에 옮겨 실었다. 키가 큰 백발의 유목민이 말을 빌릴 수 있는 다음 부락까지 우리를 안내했다. 밤이 늦어서야 다음 부락인 베잘에 닿았다. 그곳은 표고 약 3,150미터 지점으로 주위는 온통 황량한 산들로 둘러싸여 있었다. 우리는 초라하고 작은 돌집에 묵기로 했다.

다음날 우리는 정오가 다 돼서야 출발했다. 말 세 마리를 들에서 끌어다 안장을 얹기까지 많은 시간이 걸렸기 때문이다.

수송대보다 앞서서 룰루 · 자르 호수의 동쪽 기슭을 따라 천천히 걷고 있을 때 그곳 원주민과 만났다. 어느새 비가 내리고 있었다. 마침내 기티다스에 닿을 때쯤 몸에서 열이 나기 시작했다. 바부자르 고개 밑에 있는 마지막 휴게지인 계곡의 초원에 이르렀을 때 일사병에 걸린 것처럼 몹시 힘들었지만 서둘러 고개를 넘기로 했다.

기티다스의 휴게소는 제법 튼튼하고 성채같이 보였지만 사람이 살 곳은 못 되었다. 위층은 완전히 부서졌고 외벽에는 총알 자국이 수없이 나 있는 것으로 보아 이 고장도 항상 평화롭지만은 않았다는 것을 알 수 있었다.

바부자르 고개로 가는 길은 바부자르까지의 트래킹에 비하면 훨씬 수월했다. 그럼에도 나는 여러 번 구토를 했다. 밤에는 쓰러질 뻔도 했지만 계속 걸어갔다. 어둠 속에 서 있는 시커멓고 뾰족한 봉우리들이 마치 무시무시한 성벽처럼 보였다.

바부자르에 도착했을 때 주위는 몹시 어두웠다. 20~30채의 움막이 숲 속 이곳저곳에 산재해 있었다. 여기저기 불이 피워져 있었고 개 짖는 소리가 들려왔다. 먼저 와 있던 테리가 형무소 건물 안에 숙소를 마련하고 우리를 맞이했다. 우리는 한동안 매트리스 위에 누워서 무사히 고개를 넘은 것을 자축했다. 아침부터 몸이 불편했던 나는 완전히 지쳐 있었다.

부라와이에서 따라온 마부들에게 약속한대로 임금을 지불해야만 했기 때문에 다음날 아침부터 시끄러운 홍정이 벌어졌다. 마부들은 트래킹이 시작되기 전 소개인에게 지불한 돈의 절반도 받지 못했다고 투덜댔다. 하지만 나로서도 별 도리가 없었다. 우리의 원정 예산에도 한도가 있었다. 그들은 이런 사정을 이해하려고 하지 않았다. 이토록 먼 곳까지 사치스러운 여행을 하고 있는 우리가 왕후나 귀족처럼 금은보화를 뿌릴 수 없다는 것이 포터들로서는 이해가 되지 않는 듯했다. 그들은 우리를 값비싼 보물이라도 찾아 나선 엄청난 부자로 여기고 있는 듯했다.

형무소 안의 숙소 옆에 잔디밭이 있었다. 너비 50미터, 길이 300미터 정도의 크기였는데 주위에는 돌담이 둘러져 있었다. 그것은 이 근처의 어느 마을에서나 볼 수 있는 폴로 경기장이었다. 폴로는 용맹스러운 기마 경기로 수백 년 전부터 내려오는 산간지방의 민속 스포츠다. 물론 유럽이나 미국에 흔히 있는 폴로 클럽들과는 거리가 멀다. 이 경기에는 규칙이 하나뿐인데, 한편이 아홉 개의 소올을 넣으면 승부가 결정된다. 작고 날쌘 기수들이 말을 타고 흰 공을 쫓아 숨 쉴 틈 없이 경기를 벌인다. 서로 상대를 돌담에 몰아붙여 말에서 떨어지게 만들기도 하고, 너무 승부에 집착한 나머지 공이 아닌 상대방의 이마를 막대기로 후려치기도 한다. 마치 칭기즈칸 시대의 기마전을 재현시킨 듯한 광경이 벌어지는 것이다.

터키 당국에서 호의를 베푼 지프로 잠시 동안 타고 가다가 내려 다시 걷기 시작했다. 고산지대 숲을 지나자 잠시 후 황량한 경사면에 이르렀다. 그러자 침엽수 대신 활엽수림이 나타났다. 나무 사이로 잘 익은 옥수수 밭과 살구나무와 포도밭이 보였다. 층계 진 가파른 지대를 지나 계곡으로 깊숙이 들어서자 갑자기 모든 식물이 사라졌다. 그리고 길가에 드문드문 풀이 나 있는 메마른 경사지가 계속됐다. 기온으로 볼 때 인더스 강이 그리 멀지 않은 것 같았다.

협곡을 지나자 느낌이 좋지 않은 곳이 나타났다. 포터들도 이를 감지했는지 걸음을 멈췄다. 할 수 없이 이곳에서 하룻밤을 묵을 수밖에 없었다. 이곳은 기온 변화가 아주 심한 곳이었다. 해가 산을 넘어가자 산에서 찬바람이 불어왔고, 인더스 계곡에서는 뜨거운 열기가 몰려왔다. 밤이 깊어서야 이러한 기온 이동이 멎었다. 한밤중에는 계속 돌덩이들이 계곡 물에 밀려 끊임없이 시끄러운 소리를 내는 바람에 한동안 잠을 이루지 못했다.

이렇게 며칠 동안 산록을 이동하면서 나는 평상시의 식생활 습관을 잊었다. 이따금 식사 때를 거르고 길가에서 음식을 사 먹으면서 걸었다. 그리고 잠시 쉬었다가 걷고 싶으면 다시 걸었다. 그러나 포터에게 의지해야만 한다는 것은 여전히 불편했다.

이즈음의 파키스탄은 어디를 가나 더웠다. 우리는 길가에서 물소가 풀을 뜯고 바위 굴 속에 사람이 사는 모습이 종종 눈에 띄는 지역을 지나 트래킹을 계속했다. 가끔 양떼가 길을 가로질러 지나갔기 때문에 우리는 걸음을 멈추고 기다려야만 했다. 전에 왔을 때는 더위 때문에 숨을 제대로 쉴 수가 없어 지치곤 했으나 이번에는 그렇지 않았다.

계곡 양쪽에는 낮고 황폐한 산들이 줄지어 있었다. 주위 어디를 봐도 삭막하기 이를 데 없었다. 그러다가 간혹 인공 수로가 있는 조그마한 녹지대가 나타나기도 했다.

마음을 단단히 먹지 않았다면 도중에 트래킹을 단념했을지도 모른다. 예전에는 라왈핀디에서 자동차로 사흘이면 낭가파르바트 가까이까지 갈 수 있었다. 그러나 요즘은 이 루트가 정치적인 이유로 폐쇄됐다. 중국과 파키스탄의 저지대 사이에 도로를 건설한 중국이 외국인의 통행을 금지하고 있기 때문이다. 그래서 우리는 길을 돌아 남쪽으로 낭가파르바트에 가야만 했다. 때문에 별수 없이 포터를 고용해야만 했다. 그리고 이 여섯 명의 파키스탄 산골 농부들은 우리한테 마지막 1루피까지 받아 내는 요령을 알고 있었다.

파키스탄에서 통조림, 치즈, 콘프레이크, 설탕, 우유 등 식량을 구할 수 있는 대로 구했다. 그리고 새로 구입한 식량은 손대지 않고 지금 당장은 현지에서 사서 먹도록 했다.

인더스 계곡의 더위는 아주 고약했다. 가파른 경사면 위쪽으로 길이 나 있었는데, 잠시 후 층계 진 곳을 지나자 마을이 보였다. 길은 오르락내리락했다. 주변 경관은 자연의 무서운 힘을 느끼게 했다. 인간은 짐승처럼 이 자연 속에 무방비로 내던져진 존재나 다름없었다.

외부인들에게 이곳 사람들은 가난하게 보였다. 그러나 그들은 그렇게 생각하지 않았다. 산골의 농부들은 바위 그늘에서 쉴 수 있는 것만으로도 행복하다고 생각했다. 그들은 이 메마른 계단식 경작지밖에 모르며 지금 있는 것들만으로도 충분하다고 생각했다.

아이들은 거의 벌거벗고 지냈다. 살갗은 때가 끼어 꺼슬꺼슬했고 어느 아이나 커다란 감자 같은 배를 하고 있었다. 지금은 가장 습도가 높은 계절인데도 마을 하늘에는 모래 먼지가 구름처럼 덮여 있었다. 이 지역은 북쪽으로 중국의 신강성, 서쪽으로 아프

우리는 넓은 초원에서 야영을 하기로 했다

가니스탄, 동쪽으로 펀자브의 광대한 평원이며 몬순기에 접어들고 있었다.

우리는 울창한 활엽수림 아래서 걸음을 멈췄다. 야영지로 안성맞춤이라는 생각이 들었다. 나는 등산화와 양말을 벗었다. 초원의 풀은 베지 않았는데도 아주 짧고 명주처럼 부드러웠다. 우리가 서 있는 옆쪽으로 흐르는 도랑에서 나는 발을 씻었다. 그때 머리 위쪽에서 뚝뚝 소리가 났다. 소리가 나는 쪽을 쳐다보니 한 소년이 나뭇가지에 앉아서 잎을 따고 있었다. 나뭇잎과 풀은 축축하고 포근했다. 나는 뿌리가 땅 위로 나와 작은 언덕 같은 모양을 한 나무 밑에 앉았다. 마을 하늘에 엷은 연기의 띠를 만들던 조용한 바람이 내가 앉아 있는 쪽으로 불어왔다. 바람은 움막 냄새와 함께 계곡을 둘러싼 바위의 따뜻한 기운까지 실어 왔다. 하늘은 황혼을 알리는 밝은 빛으로 가득 찼다.

파리와 개미가 다리 위를 기어 다녔다. 나무 위의 소년은 여전히 이파리가 붙은 가느다란 가지를 아래로 던지고 있었다. 나는 나무 밑에 기대어 눈을 감았다. 머리 위에서는 나뭇잎이 살랑거리고 발바닥에는 풀이 닿아 간지러웠다. 이제는 마음이 놓였다.

나는 잠시 쉬는 동안 꾸벅꾸벅 졸음에 빠졌다. 문득 주위를 눈여겨보지 않고 아무런 생각도 하지 않고 있는 나 자신을 느낄 수 있었다. 그러자 죽은 듯이 조용한 속에서 기묘한 세계가 나타났다. 이제껏 벽처럼 가로막고 있던 내 생각이 한발 뒤로 물러나자 주위에 있던 모든 것이 내 안으로 들어왔다. 그것은 보거나 냄새를 맡거나 소리를 들을 수 있는 성질의 것이 아니었다.

잠시 후 나는 꿈을 꾸었다. 꿈속에서 나는 마지막 안부鞍部를 가로지르며 끝없는 눈 사면을 헤매고 있었다. 무섭게 불어대는 바람과 싸우며 벽을 오르는 나 자신을 느낄 수 있었고, 정상의 날카로운 바위 봉우리에 닿으려는 순간 피로와 절망과 환각에 쓰러져 있는 또 다른 내 모습이 보였다…….

꿈에서 깨어나자 내가 무언가를 찾고 있었다는 생각이 머리를 스쳤다. 그러나 그것이 죽음은 아니었다. 죽음을 찾는다는 것은 찾는 것이 없다는 얘기다.

우리는 포근한 기운이 남아 있는 잔디 위에서 넓은 하늘을 보며 밤을 보내기로 했다. 몹시 더웠지만 곧 잠이 들었다. 야영지 가까이 흐르는 수로에서 시원한 공기가 기분 좋게 퍼지고 있었다. 움직이기를 거부하던 포터들은 저녁이 되어서야 하나 둘 모습을 나타냈다. 주위는 다시 시끄러워졌지만 사람 사는 기분이 났다. 그들은 모두 씩씩한 얼굴을 하고 있었으며 어디 것인지 모를 구식 총을 가지고 있었다. 영국 아니면 러시아에서 만든 단발식 총인 듯했다. 그런데 가슴에 두른 폭넓은 탄띠에 탄약통을 두 개 이상 가진 자는 얼마 되지 않았다.

모든 시간이 멈춰 버린 곳

이른 아침이라서 그런지 계곡에는 그늘이 져 있었다. 하지만 봉우리들은 햇빛을 받아 환하게 빛났다. 우리는 골짜기를 내려가 고개로 이어지는 건너편 언덕으로 올라갔다. 계곡은 서쪽으로 열려 있었다.

농부들은 작은 당나귀 등에 짐을 싣고 돌로 뒤덮인 비탈길을 느릿느릿 올라갔다. 우즐라와 테리가 그 뒤를 따랐다. 두 사람은 제법 이야기가 통하는 모양이었다.

한낮에 우리는 좁고 가파른 산길을 올랐다. 산길 중간 중간에 나무가 군데군데 서 있었다. 햇볕이 머리 위에서 강하게 내리쬈다. 목덜미가 너무 뜨거워서 차양이 달린 모자나 이곳 사람들이 쓰는 터번이라도 두르고 싶은 마음이 간절했다.

내가 서 있는 곳에서 멀리 계곡들이 보였다. 조그만 산들이 모여 있는 저편에 인더스 계곡의 우묵한 분지가 보이는 듯했다. 그 사이로 가느다랗고 하얀 물줄기가 분지를 뚫고 흐르고 있었다.

갑자기 갈증이 심하게 났다. 그러나 근처에 샘이라고는 전혀 보이지 않았다. 사방을 둘러보아도 잔설조차 눈에 띄지 않았다. 고개까지 가려면 앞으로 두 시간은 더 걸릴 것 같았다. 나는 양들이 다니던 길 위쪽까지 살펴보았다. 그러나 근처에는 길도 없이 짐승의 발자국만 있을 뿐이었다. 그마저도 가까운 구덩이에서 발자국이 끊겼다. 그러나 위쪽으로 많은 발자국들이 한데로 모인 흔적이 희고 구부러진 띠 모양으로 뚜렷하게 남아 있었다.

덥고 피로한 데다 파리떼가 쉴 새 없이 괴롭혔지만 걸음을 멈추는 것보다 계속 오르는 편이 더 나았다. 며칠이건 걷는다는 게 얼마나 즐거운 일인가. 작은 배낭 하나만 멨을 뿐 손에 든 것은 아무것도 없었다.

주위의 풍경을 바라보며 길을 따라 그저 위쪽을 향해 몸을 움직일 때 나는 커다란 즐거움을 느낀다. 또한 혼자서 걷는 일은 언제나 즐겁다. 그것도 그냥 이렇게 마냥 걷는 것이 좋다. 내 주위에 사람이 있으면 기분이 좋지 않다. 길을 가면서 떠드는 것도 나는 좋아하지 않는다. 가야 할 길을 본능적으로 찾아갈 때 모든 생각을 잊을 수 있다.

돌 틈에 돋아난 작은 풀덤불이 시들어 있었다. 바위 위에는 공기가 하늘거렸다. 조금 전까지 귀찮게 굴던 파리도 어딘가로 사라지고 보이지 않았다. 주위의 풍경을 오감으로 느낄 수 있을 것 같았다. 나는 두 팔을 벌리고 텅 빈 세계로 뛰어들고 싶은 충동을 느꼈다. 나는 천천히 같은 속도로 걸었다. 그러다 고개에서 20~30미터 떨어진 곳에 이르렀을 때부터 걸음을 빨리해 마지막에는 거의 뛰다시피 했다. 고개에 도착했을 때는 무척 숨이 찼다.

동쪽에서 바라본 낭가파르바트

"낭가파르바트가 보인다!"

맞은편 계곡에서 돌풍이 불어오자 침착했던 마음이 흐트러지는 듯했다. 흥분으로 온몸이 떨렸다. 내 몸은 낭떠러지 앞에 서 있었지만 마음은 동쪽으로 천천히 움직이는 듯했다. 차분하게 생각을 할 수가 없었다. 마치 최면술에 걸린 듯 내 정신을 끌어당기는 것은 짙은 안개 뒤에 초연하게 솟아 있는 산이었다.

이윽고 깊은 계곡을 덮고 있던 구름의 장막이 걷히자 낭가파르바트 서북 벽이 위압적인 모습으로 나타났다. 정상과 30킬로미터 이상 떨어져 있는데도 낭가파르바트는 상상하기 어려울 정도로 높았다. 앞산의 거무스름한 후면에 늘어진 빙하의 만년설은 눈이 부셨다. 절벽 줄기를 자세히 훑어보았으나 최대 경사면을 따라 오르기는 어려울 것 같았다. 그때 구름이 벽을 가렸다. 마치 너무 오래 봤다고, 이제 그만 보라고 가리는 듯했다. 잠시 후 다시 구름이 흩어졌다.

동녘 산줄기를 바라보고 있을 때 하나의 루트를 찾아낸 듯싶었다. 하지만 디아미르 벽은 내 기억 속에 있는 것보다 훨씬 높아 보였다. 저기까지 가려면 상당한 거리를 가야 한다.

발밑으로 펼쳐진 대지는 회갈색을 띠고 있었다. 주위에는 숲으로 뒤덮인 언덕들이 이어져 있었고, 그 뒤로 두 개의 산등성이가 보였다. 청록빛을 띤 거친 바위산은 사람들의 접근을 거부하고 있는 듯했다. 그중 유독 낭가파르바트는 마치 이 세상의 산이 아닌 양 초연하게 솟아 있었다.

고개에서 바라보니 논밭과 마을이 구분되어 보였다. 그러나 자세히 알아볼 수는 없었다. 마을 위를 덮고 있는 대기층은 논밭 위쪽의 하늘과는 달랐다. 그 아래로 굽이쳐 흐르는 물줄기가 보였다. 왼편으로는 깊은 골짜기가 있는데 그곳이 바로 인더스 계곡이다. 이전에는 그 쪽으로 오곤 했다.

"이번에는 반드시 해낸다."

이렇게 나 혼자 중얼거리다 갑자기 떠오른 속담에 혼자 웃음을 지었다.

'샘에 자주 가는 항아리는 깨진다.'

하기야 물을 계속 채우려다가는 그럴 수도 있을 것이다.

갑자기 몸에서 땀이 났다. 고개 위로 부는 바람이 달갑지만은 않았다. 나는 바람을 피해 고개 동쪽에 앉았다. 그리고 정상에 오르는 루트를 머릿속에 그려 보았다. 엄청난 일이기는 하나 해낼

라인홀트 메스너가 디아미르 계곡 상단부에서 포터들과 같이 앉아 있다

수 있을 것 같다는 생각이 들었다. 불가능에서 가능을 찾고 꿈에서 현실을 구하는 일, 그것을 나는 안다. 산에 오르기 전에 그 루트를 그려 볼 수 있다는 게 얼마나 멋진 일인지 모른다.

나는 여전히 고개에 앉아 있었다. 방해하는 사람은 아무도 없었다. 나는 연봉과 능선을 계속해서 바라보았다. 얼마 동안 계속 보고 있노라니 산이 점점 커지는 듯했다. 배낭에서 쌍안경을 꺼내 낭가파르바트의 정상 부근을 살폈다. 오후인데도 이렇게 공기가 맑을 수가 있다니! 이미 내 마음은 산 정상에 가 있었고 내가 고개에 앉아 있는 것조차 잊고 있었다.

포터들이 깨우는 바람에 나는 꿈에서 깨어났다. 갑자기 기분이 언짢아졌다. 포터들이 옆에 와서 말없이 앉았다. 그리고 계곡을 내려다봤다. 나귀들은 모두 누워서 가쁜 숨을 몰아쉬고 있었다. 우즐라와 테리가 왔을 때 나는 묵묵히 낭가파르바트를 손으로 가리켰다. 그리고 우리는 한동안 말없이 앉아 있었다.

고개에서 보는 경치는 모든 상상을 초월했다. 낭가파르바트의 왼편으로 불다르 피크와 총라 피크가 보였다. 그보다 더 멀리에 있는 지평선에 라카포쉬와 하라모슈가 희미하게 떠 있었다. 우리 앞에는 디아미로이 피크가 솟아 있었고, 그 뒤쪽에는 커다란 곁능선이 붙은 마제노 피크의 날카로운 가지 능선이 우뚝 솟아 있었다.

디아미르 협곡의 절벽은 벌써 어두워졌다. 능선에 차가운 저녁 바람이 불어왔다. 우리는 더 어두워지기 전에 계곡으로 내려가는 길을 찾아야만 했다.

낭가파르바트 서북쪽은 비가 적고 대체로 건조한 지역이다. 발밑으로 펼쳐진 인더스 계곡은 거대한 협곡으로 그 위에 솟아 있는 낭가파르바트 산군은 그 자체만으로도 거대한 편마암 덩어리이다. 이 고립된 산 덩어리는 히말라야를 마주보고 솟아 있다. 즉 능선은 서남에서 동북으로 향하고 그 주능선에서 여러 능선이 인더스 계곡으로 뻗어 있다. 활 모양을 한 히말라야 고유의 지형을 낭가파르바트가 빗장처럼 가로지르는 바람에 능선은 여기서 끝난다.

부나르 계곡의 하강 길은 몹시 비탈져 있었다. 게다가 밑에까지 가서야 눈이 쌓인 곳에서 물을 얻을 수 있었다. 나는 원정대보다 한발 먼저 떠나 다시 혼자가 됐다. 계곡을 내려오는 동안 내 몸에서 내가 빠져나가는 느낌이 들었다. 쾌적한 피로감에 싸여 나 자신과의 대화도 단절했다. 그런데도 내가 사람 키만한 돌담 사이로 마을을 향해 가고 있을 때 온갖 그림이 내 마음의 눈에 비쳤다. 나는 시선을 저 먼 어딘가에 두었지만 모든 것이 눈에 들어왔다. 나는 주위에서 일어나는 모든 일들을 그대로 받아들였다. 그리고 그것은 나와 한 몸이 되고 하나가 되었다. 나는 더 이상 이것저것 생각하지 않기로 했다.

갑자기 몸이 둥둥 뜨면서 헤엄치는 듯한 느낌이 든다. 피곤해서 그런 것일까. 아니면 긴장이 풀어져 그런 것일까. 한 번도 아니고 두 번이나 다리의 무게를 느끼지 못한다. 두 다리가 내 몸에서 떨어져 나가 스스로 걸어가고 있는 느낌이다. 곡식이 무르익은 길가의 전답과 마을에서 온갖 소리가 들려온다. 내 발자국 소리도 함께 들려야 하는데 다른 소리와 구별이 안 된다.

초원에 도착해 보니 일행은 벌써 와서 쉬고 있었다. 어느 틈엔가 아이들이 다가와 살구를 사라고 했다. 일행이 쉬고 있는 곳 바로 옆으로 시원해 보이는 맑은 물이 가득한 수로가 지나고 있었다. 야영지로 더 없이 좋은 곳이었다. 이곳까지 오는 데 상당히 먼 길을 돌아온 것 같다. 내일은 어떻게 해서라도 디아미르 계곡이 시작되는 곳까지 가야만 한다.

이곳은 보기 안쓰러울 정도로 가난한 골짜기 중 하나였다. 1970년, 나는 낭가파르바트 서쪽으로 하산하면서 이곳을 처음으로 지나갔었다.

우리는 당분간 이곳 사람들과 함께 지내기로 했다. 그들은 우리가 여기에 온 까닭을 모르겠다는 듯 고개를 갸우뚱거렸다. 그러나 우리 일행 중에 의무대원이 있다는 소문이 퍼지자 주민들은 아픈 아이들을 데리고 왔다. 우즐라는 정성을 다해 그들을 돌봐

이따금 원주민들이 아픈 아이들을 데리고 막영지의 의무대원을 찾아온다

줬다. 그녀는 친절하게 아픈 곳을 진찰한 후 약을 지어 주었고 아이들이 오면 머리를 쓰다듬어 주곤 했다.

나는 연일 포터들 문제로 골머리를 앓았다. 파키스탄의 '등산 규정'에는 지역이 바뀔 때마다 포터를 새로 고용해야 하는 의무가 있었기 때문이다.

길은 처음에는 부나르 서쪽 기슭을 따라 나 있었고, 부나르 협곡으로 떨어진 골짜기에서는 훨씬 위쪽으로 돌아가야 했다. 길을 따라 걷다가 어느 모퉁이를 돌아서자 앞에 디아미로인 마을이 나타났다. 그런데 또 다른 협곡이 앞쪽에 위치해 있어 그 커다란 절벽이 나무숲으로 둘러싸인 마을로 가는 길을 막고 있었다. 절벽을 돌아 마을에 들어서자 가파른 모래땅이 나타났다. 마을은 마치 묘지처럼 보였다. 우리 일행은 그 옆을 지나서 층계 진 언덕을 올랐다. 언덕에는 마을 사람들이 개울 상류에서 끌어 온 물줄기가 나무통으로 흐르고 있었고, 호두와 살구나무의 큰 가지가 그 물줄기를 뒤덮고 있었다.

마을에는 사람들의 모습이 보이지 않았다. 그러나 별로 이상할 것이 없었다. 대부분의 남자들은 지금 고원지대의 목장에 올라가 있고 여자들은 사람들 앞에 좀처럼 나타나지 않는 것이 이곳 풍습이기 때문이다. 때로는 무심히 길모퉁이를 돌아서면 집의 문틈에서 사람의 그림자를 볼 수 있는데, 그들은 외지에서 온 우리를 숨어서 보고 있는 이곳 여자들이다.

우리는 디아미르 협곡이 시작되는 곳에서 묵기로 했다. 포터들이 가파른 직등 루트로 가는 것을 거부하지는 않을까 걱정이 되었다. 날이 밝자 전날 밤을 다른 데서 보낸 포터들이 돌아왔다.

낭가파르바트 서면은 거의 올라간 사람이 없었다. 인간의 접근을 거부하는 협곡 위에는 신비스런 기운마저 감돌았다. 포터들도 처음에는 주저했으나 한참을 설득해 함께 가기로 했다. 그들은 줄곧 알라신의 가호를 빌면서 올라갔다. 그 덕분인지 별로 힘들이지 않고 트래킹이 진행됐다. 저녁 무렵에 우리는 디아미르 협곡 상부에 있는 작은 마을 세르에 도착했다. 그곳에서 길게 뻗은 들장미 넝쿨 너머로 낭가파르바트와 마제노 봉 산군의 얼음 옷을 입은 급사면이 하늘 높이 햇빛을 받아 반짝이고 있었다. 해질 무렵에는 사다리꼴의 봉우리가 붉게 물들어 보랏빛으로 저물어 가는 계곡의 하늘 높이 빛났다. 정말이지 아름다운 광경이었다.

디아미르 계곡의 원주민 마을

이젠 되돌아갈 수 없다는 것을 알고 포터들은 돈을 받기 위해 딴청을 부리기 시작했다. 나는 그들의 습성을 잘 알고 있으며 그들 역시 나를 잘 알고 있었다. 다행히 포터들과 얘기를 잘 마무리할 수 있었다.

나는 전에 이 골짜기에 세 번이나 온 적이 있었다. 첫 번째는 비극의 1970년, 나는 동생 귄터를 잃고 낭가파르바트를 횡단하여 완전히 탈진 상태로 헛소리를 하며 이 골짜기를 내려왔었다. 1971년에는 동생의 시신을 찾기 위해 이곳을 다시 찾았다. 1973년에는 최초로 단독 등반을 시도하고자 이곳에 왔었다. 그리고 지금 네 번째로 다시 여기에 왔다. 나는 내가 태어나서 자란 휠뇌스 골짜기만큼 이곳을 잘 알고 있다.

디아미르 계곡에는 40~50세대가 살고 있었다. 나는 누가 어디에 살며 어느 애가 누구 집 아이라는 것까지 알고 있다. 나는 아이들이 1973년 이후 무척 많이 자란 것을 보고 놀랐다. 특히 어린애들이 그랬다. 또 1970년 당시 산에서 내려올 때 걷지 못하는 나를 부축해 준 남자들도 모두 건강하게 잘 지내고 있었다.

열흘 동안의 트래킹 끝에 고원 목장인 나가톤에 이르렀다. 우리는 다시 기운을 찾았고 포터들도 더 이상 말썽을 부리지 않았다. 산등성이 너머에는 변함없이 낭가파르바트가 솟아 있었다. 낭가파르바트에 가까이 갈수록 나는 이 벽이 얼마나 거대한지 새삼 느낄 수 있었다. 전에도 여러 번 이 벽을 보았지만 오래 떨어져 있는 동안에 내 기억 속에서 산이 작아졌기 때문인지도 모른다.

어쩌면 저리도 가파를까! 유럽을 떠날 때 나는 어떤 루트로 오를 것인지 정하지 않았다. 확실하게 정하고 싶지 않았기 때문이다. 트래킹을 하면서도 결정을 내리지 않았다.

이른 오후였지만 나가톤에 텐트를 치기로 했다. 이곳은 표고 3,500미터 지점이었다. 움막 위로 연기가 흐르고 양과 염소들이 주위를 뛰놀고 있었다. 방 하나 크기의 돌로 된 동굴에서 이곳에 사는 남자들이 모여 있었다. 여자들은 어두컴컴한 입구에서 이쪽을 내다보고 있었다. 목장에서는 시끄럽게 재잘대는 소리가 끊임없이 들려왔다. 꿀벌과 새들이 어울려 내는 소리였다. 이곳은 내게 낯익은 곳이었다. 나는 잘 만한 곳과 샘터가 어디 있는지 잘 알고 있었다.

우리는 숲으로 둘러싸인 공터에 텐트를 쳤다. 텐트를 치는 동안 이곳 아이들이 슬금슬금 다가와 호기심에 찬 눈초리로 우리를 바라보았다. 아이들은 텐트와 그 주위에 널린 얼마 안 되는 장비를 구경하고 있었다. 시간이 지나자 저녁노을 속에서 아이들의 눈은 더욱 커졌다. 아이들은 즐겁게 웃어 대며 우리 주위를 뛰어다녔다. 그들 중 한 소년이 다가와 어디서 왔느냐고 물었다.

"아주 먼 곳이야, 유럽."

내가 대답하자 아이들이 "유럽" 하고 내 말을 흉내 내며 무슨 말인지 알 수 없다는 듯 낄낄거렸다. 그때 숱이 적은 흰 수염을 가진 노인이 아이들을 쫓으려고 했다. 노인은 주위에서 서성대며 귀찮게 하지 말고 우리를 쉬게 놔두라고 했다.

"놔둬요. 괜찮습니다."

나는 노인에게 말했다. 나는 아이들이 좋았다.

테리가 노인에게 내가 혼자 낭가파르바트에 오르려 한다고 말해 주었다. 그러자 노인은 이마를 찌푸리며 고개를 설레설레 저었다.

"말도 안 돼요."

그가 말했다.

"미국 원정대가 왔었어요. 또 일본 원정대도 왔었고 독일 원정대도 왔었지요. 수백 명이나 되는 포터와 엄청난 장비를 가지고 말이에요. 그러나 단 한 번 성공했을 뿐이죠. 아주 오래 전 얘긴데, 대원 셋이 정상에 올랐습니다. 그런데 그들 중 '지기'라는 대원이 하산 도중에 죽었지요. 그 밖의 원정대는 모두 저 아래로 쫓겨 갔는걸요."

노인은 걱정스러운 어조로 반드시 도움이 있어야 한다고 말하며 어느새 주위에 다시 모여든 아이들을 내쫓았다.

"도움과 운이 따라야 하겠죠."

노인의 말을 인정하는 뜻에서 '티케'라고 대답했지만 내 생각에는 변함이 없었다.

오후 늦게 비가 내리기 시작했다. 우리는 비를 피하기 위해 급히 텐트 안으로 들어갔다. 노인은 자기 집이 넓으니 같이 가자고 말했으나 우리는 텐트에 있기로 했다.

희미하게 잠든 나는 꿈속에서 어떤 경치를 보았다. 그곳은 끝없이 넓고 아무도 다니지 않는 곳이었다. 어느 곳에 이르자 숲과 초원이 있었다. 그 사이로 냇물이 보였다. 여기저기 호수가 있었고 호수 위쪽은 햇빛을 받아 반짝거렸다. 마치 음악이 흐르듯 호수에는 평화가 감돌았다. 풀과 공기, 나무와 바위 그리고 물이 연주하는 음악 소리가 들리는 듯했다. 나는 그 한가운데 서 있었다.

눈을 떴을 때 비는 그친 듯했다. 잠결에 꿈인지 생시인지 모르지만 양과 염소떼가 달리고 있었다. 나는 얼마 동안 그대로 누워 있었다. 텐트 사이로 들어오는 빛이 어스름한 것으로 보아 저녁때가 된 것 같았다.

"나와 보세요. 썩 좋은 날씨인데요."

우즐라의 목소리였다.

"알았어, 알았어."

대답은 했지만 아직 잠에서 깨어나고 싶지 않아 다시 눈을 감았다. 밖은 양들의 발굽 소리와 울음소리로 요란했다. 양떼가 목장에서 돌아왔겠거니 하고 밖을 내다보았다. 밖에는 양의 무리가 마치 모피 덩어리가 살아 움직이듯 물결치며 지나가고 있었다. 한참 동안 나는 양과 염소떼에 끼어서 이리저리 움직였다. 생기가 돌고 평화로운 시간이었다.

이 고원 목장의 매력은 수목과 양떼 그리고 무엇보다도 이곳에 사는 사람들이다. 밑에 있는 계곡은 별로 마음에 와 닿지도 않고 산도 그냥 거기에 있을 뿐이었다. 그러나 지금 내 눈에 비치는 것은 고원 목장이 지닌 생기와 아름다움이었다.

잠시 후 나는 수풀 어귀에 앉아서 골짜기를 바라보았다. 빙하가 녹아내린 물이 흐르는 소리만 들릴 뿐 계곡은 죽은 듯이 조용했다. 두 군데에서 불이 타고 있었고 지평선에는 밝은 빛이 줄무늬를 그리고 있었다. 골짜기에서 타고 있는 불은 깜박거렸지만 지평선의 빛은 그대로 있었다. 아니 어쩌면 그렇게 보였을 뿐인지도 모른다.

테리가 저녁을 준비했다. 그는 고기 두 덩이를 사왔는데, 카레와 치리를 쳐서 음식을 만들었다. 저녁은 아주 맛있었다. 아이들은 우리가 먹는 것을 물끄러미 보고 있었다. 노인은 더 이상 아이들을 쫓지 않았다. 나는 노인에게 우리가 나중에 여기까지 내려오지 못하면 베이스캠프로 양 한 마리를 갖다 줄 수 있느냐고 물었다. 아울러 달걀과 닭도 부탁했다. 노인은 고개를 끄덕이며 값을 불렀다. 작은 양이나 어린 염소는 400루피, 닭은 30루피였다. 달걀은 좀처럼 구하기 어렵다고 했다.

"1마르크가 4루피니까……."

로체 베이스캠프로 가고 있는 우쉬

나는 소리 내어 중얼거리며 값을 환산해 보았다.

"티케."

얘기는 잘 마무리 됐다. 나중에 가져다 달라는 말을 테리가 노인에게 전했다.

텐트 앞에서 낭가파르바트 정상이 보였다. 저물어가는 하늘을 찌를 듯이 봉우리가 솟아 있었다. 앙상한 숲 너머로 보이는 산은 저녁 햇살 속에서 그다지 커 보이지 않고 멀기만 했다. 하늘은 바람도 없이 고요하고 별들이 움직이는 게 보일 정도였다. 나는 텐트에 들어가기 전에 우리가 얼마나 올라왔는지 그리고 내일 날씨는 어떨지 알아봐야겠다는 생각이 들었다. 그러나 대수롭지 않다는 생각에 고도계를 들여다보는 것도 잊어버렸다.

고원 목장 나가톤. 메스너가 처음 사람과 만난 곳

움막 앞에서 타고 있는 모닥불에서 불꽃이 튀었다. 순간 1971년 이곳에 같이 왔던 우쉬가 떠올랐다. 오늘 그녀의 생각이 머릿속에 떠오른 것이 벌써 두 번째다. 언제나 지금처럼 조용한 시간이면 어김없이 그녀가 떠올랐고, 이렇게라도 그녀와 만나면 그다지 고통스럽지 않았다. 이제는 마음도 많이 가라앉았기 때문에 떨어져 있어도 견딜 만했다. 가끔 울적해져서 마음이 아프기도 했지만 그녀를 생각하면 기분이 한결 나아졌다. 나는 결코 우쉬를 잊을 수가 없었다.

나가톤의 고원 목장 바로 위에서 인간의 생활권은 끝난다. 이 마을은 문자 그대로 세상의 끝에 있지만 디아미르 계곡 사람들에게 이곳은 낙원이나 다름없었다. 맑고 깨끗한 샘이 솟아나고 주위에는 풀이 얼마든지 있고 땔감도 넉넉했다.

아침녘에는 하늘이 흐려 낭가파르바트가 보이지 않았다. 나는 자작나무와 관목으로 덮인 골짜기에 올라가 보았다. 높은 곳에 자리 잡은 목장으로 통하는 통로가 잘 다져져 있어서 길을 잃을 걱정은 없었다. 푸른 초원 한가운데에는 커다란 바위 덩어리가 있었고 그 밑에는 초라한 돌집이 달라붙어 있었다. 돌집은 양과 목동들이 거친 날씨에 비바람을 피하는 곳이다.

아침 안개가 걷히자 손을 뻗으면 닿을 듯한 곳에 낭가파르바트가 솟아 있었다. 황홀하기 이를 데 없는 장관이었다. 저녁에서 아침 사이에 어떻게 이렇게 변할 수가 있을까.

'나는 지금까지 이렇게 황홀한 매력을 지닌 산을 본 적이 없소.'

1895년, 머메리는 그의 아내에게 이렇게 편지를 썼다. 이 사나이가 지금으로부터 83년이나 전에 해낸 일이라고 믿어지지 않았다. 그가 쓴 편지를 읽을수록 나는 그에 대한 놀라움을 금할 길이 없었다.

머메리는 편지에서 이렇게 적고 있었다.

먼저 해야 할 일은 고도에 순응하는 일이오. 내 생각으로 우리는 내일 5,500미터 아니면 6,000미터 높이를 올라가게 될 것 같소. 이 정도 높이의 산은 이 근처에 많이 있지만 대개 러셀 때문에 고생을 하기 마련이오. 하여간 바른 호흡 기술을 익히는 데는 좋은 기회이오. 우리가 낭가파르바트에서 등산 기술상 어떤 심각한 어려움에 부딪힐 것 같지는 않소. 게다가 이 산은 내가 짐작했던 것보다는 암벽에 걸려 있는 빙하가 훨씬 적어요. 이 산의 등반에는 무엇보다도 참을성이 문제가 될 것 같소. 우리의 건강은 아주 좋소. 단지 다리가 제대로 움직여 주지 않는 게 문제요. 그래서 3주 동안 트레이닝 산행을 할 예정이요. 그러니까 당신은 오늘부터 약 4주 후 아니면 그보다 더 늦은 2~3일 후에나 이 전보를 받겠지요.

그리고 일주일 뒤에 그는 이렇게 적고 있었다.

우리는 마제노 파스(이 고장 사람들이 평소에 넘어 다니는 통로—옮긴이)를 넘었소. 그 다음 디아미르 계곡으로 옮겨갔지요(아무도 살지 않는 곳이지만 굉장히 아름다워요). 훌륭한 수목(대개는 자작나무와 소나무)과 들장미 덤불 그리고 꽃과 풀숲으로 덮여 있지요.

또 1895년 8월 4일자에는 이렇게 적혀 있었다.

우리는 내주(다음 주 오늘)에 본격적인 공격을 할 생각입니다. 그것을 위해 4일간의 시간이 필요해요.

지금 내가 앉아 있는 이 부근에서 머메리는 편지를 썼으리라. 나는 그의 생각이 나보다 1세기나 앞섰다는 느낌이 들었다.

그 후 머메리는 자기 생각에 의심을 품었다. 원주민 한 사람을 데리고 6,000미터 지대까지 올라갔으나 그는 끝내 등반을 포기할 수밖에 없었다.

이 산을 우리 것으로 만들겠다는 처음의 열망은 점점 옅어지고 있어요. 콜리는 별로 열의가 보이지 않고 친구 헤이스팅스는 결국 감기에 걸렸어요. 그래서 두 사람의 구르카 병사를 데리고 나 혼자 남았습니다. 구르카 병사는 1급 클라이머이고 멋진 친구들이지만 그래도 정식 산악회 대원이 도와주지 않으면 일을 해내지 못합니다. 어쩔 수 없는 노릇이지요. 곧 돌아가게 될 듯합니다. 하지만 이번 낭가파르바트 일로 인해 낙심하지는 마오. 낭가파르바트는 이쪽에서 오르려면 높이가 3,700미터나 되는 암벽과 빙벽이어서 마터혼이나 몽블랑을 몇 개나 쌓아올린 것 같이 급하고 어려워요. 만일 라고비르(구르카 병사 중 한 사람)가 막바지 지점에서 몸이 나빠지지 않고 내가 그를 끌어내릴 필요가 없었다면 나는 아마 정상까지 올라갔을 겁니다. 5,500미터를 무리해서 넘으면 공기가 희박해져서 틀림없이 고생하게 됩니다. 그래서 내일 구르카 병사를 데리고 높은 고개를 넘어서 불다라키오트 눌라로 떠날 예정이오. 헤이스팅스와 콜리는 짐꾼들과 함께 나머지 장비를 가지고 돌아올 겁니다. 어쩌면 낭가파르바트 서북쪽으로 다시 도전해 보게 될지도 몰라요. 그러나 이 편지가 당신 손에 들어가기 전에 전보를 받을 거요.

이 편지에는 날짜가 적혀 있지 않지만 8월 23일에 쓴 것이 틀림없다. 8월 24일 이후 머메리와 두 명의 구르카 병사는 사라져 버렸다.

구르카 병사들이 피하지만 않았다면 8월 20일, 낭가파르바트 정상에 오를 수 있었을지도 모른다고 한 것으로 보아 머메리는 자신감에 넘쳐 있었던 듯하다. 이러한 낙천적인 견해에는 어떠한 근거가 있었을까. 부르스는 오랜 히말라야 체험으로 아주 정확한 판단을 내릴 수 있었으나 그도 이 점에 대해서 회의적이었다. 부르스에 따르면 두 클라이머는 수일간 어려운 등반으로 지칠 대로 지쳐 있었기 때문에 남아 있는 미지의 1,800미터 사면에서 정상까지 몇 시간 동안 오를 만한 체력이 남아 있지 않았을 것이라고 보았다. 후일 부르스는 다음과 같이 그의 의견을 종합했다.

> 과연 낭가파르바트 정상에 오를 수 있을지 궁금하다. 낭가파르바트야말로 정말 어려운 산같이 여겨진다. 이 산에서는 아주 가벼운 텐트밖에 칠 수 없고 막영지도 어려운 등반을 한 후에야 구할 수가 있기 때문이다. 더욱이 디아미르 쪽으로 비교적 쉽다는 데도 고도가 4,600미터나 되는 데서 끝난다. 그리고 극히 어려운 노동을 강요하는 부분이 아직도 3,600미터나 남아 있다.

주관을 배제한 결론을 읽고 나는 몽상에서 깨어나 현실로 돌아왔다. 나는 성공의 희망에 대해 다시 회의를 느꼈다.

내 앞에 거대한 구름처럼 낭가파르바트가 솟구쳐 있었다. 그 배경에는 오직 하늘뿐이었다. 나는 다시 한 번 마음을 가다듬고 전진을 계속했다.

삶에 대한 열망이 강하게 일어난다. 당장 어디든 가고 싶다. 낭가파르바트에 오르고 싶고 주위를 헤매고 싶다. 방랑자처럼 여

거대한 구름처럼 낭가파르바트가 솟아 있다

기저기 돌아다니고 싶다. 나는 철학과 도덕의 굴레에서 나 자신을 해방시키고자 했다. 논리적 명제로 줄줄이 이어진 것만이 자기 발견의 길은 아니다. 나에게 있어 단독 등반은 체험의 가능성이며 구체적인 인생과 세계를 제공할 것이다. 이런 생각이 들자 나는 노래를 부르고 춤추며 웃고 싶었다.

오후 일찍 모레인 지대를 혼자 걸었다. 모레인은 낭가파르바트 방향으로 철로 둑처럼 일직선으로 3킬로미터나 계곡을 올라야 한다. 모레인의 좁은 등성이에서 오른편으로 약 20미터 정도 벼랑을 내려가자 부서진 돌로 뒤덮인 빙하가 나타났다. 그 저편에는 위쪽까지 관목이 무성했다.

우리는 디아미르 빙하를 가로질러 벽 밑 가까이까지 갔다. 왼편으로 모레인 골짜기가 위를 향해 부드러운 선을 그리고 있었다. 골짜기에 나 있는 짐승들의 발자국을 보고 이 오름길을 나보다 먼저 지나간 손님이 있다는 것을 알았다. 순간 낭가파르바트의 정상이 그 모습을 나타내더니 다시 숨어 버렸다. 북 봉우리에서 능골 능선의 뚜렷한 줄기가 벽을 타고 방사선 꼴로 밑으로 뻗어 있었다. 나는 이들 능선 속에 숨겨져 있는 여러 루트를 머릿속에 그려 보았다. 그러나 안타깝게도 동으로 뻗은 가날로 피크가 갈기갈기 찢긴 디아마 빙하의 전망을 방해하고 있었다. 아마 그쪽으로도 길이 나 있는 듯했다. 살아 움직이는 빙괴가 녹아내리며 굴러 떨어지는 소리가 가까이 들려서 주위의 정적을 한층 더 강조했다. 이곳에는 무시무시한 대자연의 힘이 작용하고 있었다. 한편으로 산신령을 두려워하는 이곳 농부들의 공포심이 이해가 가기도 했다. 서쪽 하늘의 푸른빛이 점점 어두워지며 구릉지대가 끝없는 세계로 사라졌다.

해발 4,000미터 지점에 야영지를 구하자 빗방울이 떨어지기 시작했다. 이곳은 야영지로서 제격인 장소였다. 풀의 빛깔과 살짝 패인 곳에 드리워진 부드러운 그늘로 그것을 알 수 있었다. 주위에는 바위 덩어리가 흩어져 있었고 물도 있었다. 마침 팔뚝 굵기의 물줄기가 땅에서 솟아 올랐다.

나는 나머지 일행들이 오기 전에 아궁이를 만들었다. 혼자여서 이런 장소를 찾아낼 수 있었다. 빗줄기가 점점 굵어지기 시작했다. 서둘러 텐트를 치고 얼마 후 포터들이 올라왔다. 나는 한 사람 한 사람에게 하루 80루피씩 임금을 나눠 주었다.

낭가파르바트 베이스캠프에서의 메스너

7월 20일. 앞으로 열흘 동안은 거의 매일 비나 눈이 내릴 것이다. 그러나 산을 오르는 데는 문제될 것이 없었다. 나는 한가한 시간을 이용해 책을 읽거나 가끔 텐트 밖을 내다보면서 낭가파르바트가 모습을 드러내면 쌍안경을 꺼내 올라갈 만한 루트를 하나하나 살폈다.

베이스캠프에서도 우리는 이 고장 음식으로 식사를 했다. 농부들은 한 시간 정도면 갈 수 있는 곳에서 소나 양을 치고 있었는데, 그들은 랏시라는 신맛이 나는 우유와 닭과 차파티를 가지고 왔다. 때로는 우유도 있었다. 우리는 근처에 닭을 풀어 놓고 필요할 때마다 잡아서 요리를 했다. 테리의 요리 솜씨는 아주 훌륭했는데, 특히 칠리와 파키스탄의 매운 향료를 사용한 요리는 일품

메스너가 베이스캠프에서 식사 준비를 하고 있다

이었다. 테리는 처음 먹어 보는 파키스탄식 닭고기 요리를 솜씨 좋게 해냈다. 나도 가끔 음식을 만들었다. 매번 통조림 음식만 먹다 보면 싫증이 나기 마련이고 또 가져온 식량을 절약할 필요도 있었다. 우리가 가져온 식량은 바위 밑에 놓아둔 상자 두 개인데, 이 정도면 앞으로 2~3주 동안은 버틸 수 있을 것이다.

다음날 마지막 고원 목장을 지나고 있을 때 디아미르의 중앙벽에서 거대한 눈사태가 일어났다. 그것은 벽 중앙에 있는 빙탑 구멍에서 시작됐다. 엄청난 소리를 내며 눈사태는 6,000미터 부근에서 저 밑의 빙하 바닥까지 깨끗이 덮어 버렸다. 눈 먼지만 보일 뿐 벽은 흔적도 없이 자취를 감췄다.

눈사태로 인해 벽 중앙부에는 안전한 루트가 없었다. 빙탑은 엄청나게 크기 때문에 한 조각만 부서져도 모든 것이 끝이다. 그것만으로도 벽 기슭에서는 지옥 같은 광경이 벌어진다. 눈사태는 사방으로 흩어지며 모든 것을 쓸어버렸다.

내가 산을 오르는 방식은 본능에서 나온 것이다. 그래서 나는 등산에 대해 '나의 음식'이라고 말한다. 다섯 살 때 처음으로 산을 오르기 시작한 나는 자라면서 점점 높고 어려운 봉우리를 찾았다. 이제는 어떤 산이건 루트를 발견할 만한 능력이 있다고 자신한다. 루트 중에는 하루 한두 시간이면 충분히 해낼 수 있는 곳이 많다. 때문에 보다 확실한 때를 포착하는 것이 무엇보다도 중요하다.

고도 4,000미터에 설치한 베이스캠프 주변의 풀밭에 에델바이스가 여기저기 피어 있었다. 나는 텐트에서 물이 있는 곳까지 맨발로 걸었다. 이런 시간을 보낼 때면 흐르는 시간도 날짜도 그리고 주일도 머리에 떠오르지 않았다. 모든 시간이 소멸한 것이다. 나는 깊은 내면 속으로 빠져들었다. 공기를 진동하는 기계도 없고 요란한 소리를 내는 전화도 없었다. 일찍이 느껴보지 못한 평온함이 몸속으로 흘렀다.

불가능에 도전하다

맨발로 텐트를 나와 촉촉한 풀밭 위를 걸었다. 잠시 후 디아미르 빙하 북쪽을 가로막은 모레인 지대에 무지개가 나타났다. 짙은 회색 안개를 배경으로 무지개의 아름다운 빛깔이 선명하게 드러났다. 무지개 뒤쪽 어딘가에 산이 솟아 있을 것이다. 안개가 흩어진 사이로 여기저기 눈 덮인 사면이 뿌옇게 보였다. 간간이 곁능선도 눈에 띄었다. 바위 선반 위에는 신설이 쌓여 있었다.

"벽은 젖어 있겠군."

햇빛에 반사된 마제노 벽 정상이 안개 위로 갑자기 모습을 드러냈다. 환상과도 같은 풍경이었다. 정상이 아주 높이 솟아 있어서 현실 세계 같지 않았다. 마치 공중에 붕 떠 있는 듯했다. 두터운 안개가 산기슭을 감추고 있기 때문에 마제노 피크는 더욱 높아 보였다. 상공은 엷은 황금빛으로 물들어 있었고 산의 측면은 하얗게 빛나고 있었다. 모든 것이 빛 속으로 사라져 버린 느낌이었다. 구름 뒤에 반쯤 몸을 숨기고 있는 태양이 언제라도 구름을 뚫고 튀어나와 주위의 모든 것을 풀어놓을 것만 같았다.

디아미르 계곡의 베이스캠프

"내일은 떠나야지."

나는 우즐라뿐만 아니라 텐트 주위에 있는 돌과 풀과 꽃 모두에게 말을 하고 싶었다. 그러자 이상한 느낌이 내 가슴을 스쳤다. 그것은 공포와 고독과 기대가 뒤섞인 복잡한 감정이었다.

"날씨가 이대로 갈까요?"

우즐라가 내게 물었다.

"걱정할 거 없어. 여러 날 비가 온 뒤에는 한동안 좋은 날씨가 계속되니까."

그녀는 더 이상 말을 하지 않았다. 우리는 아무 말 없이 텐트 앞에 서서 디아미르 분지 깊숙한 곳에서 일고 있는 안개의 신비스러운 유희를 바라보고 있었다. 당장 배낭을 꾸릴 것인지 아니면 하루 더 기다리는 것이 좋을지 결정을 내리지 못한 채 나는 사진 몇 장을 찍었다.

"앞으로 일주일 후면 모든 것이 끝날 거야."

무슨 말이건 한마디 해야 한다는 생각에 이렇게 중얼거렸다.

"위험하지 않을까요?"

"위험한 일투성이지."

아무 말도 하기 싫었다. 나 자신도 앞으로 무슨 일이 일어날지 예측할 수 없었다. 짐을 꾸릴 때 우즐라가 옆에서 식량과 등반 장비를 정리해 주었다.

일을 끝내고 텐트 안에서 긴장과 피로를 풀기 위해 잠을 청했다. 그러나 잠이 오지 않았다. 나는 눈을 감고 누운 채 마음속으로 이것저것 생각해 보았다. 문득 공허가 나를 사로잡았다. 이러한 느낌은 커다란 등반을 앞두고 늘 경험하곤 하는 감정이다. 나는 엄습해 오는 불안을 애써 쫓아냈다. 그러나 불안은 가시지 않았다.

저녁때가 되어 수프로 식사를 하고 나자 날이 어두워졌다. 새로 눈이 쌓인 산의 윤곽이 어두운 하늘과 대조를 이뤄 선명했다. 어두워진 베이스캠프 주위는 이제 아무것도 알아볼 수 없었다.

30분가량 우리는 서로 아무 말 없이 앉아 있었다. 바람은 전혀 없었으며 벽에서는 눈사태 소리만 가끔 들려올 뿐이었다. 한번은 갈라진 마제노 피크 사면에서 돌 한두 개가 떨어지며 큰 소리를 냈다. 그 외에는 우즐라와 테리의 숨소리만 들렸다. 이 광대한 산중에서 생물이라곤 우리밖에 없다는 생각이 들었다. 그러자 나는 불안해졌다. 몇 번이고 낭가파르바트 쪽을 살피며 저 위에 움직이

베이스캠프. 배경은 마제노 피크 암벽

는 것은 없을까 하고 찾았다. 그러나 모든 것이 조용하기만 했다.

베이스캠프는 황량한 곳에 자리 잡고 있었다. 밑에서 쳐다보면 푸른색이 감돌고 마치 서부 알프스의 고원지대에 있는 목초장처럼 아늑한 느낌을 주었다. 그러나 위에서 내려다보면 골짜기에 파묻힌 거대한 빙하 바로 옆에 붙어 있었다. 빙하의 한 줄기는 높이가 3,000미터나 되는 암벽과 빙벽으로 된 마제노 장벽에 걸려 있고, 다른 줄기는 직접 디아미르 벽에서 흘러내리고 있었다.

동생이 눈사태와 함께 사라졌을 때 나는 내 생애 가장 어려운 순간을 겪었다. 그러나 이제는 괴로워하지 않는다. 다 지나간 일이니까. 내 기억 속에 남아 있긴 하지만 모든 것이 그대로이고 이미 과거의 상처에 지나지 않는다. 그것은 내 인생의 일부분이고 내 힘으로는 바꿔놓을 수 없는 일이었다. 그것은 그렇게 될 수밖에 없는 예견된 일이었다.

저녁에 텐트 밖을 내다보니 무지개가 떠 있었다. 날씨가 좋아질 것 같은 예감이 들었다. 마음 같아선 지금 당장이라도 출발하고 싶었다. 지금이 아니면 다시는 기회가 없을 것 같았다. 고도에 적응되어 적혈구 양도 증가했고 걱정할 일은 아무것도 없었다. 나는 비교적 큰 산소 흡입 능력을 지니고 있었다. 더욱이 에베레스트에 두 달 동안 가 있으면서 당시 축적된 힘이 아직 남아 있었다. 그리고 낭가파르바트까지 10일 동안 꾸준히 트래킹을 해왔다. 트래킹을 하면서 2,000~4,000미터 사이를 오르내렸는데, 이것은 고도순응을 위한 이상적인 높이다. 게다가 베이스캠프에서 열흘 동안이나 있었으니 이만하면 단독 등반을 위한 충분한 훈련을 한 셈이다.

나는 텐트 안에서 가져가야 할 물건들이 빠지지는 않았는지 하나하나 점검했다. 그러는 동안 나는 그 찬란한 일몰을 생각하며 모든 일이 잘 될 것이라고 믿었다. 날씨는 이제 좋아진 것 같았다. 낭가파르바트에서는 좋은 날씨가 며칠 동안 계속되다가도 다시 나빠지는 일이 흔히 있다. 나는 여러 차례의 원정을 통해서 그것을 배웠다. 산을 오르려면 비가 그친 지금이야말로 기회다.

하지만 막상 떠나기로 결심하니 다시 불안이 엄습해 왔다. 잠이 오지 않았고 온갖 생각이 머릿속을 스쳤다.

텐트 주위에서 귀뚜라미가 울고 있었다. 그 소리가 내 온몸에 가득 찼다. 온몸이 떨린다. 여러 가지 생각이 거센 물살처럼 나를 뚫고 지나간다. 폭설, 1미터 깊이의 눈구덩이, 타고 넘을 수 없는 빙탑, 낙석, 입을 벌린 크레바스, 이런 것들이 갑자기 내 머리를 덮친다. 내 공상 안에서 낭가파르바트는 현실보다 훨씬 높고 험했다. 이 공상이 나를 공포의 도가니로 몰아넣었다.

나는 불안에 휩싸여 땀에 흠뻑 젖어 부들부들 떨며 침낭 속에 누워 있었다. 혼자 있다는 생각에 몸이 짓눌리는 듯한 무서움으로 꼼짝할 수가 없었다. 나는 견디다 못해 몸을 일으켰다. 그때 갑자기 무언가가 암벽에서 떨어지는 것이 보였다. 그것은 바로 내 위로 떨어졌다. 나는 있는 힘을 다해 피하려고 했다. 공포가 온몸을 뒤흔들었다. 떨어지던 물체가 옆으로 스쳐가는 순간 하마터면 그것과 부딪힐 뻔했다. 그 추락하는 물체는 다름 아닌 나 자신이었다. 순간 뱃속이 뒤틀리는 것 같았다. 모든 것을 운명에 맡기는 수밖에 없다는 생각이 들었다.

아마도 내가 꿈을 꾸며 소리를 지른 모양이었다. 깜짝 놀라 잠에서 깬 우즐라가 나를 쳐다보았다.

"무슨 일이지요?"

우즐라가 물었다.

그녀가 말하는 순간 나는 내 마음에 강한 압박감을 느꼈다. 마치 쏟아지던 눈사태가 그친 것처럼 머릿속의 소용돌이가 딱 멈췄다. 끔찍한 패닉 상태는 지나갔다. 마치 마취에서 깨어난 듯한 느낌이었다.

나는 내 몸이 찢겨져 베이스캠프 일대에 뿌려지는 느낌이 얼마나 끔찍한 것인지 우즐라에게 이야기해 주었다.

"내 몸이 산산조각 나 버렸어. 마치 그 조각을 찾아 그림 맞추기를 하는 것 같았어. 하지만 아무것도 잘되지 않았어. 그 광경을 내가 보고 있는 것 같기도 하고, 그 그림 맞추기를 내가 직접 해내려 하고 있는 것 같기도 했어. 그 두 가지 경험을 동시에 한 거야."

우즐라가 뭐라고 말했다. 그러나 그녀의 말을 알아들을 수가 없었다. 여전히 생각은 저 높은 벽에 있었고 텐트와 벽 두 곳에 동시에 있기도 했다. 내가 아직 출발하지 않았다는 사실과 내가 원하지 않으면 베이스캠프에 누운 채 낭가파르바트에 갈 필요가 없다는 사실이 어렴풋하게 머릿속에 떠올랐다. 그러나 아직 어떻게 할 것인지 결정을 내릴 수가 없었다.

나는 어둠 속에서 시계를 들여다보았다. 아직 한밤중은 아니었다. 그렇다면 절망적인 기분이 계속됐던 시간은 불과 두세 시간 정도였다는 말이다. 그러나 내 기억 속에서는 얼마나 많은 시간이 흘렀는지 정확히 알 수 없었다.

"좋지 않은 꿈을 꾸었나 보죠?"

내가 안절부절못하며 몸을 뒤척이자 우즐라가 물었다.

"뭔지 모르지만 너무도 불안했어. 그 순간은 내 체력과 의지력과 자제력 등이 모두 힘을 쓰지 못했어. 꿈인지 환상인지 모르지만 나를 꼼짝 못하게 했어. 수많은 영상이 내 몸을 뚫고 지나갔어. 이 산에 대해 알고 있는 모든 것, 보고 있는 모든 것 그리고 등반에서 얻은 모든 것이 내 앞에 선명하게 나타났어. 생각이 아니라 감각으로 말이야. 그리고 내 몸이 분리되어 긴 그림자로 내게 덤벼드는 느낌이 자꾸만 되풀이됐어. 처음에는 희미하고 순간적이던 것이 나중에는 점점 뚜렷해졌지. 순간 그 그림자가 커지

디아미르 계곡에서 피로에 지쳐 쓰러진 메스너

기 시작했어. 100미터 이상 됐을까, 하여간 무척 길었어. 그렇게 계속 커지다가 결국 머리와 발끝이 서로 분리되고 말았지."

"계속 말해 봐요."

우즐라가 재촉했다.

"정말 내가 잘하고 있는 건지 모르겠어."

"무슨 얘기예요?"

"내 자신의 방향 감각을 잃어버린 것 같아."

"어릴 때 경험했던 체험을 되풀이해서 꿈꾸고 있는 거군요. 유년 시절의 여러 가지 일들 말이에요."

"응, 어렸을 때도 가끔 이런 일이 있었지."

"어제만 해도 괜찮았잖아요. 차분히 이것저것 생각해 보고 또 잘될 거라고 했잖아요."

극도로 위험한 벽을 오르고 있는 메스너

"어제까지만 해도 그랬지. 그런데 밤이 되면서 한 가지 생각이 백 가지로 늘어난 거야."

"그래서 어느 것을 먼저 해야 할지 모르게 된 건가요?"

"맞아, 바로 그래. 그래서 머리가 이상해질 정도로 어리둥절해진 거야."

"에베레스트에 오를 때보다 지금이 더 불안해요?"

"그래."

"1970년 동생과 함께 산에서 내려올 때보다도……?"

"아니야, 그때는 아주 달랐어. 그때는 강요된 셈이지. 달리 피할 길이 없었거든."

"그렇다면, 불안하지는 않았겠네요."

"응, 그렇지만 눈앞이 캄캄했어. 그때 우리는 무조건 내려가야 했고 그밖에 다른 길은 없다는 생각뿐이었어. 그런데 지금은 내가 행동해야 할 동기가 분명치 않아. 그래서 혼잣말로 이야기했지. '할 필요가 없어, 하고 싶지 않아. 앞으로 어떤 일이 일어날지 몰라' 이렇게 말이야. 무엇이 이처럼 내 마음속에 한꺼번에 들이닥친 건지 잘 모르겠어. 나는 벽을 오르는 내 모습을 그려 보았고 앞으로 일어날 만한 일들을 상상해 보았어."

"앞으로 일어날 만한 일들을 그대로 눈앞에 그려 보았군요."

"그래, 건너가야 할 크레바스 하나하나를 보았어. 빙탑이 허물어지는 것도 보았지. 머메리 · 리페 위에 있는 저 커다란 빙탑 말이야. 그 엄청나게 큰 얼음 장벽은 정말 두려워. 그런데 나는 그 밑을 지나서 오른편으로 작은 마을 크기만한 큰 얼음덩어리가 떨어져 나가는 것을 보았어. 그 큰 얼음덩어리가 어떻게 밑으로 떨어져 내릴 것인지를 머릿속에 그려 보는 순간 또 다른 생각이 떠올랐어. 인간이 여러 가지 일을 동시에 생각할 수 있는 건지는 잘 모르겠지만 어쨌거나 여러 가지 생각이 한꺼번에 내 머리를 스쳐 지나갔어. 대학 졸업 무렵, 공부를 그만두려고 결심하면서도 계속 대학에서 열심히 수학 공부를 하고 있었을 때 지금과 비슷한 경험을 했지. 수많은 수학 공식들이 무질서하게 무서운 속도로 내 머릿속을 지나갔어. 아마 서로 연관은 없는 것 같았는데, 미분방정식, 수, 집합론, 이런 것들이 동시에 내 머리를 뚫고 지나갔어."

"그러니까 당신은 자기 자신을 세밀히 관찰하는 사람이군요. 그래서 무엇이 일어나고 있는지 아는군요?"

"그 점을 잘 모르겠어. 꾸벅꾸벅 졸고 있노라면 이런 불안한 생각이 머리를 쳐드는 거야. 누워 있는데도 잠이 안 오고 그러다 갑자기 눈이 떠지고 계속 환상에 시달리는 거야. 그런데 지금 구체적으로 내 마음속에 어떤 일이 일어나고 있는지 잘 모르겠어."

"당신은 아주 흥분해 있어요. 그래서 계속 불안하고 마음이 정리가 안 되는 것 같아요."

"그래, 긴장이 풀리지 않아. 끔찍한 일이야."

"그래도 산에 오를 생각이에요?"

"내일 떠나서 저 높은 벽을 오르면 결과는 어떻게 될지 뻔해. 불안은 더욱 심해질 수밖에 없지."

나는 좀 더 기다리기로 마음을 정했다. 그러자 마음이 조금은 편안해졌다. 얼마 후 나는 잠이 들었다.

조금씩 환해지는 텐트 안을 보며 날이 밝아 오는 걸 느꼈다. 점점 어둠의 장막이 걷히고 있었다. 몇 시간을 잤는지 모르지만 비교적 잘 잔 것 같은 느낌이 들었다.

날씨가 좋아 우즐라와 함께 가날로 피크까지 가 보고 싶어졌다. 테리는 베이스캠프를 지키겠다고 했다.

낭가파르바트 정상 부근에는 여전히 안개가 끼어 있었다. 그러나 지평선 언덕 너머로 보이는 먼 서쪽 하늘은 유리처럼 맑았다. 구름은 없는지 새벽안개가 끼지는 않았는지 한참 동안 바라보았지만 멀리 떨어진 산봉우리들은 그저 푸르스름하게 보일 뿐이었다.

가날로 피크 등행로

며칠 만에 햇빛이 구름 사이를 뚫고 내리쬐자 낭가파르바트는 그 야성적인 아름다움을 다시 드러냈다. 갈라진 절벽에서는 눈덩어리들이 끊임없이 요란한 소리를 내며 골짜기로 떨어졌다. 나는 오늘 저 벽에 오르지 않기를 잘했다는 생각이 들었다. 이 사면의 엄청난 중압감 앞에 나는 다시금 깊은 감동을 받았다.

한동안 날씨가 좋을 것으로 생각되어 우리는 떠나기로 결정했다. 잠을 별로 자지는 못했지만 피곤하지 않았다. 나는 우즐라와 함께 이 산에 올라가 보고 싶었다. 그리고 산을 오르면서 자신의 체력을 테스트해 보고 싶었다. 파트너가 없으니 자신을 척도로 삼고 걸어야 한다. 내 몸 상태라든가 내가 어느 정도의 고도까지 견딜 수 있는지 시험해 봐야 한다. 그러고 나서 출발해도 늦지 않을 것이다.

날씨는 믿기 어려울 만큼 좋았다. 돌덩어리가 널려 있는 오르막길과 깎아지른 바위 등성이를 지나 동북쪽으로 한참 동안 갔다. 우즐라는 제법 잘 견디며 나를 따라왔다. 우리는 능선을 조금 지나서 잠시 쉬었다.

태양이 머리 위로 비스듬히 내리쬐었으나 그리 뜨겁지는 않았다. 우리는 비부아크를 할 만한 곳을 찾지 못한 채 오후 늦게까지 기다란 협곡을 지나 암벽을 오른 뒤 산마루 뒤에 있는 잘록한 곳에서 걸음을 멈추었다. 우리는 돌 위에 앉아서 베이스캠프를 내려다보았다. 베이스캠프는 우리가 앉아 있는 이곳에서 1,200미터나 아래에 있었다. 저녁 해가 바로 디아미르 벽을 비추고 있었다. 우리가 있는 이곳에서 바라보는 벽은 골짜기에서 볼 때와는 달리 훨씬 더 깎아지른 듯 서 있었다.

우즐라의 긴 갈색 머리가 바람에 날리고 솜털 사이로 주근깨가 반짝거렸다. 그녀는 지치거나 맥이 풀린 것 같지는 않았다. 다만 저녁 분위기 속에 젖어 있을 뿐이었다. 조용하고 진지한 그녀의 모습이 이 산과 잘 어울린다는 생각이 들었다.

나는 피곤하고 배가 고팠다. 그러고 보니 종일 아무것도 먹은 것이 없었다. 뒤로 나 있는 골짜기로 돌아가 보니 바위터에서 눈이 녹아내리고 있었다. 우리는 번갈아 가서 물을 마셨다.

고도 5,300미터가량 되는 가날로 산등성이에 우즐라와 나는 조그마한 텐트를 쳤다. 낭가파르바트 북봉 밑으로 완만한 경사를 이룬 빙하 설전과 디아미르 빙하는 벌써 그늘 속에 잠겨 있었다. 안쪽 분지에 솟아 있는 빙벽과 북봉 밑의 절벽에는 곁능선이 수 없이 뻗어 있었다. 디아미르 빙하의 넓은 분지에서 바즈인 계곡 밑으로 흐르는 빙하로 바로 이어지는 늑골 능선은 1895년 머메리가 추적한 루트다. 그 능선들은 기울어진 석양 속에 한 덩어리로 보였다.

우리는 가날로 피크 정상에 올라 낭가파르바트를 바라보았다. 낭가파르바트는 여러 가지 색깔로 명암을 나타내며 우리를 맞이했다. 베이스캠프에 있을 때는 과연 언제쯤 날씨가 좋아질까 하고 걱정이 많았다. 그러나 단지 날씨만 문제 삼는다면 지금이 정상을 공격하기에 가장 적당한 시기라고 생각됐다.

나는 차라리 기다리는 것이 나을 듯싶었다. 그러나 만일 정상에 도전하기로 결심하는 순간 또다시 불안에 휩싸이는 건 아닌지 걱정됐다.

"이렇게 올라오길 잘 했다는 생각이 들어."

나는 우즐라에게 말했다. 이제는 어디로 가면 되는지 알 수 있었다. 두 눈으로 똑똑히 봤다. 하지만 어째서 지금에서야 알았느냐고 묻는다면 달리 대답할 말이 없다.

내게는 이 루트밖에 없다는 것이 분명했다. 처음에는 곧장 오른다. 그런 다음 오른쪽으로 아이스 브리지를 넘어 위로 나간 후 대각선을 따라서 왼편으로 길을 잡으면 정상으로 통한다.

얼마 후 눈사태가 이는 것이 보였다. 벽의 좌반부에서 중앙을 지나 눈 연기가 일더니 곧이어 암벽의 기슭을 모조리 훑어 내렸다. 눈사태는 태양이 벽에 내리쬐는 낮에만 일어나는 줄 알았는데, 이렇게 얼어붙은 밤에도 일어났다.

벽 기슭에서의 첫 번째 비부아크

첫 햇살이 벽을 비추는 이른 아침에는 얼음이 단단하다. 나는 이 시간을 이용해야 한다. 그렇게 하면 눈사태 위험 지대를 가로질러 커다란 빙벽을 오를 수 있을 것이다. 그 위쪽부터는 안전한 루트이므로 곧장 오르면 된다.

우즐라와 나는 날카로운 바위 뒤에 친 텐트 앞에 쪼그리고 앉아서 야영 준비에 들어갔다. 안개가 벽을 덮으면 주위는 이 세상 같지 않고 모든 것이 아득히 멀게 보였다. 저 높은 곳을 오르다니 믿어지질 않았다. 맑은 저녁 햇빛을 받자 주위는 마치 딴 세계에 온 것처럼 보였다. 나는 고개를 들어 조용히 낭가파르바트를 바라보았다.

제2차 세계대전 당시 히말라야의 지붕이 하나도 정복되지 않은 것은 흥미 있는 일이다. 엄청난 노력을 기울이고 특별히 개발한 산소 기구를 가져갔지만 당시 이 산들을 정복하기에는 너무나 높았다.

1930년대 중엽, 나치스를 예찬하는 원정대가 조국의 명예를 걸고 줄지어 '독일인의 운명의 산'으로 갔지만 성과는 별로 없었다.

텐트 천은 밖의 저녁 공기처럼 꿈쩍하지 않았다. 침낭을 만져 보니 얼어서 딱딱하고 얇은 얼음막이 덮여 있었다. 밤늦게까지 나는 우즐라에게 두 차례에 걸친 대전 사이에 있었던 대규모 원정대 이야기를 해주었다.

"그들에게는 경험이 있었어. 비록 장비는 초라했지만 견고했지. 당시의 등반가인 메르클이나 벨첸바흐는 민첩하지 못한 데다 우유부단했지. 그들은 등반가로서는 아주 강했으며 벨첸바흐로 말하자면 다른 사람과는 비교할 수 없는 등반가였어. 다만 7,000미터를 넘어서서는 행동이 몹시 느렸지. 당시 사람들은 낭가파르바트 정상에는 악마가 지키고 있다고 생각했어. 1939년에 디아미르 쪽을 도전한 아우프슈나이터 원정대도 우유부단했기 때문에 실패하고 물러서고 만 거야. 이 서쪽이 모두 위험하다는 것은 나도 잘 알고 있어. 그러나 적합한 전술을 쓴다면 틀림없이 해낼 수 있을 거야. 내 계획은 이제까지의 어느 낭가파르바트 원정대보다도 머메리의 계획과 비슷하지. 만약 이것이 성공한다면 낭가파르바트에서 8,000미터 급의 역사는 막을 내리게 될 거야. 머메리는 실패했지만 지금은 그로부터 83년이나 지났으니 이 등반을 혼자서 해내는 것도 아마 가능하겠지. 머메리나 벨첸바흐 그리고 헤르만 불이 등반했던 당시와 눈사태, 크레바스, 고소 폭풍 등의 조건이 같다 하더라도 말이야."

"불가능하다고 생각했던 일을 해낸 헤르만 불은 다른 사람들보다 어떤 점이 앞서 있었죠?"

우즐라가 물었다.

"불은 그때 상황을 옳게 판단했을 뿐 아니라 몸 상태도 좋았고 등반 능력도 훌륭했지. 아마 그는 다른 등반가들이 모르는 온갖 힘을 완전히 이용할 줄 알았을 거야. 물론 대원정대의 지원을 받긴 했지만 불은 마지막 캠프를 출발한 다음 하루 만에 정상 능선까지 올랐어. 그리고 내려오면서 어디선가 비부아크를 했지. 다음날 그는 환상과 환각에 시달리며 겨우 내려왔어. 1953년의 낭가파르바트는 이러한 최후의 노력이 없었다면 그리고 헤르만 불이라는 한 사람의 능력과 의지가 없었다면 절대로 오르지 못했을 거야. 그 당시의 원정대가 정상 정복이 가능했던 것은 오로지 불의 공이었어. 만약 그 원정대를 누군가가 조직하지 않았고, 계획하지 않았다면 그리고 자금을 대지 않았다면 헤르만 불은 낭가파르바트에 갈 수 없었을지도 모른다는 가정을 세우지 않는 한 낭가파르바트의 초등은 헤르만 불의 공적임에 틀림없어. 떠날 때 젊은 청년이었던 그는 노인이 다 되어서 돌아왔어."

"그렇다면 낭가파르바트의 단독 등반은 역시 불이 처음으로 한 것이 되겠네요."

"불의 등정은 엄격한 의미에서 단독 등반은 아니야. 그가 정상에 오르기까지 아주 규모가 큰 원정대가 여러 주에 걸쳐 6,900미터 고도까지 루트를 닦았던 거지. 거기서부터 등반가 두 사람이 출발해서 어느 정도 오른 뒤에 불이 혼자 올라간 거야. 내가 관심이 가는 것은 마지막 캠프에서부터 혼자 정상까지 오르는 게 아니야. 그런 식의 등반은 벌써 오래전부터 여러 차례 해 왔어. 예를 들면 1979년 프란츠 오프르그가 에베레스트에서 그랬고 내 경우에도 1972년 마나슬루에서 그랬지. 그러나 이번에는 밑에서부터 완전히 혼자 오르고 싶은 거야.

나는 1970년에 비교적 규모가 큰 원정대에 참가해서 낭가파르바트 남면의 루팔벽을 올랐지. 높이가 4,500미터나 되는 깎아지른 빙벽과 어려운 암벽이었는데, 우리는 40일간이나 이 벽을 기어올라 자일을 고정시키고 캠프를 치며 루트를 정찰하고 준비 작업을 했던 거야. 수십 번을 오르내리고 한 끝에 겨우 본격적인 정상 공격에 들어갔지."

"그럼, 솔직히 말해 봐요. 당신은 다른 등반가들보다도 더 나을 게 없다는 얘기인가요?"

"그래, 더 나을 게 없지. 젊고 튼튼한 사람이라면 누구라도 낭가파르바트를 혼자서 오를 수 있으니까. 자기가 원한다면 말이지. 사람은 누구든 마음만 먹으면 무슨 일이건 할 수 있어. 그리고 정상적이고 건강한 사람이라면 누구나 다 자기가 할 수 있는 일만 하려고 하지."

"당신은 그렇다고 믿어요? 그리고 자신이 정상이라고 생각하나요?"

"자기가 정상이라고 믿는 사람이 몇 명이나 있을까. 나는 내가 정상이고 다른 사람은 그렇지 않다든가 반대로 나는 정상이 아니고 다른 사람이 정상이라든가 하는 그런 말은 할 수 없어. 그런 것은 아무래도 좋아. 아니 모르는 것으로 해두지. 우리는 어떤 것이 정상이고 비정상인지 뚜렷하게 가릴 수 없는 거야."

"그러나 통계적으로는 답이 나오는 거 아니에요?"

"그런 것은 해 봐야 아무 소용 없어. 거기서 나오는 것은 그저 기준일 뿐이지. 만일 세상 사람들이 나를 비정상이라고 한다 해서 그게 어떻다는 거지? 물론 사람들이 나를 내버려둔다면 나는 그들과 다르게 놀겠지."

"그러면 당신은 혼자 힘으로 살겠다는 거군요. 다른 사람들의 생각대로 살지 않겠다, 절대로 자기 자신이고 싶다, 뭐 그런 거죠?"

"만일 다섯 명의 정신병원 의사와 세 명의 일반 의사, 두 명의 여성이 나더러 머리가 돌았다고 하더라도 나는 내 머리가 이상해진 게 아니라고 끝까지 주장할 거야. 나는 매일같이 돌았다는 말을 들어도 아무렇지도 않아."

"사실 그렇게 중요한 일은 아니죠."

"그래, 중요하지 않아."

"그런데 뇌세포가 많이 파괴된다는 얘기도 있잖아요?"

"누가 등반하기 전과 후의 뇌세포 수를 세어 봤지? 어쨌든 나는 때때로 내가 살아 있다는 사실을 인식하고 깨닫는 데는 남아 있는 세포만으로도 충분하다고 생각해."

다음날 나는 동 가날로 피크 정상으로 가는 눈 처마 길을 올라갔다. 날카로운 암탑이라서 그런지 돌아가기가 무척 어려웠다.

때문에 우즐라는 더 이상 오르지 않고 밑에서 내가 돌아올 때까지 기다리기로 했다. 얼마 후 우리는 낭가파르바트를 바라보며 하산했다. 가날로 피크 정상에 오르고 난 후 나는 자신감을 되찾았다. 몸 상태도 상당히 좋아졌다. 그리고 그곳에서 바라본 낭가파르바트는 다시 한 번 나를 강하게 흥분시켰기에 더 이상 기다릴 수 없었다. 베이스캠프에서 품었던 갖가지 불안과 망설임이 이제야 사라진 듯했다.

"저 꿈같이 아름다운 선을 봐!"

나는 감격에 가슴이 벅차 산을 내려오면서 우즐라에게 큰 소리로 말했다.

"산이 아름다워서 올라가는 거예요?"

"그것도 여러 이유들 중 하나지."

"그건 어떻게 이해해야 하죠?"

"아름답기 때문에 그저 오르고 싶은 산이 있는 법이야."

"비행기에 탄 채 내려다보면 안 되나요?"

"안 되지. 그렇게 해서는 산이 무엇인지 진정으로 느낄 수 없어."

사람들은 대체로 스스로 체험하는 데 흥미를 느끼지 않는 듯하다. 이러한 사람들에게는 노력과 의지를 순수한 생의 기쁨으로 받아들이는 것, 이 세상을 알고자 그 속으로 뛰어드는 것, 수수께끼를 풀어 보고자 도전하는 것 등과 같은 생각이 일어나지 않는다. 그들에게는 지금 당장 필요나 쓸모가 있어야 한다는 식의 실제적인 일이어야만 한다. 현실적인 이득이 없는 순수한 사고, 순수한 노력, 순수한 지식 등과 같은 것에 대해 대부분의 사람들은

하늘에서 내려다본 루팔벽

흥미를 가지지 않는다.

전문 산악인들은, 자금이 조달되었을 때 만들어지는 것이 원정대라는 그릇된 생각은 고소 등반을 '지구상에 남은 마지막 불모지의 탐험'으로 보거나 또는 정상이라는 목표를 향해 오르는 스포츠 정도로 여기는 사람들 머리에서 나오는 것으로 간주한다. 고소 등반이라는 것이 무엇보다도 가혹한 자기 체험의 세계라는 것을 그들은 이해하지 못한다.

전문 등반가가 아닌 많은 일반 사람들이 등반을 아주 위험한 스포츠라고 멀리하는 것은 그다지 놀랄 만한 일이 아니다. 그리고 어디서 누군가가 등반을 하다 위험한 일을 당하면 많은 사람들이 그에 대해 신중하지 못하며 무책임하다고 비난하는 일도 나는 이해한다. 그들의 비판 속에 담겨진 질투는 삶의 절망이 산 위에서는 환희로 바뀐다는 것을 그들도 느끼고 있기 때문이라고 생각된다. 그런 환희의 순간에 사람은 자신 안에서 신을 발견할 수 있게 된다. 횔뇌스의 신부가 어느 인터뷰에서 내가 한 대답에 대해 신을 모독했다고 말한 것은 틀리지 않았다.

완전한 나를 찾아서

베이스캠프로 돌아왔을 때 나는 기분이 좋아졌다. 더불어 파트너 없이도 해낼 수 있음을 다시금 확인할 수 있었다. 다만 내 자신의 능력을 다른 사람과 비교해 볼 수 없는 것이 아쉬울 뿐이었다. 우리는 자신이 강한지 약한지 비교해 볼 수 있는 대상이 주위에 없을 때 스스로가 어느 정도 수준인지 모르기 마련이다. 아무튼 나는 6,600미터의 가날로 피크에 올라가 보고 내가 충분히 고도에 순응하고 있다는 것을 알았다. 또한 등반 기술에 대해서도 스스로 만족할 수 있었고, 이제 모든 준비는 다 끝났다고 생각했다.

아침의 낭가파르바트 벽은 오랫동안 그늘져 있었다. 그래서 더욱 가파르게 보였다. 낭가파르바트는 평균 경사도가 45도로 하단부는 경사가 완만하지만 상단부는 사다리꼴의 정상 벽이 약 450미터 높이로 솟아 있다. 즉 이 높이는 돌로미테의 드라이 친넨과 맞먹는다.

벌써 8월 상순이다. 내게 허락된 시간은 8월 15일까지다. 시간이 얼마 남지 않았지만 그렇다고 서두를 생각은 없다. 8월 중순까지 안 되면 그것으로 그만이다. 그러나 이유는 설명할 수 없지만 모든 일이 잘 될 것 같은 느낌이 들었다.

"이젠 몸이 좀 좋아졌어요?"

우즐라가 물었다.

"가날로 피크에서 내려올 때 말했듯이 몸 상태가 다시 정상으로 돌아왔어. 그리고 작년에 문제가 됐던 고독이 이번에는 내게 도움이 될 것 같아. 날씨가 계속 좋으면 당장이라도 떠나야겠어."

벌써 6주 동안 편지도 오지 않았고 아무런 소식도 들은 것이 없었다. 그런 것들은 내게 중요한 것이 아니었다. 교황이 세상을 떠나고 휠빙거가 사임했다는 것도 3주 후에야 알았다. 외부 세계와의 단절이 오히려 내게는 마음의 평안함을 가져다주었다.

나는 마음을 정하지 못한 채 수일을 보냈다. 그러자 내 속의 무언가가 모든 것을 남겨두고 떠나라고 재촉하는 듯했다.

앞으로 한두 주간 혼자 있어야 한다고 생각하자 잠시 불안해지기도 했지만 한편으로는 마음이 가볍기도 했다. 그래도 다시 한 번 결심을 하자 마음이 편안해지고 굳건한 마음이 생겼다. 내 가슴속에는 호기심과 외경심 그리고 자살하는 사람이 가질 법한 냉담함이 겹쳐져 있었다.

초원 너머로 벽을 바라보는 동안 내 시선은 벽 중앙에 있는 큰 빙폭에 가서 멈췄다. 빙폭은 뒤에 있는 빙하의 압력을 받아 육중한 소리를 내고 있었다. 얼음은 깨진 유리 빛이었다.

"메스너!"

우즐라가 생각에 잠겨 있는 나를 불렀다.

"위에 올라갔을 때 무엇인가가 고장이라도 나면 어떻게 할 거예요?"

"가져가는 물건이라야 아이스 피켈과 아이젠 버너 그리고 텐트 등 몇 개 안 되는 장비니까 간단해서 고장 날 것은 없어. 그리고 설령 고장이 난다고 해도 내가 고치면 돼."

"무엇으로요?"

"주머니칼만 있으면 돼."

"'바이 훼어 민즈by fair means'는 무슨 뜻인가요?"

옆에서 우리 얘기를 듣고 있던 테리가 물었다.

"보조 수단을 이용하지 않고 등반하는 것을 말해요. 의복이나 색안경, 자일, 버너, 텐트 같은 것은 보조 수단이라고 말할 수 없죠. 그것이 산을 작게 만들지는 않으니까요."

"그런 도구까지도 될 수 있으면 줄이려는 거죠?"

"그렇죠."

"그러면 당신이 인정하지 않는 보조 수단은 뭐죠?"

테리가 또 물었다.

"그것은 볼트 하켄이에요. 볼트를 바위에 박으면 어떤 암벽이라도 오를 수 있어요. 다시 말해서 내 힘만으로는 오를 수 없는 암벽도 오르게 된단 말입니다. 만일 천 개의 볼트 하켄을 줄줄이 박아가며 벽을 오르면 등반이 불가능한 높이 1,000미터의 암벽도 오를 수 있어요. 즉 자신에게 불가능한 일을 트릭을 써서 해결하는 셈입니다. 산소 흡입기를 사용하면 그것 없이는 목숨을 잃을지도 모르는 높은 곳까지 오를 수가 있지요. 전에는 산소마스크 없이는 에베레스트에 오를 수 없다고 했어요. 그래서 사람들은 산소마스크는 당연한 보조 수단이라고 생각했지요. 기술적인 보조 수단은 끝까지 불가능한 것과 불가능하게 보이는 것을 구분치 않고 해결해 버리기 때문에 모든 긴장감이 손상되고 맙니다. 그래서 나는 이런 종류의 트릭을 쓰기 싫어해요. 다른 사람들이 어떻게 하든 나는 물론 상관하지 않지만."

"그러니까 당신은 목발 같은 보조 수단을 쓰지 않고 어디까지나 자립적으로 하겠다는 거군요?"

우즐라가 말참견을 했다.

"그렇지. 오늘날 이용 가능한 모든 기술을 투입한다면 나는 어떤 곳에라도 오를 수 있어. 그러나 그것은 결국 기술에 의존하고 있다는 얘기야. 그렇게 되면 그 성공도 내가 얻은 것이 아니라 기술이 해낸 거지. 나도 그럴 생각만 있다면 그렇게 할 수도 있어. 그리고 말하겠지. 무엇 때문에 이런 고생을 앞으로도 계속해야 하고 또 1973년에, 그리고 일주일 전에 겪었던 불안을 다시 겪어야 하느냐고. 나도 헬리콥터를 타고 낭가파르바트 상공을 날 수 있어. 그러나 나는 그런 일에는 흥미가 없어. 나는 어떻게 해서라도 기술에 의존하고 싶지 않아. 그건 지금도 그렇고 앞으로도 마찬가지야. 물론 나도 남에게 즉, 곁에 있는 사람에게 의지하고 싶을 때가 있어. 자일 파트너란 등반을 할 때 마지막까지 함께하는 사람을 말하는데, 난 파트너에 의지하지 않고서야 비로소 진정으로 혼자 해내는 거라고 생각해. 짧은 시간이라도 좋으니 혼자 만족하고 싶어. 어떤 일이든 혼자 해낼 수 있는 힘을 가지고 싶고 혼자 살아가는 방법을 배우고 싶은 거야."

"혼자서 간다는 얘기는 적당한 파트너가 없다는 뜻은 아닌가요?"

"그렇지는 않아. 우쉬와 함께 살고 있을 때부터 이미 나는 8,000미터 봉을 혼자 오르려고 했어. 당시 내 마음은 안정되어 있었지만 이상하게도 성공하지 못했어. 마음만 먹으면 좋은 파트너는 언제든 구할 수 있어."

"아마 그때는 안주할 곳이 있고 의지할 수 있는 사람이 있어서 실패한 것인지도 모르겠군요."

"그래, 그럴지도 모르지. 나도 잘 알고 있어."

"그럼 파트너가 있으면 도움이 되는 건가요, 아니면 오히려 방해가 되는 건가요?"

"그건 설명하기 어려운 걸. 하지만 이제 파트너가 있다는 것이 어떤 점에서 도움이 되고 어떤 점에서 방해가 되는지 알 것도 같아. 1976년에는 몰랐지만."

"당신은 또다시 말을 돌리는데요."

"누구에게나 흔히 있는 잘못이지만 나도 헤어질 때까지 아내한테서 인생의 의미를 찾으려고 했어. 이것은 단순히 감정의 문제라고 설명하기는 다소 힘든 부분이 있어. 낭가파르바트를 단독 등반하는 것이야말로 하나의 이념이다, 알피니즘의 극한이다, 최후의 가능성이다, 이 등반으로 산악계에 쇼크를 줄 수 있다라는 식의 의견에 대해서는 이러쿵저러쿵 말할 수 있었지. 그러나 여기 와서 보니 사정이 전혀 달라. 열흘 동안 파키스탄을 트래킹하면서 그야말로 내가 완전히 혼자가 되는 순간을 경험한 뒤로는 그런 것은 모두 어디론가 사라져 버렸어. 이전에는 사람이기 때문에 여러 가지 얽매이는 일들이 많았고 단독 등반의 의미도 어딘가 취약점이 있었어. 엄밀히 말해서 낭가파르바트가 생존의 의미가 될 수는 없어. 그리고 그것은 내가 머릿속에서 그려내는 어리석은 공상 속에서도 찾을 수 없었어. 그 무렵 나는 여러 가지를 우쉬에게 투영하고 그녀에게 의지했어. 이 의타심 때문에 나는 스스로 박차고 앞으로 나아갈 힘이 없었어. 순수하게 자신을 지키거나 내 길을 걸어갈 만한 힘이 없었던 거야."

"그래서 당신은 최대한의 독립성이 필요하다고 생각하는 거군요."

"그렇지. 진정한 나 자신으로 돌아가기 위해서, 그리고 완전한 나 자신이 되기 위해서도……."

"그러면 바로 그것이 의미를 갖는 건가요?"

"모르겠어. 이번 등반이 어떻게 될지 아직 모르고 있듯이 그 의미도 아직 몰라."

"또 말을 딴 데로 돌리는군요."

"아니 정말이야. 지금도 나는 어떤 일의 의미 따위에는 별로 관심이 없어."

"그러면 당신이 무엇을 하고 있든, 그 일이 어떻게 되든, 무사히 내려오든 말든 아무래도 상관없다는 건가요?"

"내 일에 전혀 관심이 없다는 말이 아니야. 내게는 돌아올 수 있고 없고가 그리 중요한 일이 아니란 말이야."

"당신은 참 이상해요. 어째서 모든 일을 그토록 자세히 관찰하는 거죠? 그리고 아무래도 상관없다면 크레바스가 나타났을 때 뛰어들 수도 있다는 말인가요?"

"나는 절대로 크레바스에 떨어지고 싶지는 않아. 눈사태에 묻히고 싶지도 않고. 그런 일은 모두 내 계산에 들어 있어. 예측할 수 없는 일을 될수록 줄이고 그 환희를 체험하는 것—거기에 기술이 필요하다는 거야. 내게 어떤 일이 일어날 수 있는지 예측할 수 있지만 꼭 그렇게 되는 것은 아니야."

"그러나 당신은 속도가 느려서 낙석에 맞는 일이 생길수도 있잖아요?"

"그런 일은 없을 거야. 돌이 날아올 만한 곳으로는 오르지 않으니까. 이것이 내 방법이야. 그리고 빠른 속도로 올라가야 하기 때문에 부담이 되는 짐은 아예 가지고 가지 않아. 저런 고도에서는 신속함이 바로 안전을 의미하거든."

"당신은 그렇게 말하지만 실상 혼자서는 어쩔 수 없이 위험에 노출될 수밖에 없잖아요."

"모든 가능성을 다 알기 전에는 혼자 산에 가는 걸 권하고 싶지 않아. 내가 왜 이처럼 오랜 시간을 기다렸는지 잘 알 테지?"

"하지만 당신은 불안하다면서요?"

"불안을 이제까지 완전히 극복한 적은 없지만 대부분의 경우는 이겨 냈어. 몸 상태가 좋고 준비가 되어 있을 때만 모험에 뛰어들곤 했으니까. 잘 알고 있잖아? 이삼일 전에 떠나려고 했다가 다시 그만둔 것을 말이야."

"내일 우리는 언제 떠나죠?"

우즐라가 물었다.

"오후 일찍 떠나면 충분해. 벽 밑에까지 많이 걸려야 두 시간이면 되지."

우리는 다시 짐을 쌌다. 내일 우리는 디아마 빙하와 디아미르 빙하가 합류하는 곳에서 야영을 할 생각이다. 그리고 모레부터 본격적인 등반에 들어가게 된다. 벽 밑에까지 가는 길은 쉬우니까 우즐라 혼자서 베이스캠프까지 돌아올 수 있을 것이다.

나는 무거워 보이는 배낭을 다섯 번 정도 들어보았다. "15킬로그램은 되겠는데" 하고 혼자 중얼거렸다. 우리는 모레인을 넘고 토사 지대를 지나 참회자가 서 있는 모양의 설탑 사이를 통과하여 등반을 시작하는 곳으로 향했다. 벽을 따라 시선을 위로 옮겼지만 정상은 보이지 않았다. 구름이 잔뜩 껴 있었다. 서쪽 하늘을 바라보니 비가 올 것 같았다. 그러나 고약한 날씨가 될 것 같지는 않았고 한두 시간 진눈깨비나 비가 내릴 정도였다. 저 높은 곳에는 눈이 오고 있겠지.

낮게 뜬 구름이 디아미르 계속 깊숙이 모여 들었다. 안개가 마제노 피크 빙하 위에 걸려 있었다. 날씨는 무더웠고 빙하에서 냉기가 올라왔지만 공기는 후덥지근했다. 나는 풍향의 변화와 대기의 색조를 주의 깊게 관찰했다. 비는 오지 않았지만 폐 속에서 습

디아미르 계곡의 험준한 벽에 나 있는 좁은 길

기가 느껴져 걸음을 재촉했다. 그때 우즐라가 빙하에서 걸음을 멈추었다.

"서둘러야 해. 곧 비가 올 것 같으니까."

그녀에게 소리쳤다.

"어떻게 알죠?"

"등반을 하다 보면 그 정도는 알 수 있게 되지."

얼마 안 가서 빗방울이 하나 둘 떨어지기 시작했다. 얼음 위에 널려 있는 돌이 검게 젖었다. 걸음을 크게 내딛자 등산화에 밟혀 돌이 옆으로 튀었다. 나는 비를 맞고 싶지 않았다. 높은 곳에서 옷을 말릴 수야 없지 않은가.

우리는 벽 기슭에서 비부아크를 하려고 빙하를 건너갔다. 나는 바위 처마 아래서 하룻밤을 묵을 생각이었다. 아침 일찍 모레인의 주변부와 벽 기슭 사이의 부서진 돌더미를 지나 디아마 빙하를 건너가기란 무척 힘든 일이다. 오전의 이른 시간을 십분 활용하려면 날이 밝기 전에 벽에 붙어 있어야 한다. 가장 위험한 장소는 되도록 해가 뜨기 전에 넘어야 한다.

다시 날씨가 수상해졌다. 그렇다고 걱정되지는 않았다. 달리면 한 시간 안에 베이스캠프로 돌아갈 수도 있기 때문이다. 나는 꼭 필요한 것만 가져왔다. 손전등도 없었고 피켈과 아이젠 외에 길이가 1미터밖에 안 되는 자일만 가져왔다. 이것만 있으면 급할 때 암벽에 몸을 연결해서 공간을 확보할 수 있다. 그 밖에 고도계, 색안경, 빙벽용 하켄과 암벽용 하켄 한 개씩 그리고 자질구레한 물건들을 가져왔다. 취사는 매우 중요해서 식량과 연료는 10일치를 준비했다. 그리고 1킬로그램 남짓한 텐트와 우모 침낭도 가져왔다. 이 모든 물건들이 배낭 안에 들어 있었다.

옷은 가능한 가볍게 입었다. 날씨가 차가워지면 침낭 속에 몸을 넣고 있으면 된다. 짐은 최소한으로 준비하는 것이 좋다. 짐이 무거울수록 걸음이 늦어져 시간이 더 걸리기 때문이다. 시간이 걸릴수록 식량도 더 가져가야 한다. 만일 시간이 20일 정도가 소요되면 나는 그곳에 오르지 않는다. 20일을 지탱하려면 적어도 30킬로그램의 짐을 가지고 가야 하는데, 그렇게 무거운 짐을 운반하기 위해서는 20일이 아니라 적어도 30일이 더 걸릴지도 모르기 때문이다. 결국 이 정도 높이의 산에서는 15킬로그램 안팎의 짐이 내 한계다. 내 몸무게는 겨우 60킬로그램 정도며 15킬로

벽 기슭으로부터 얼마 떨어지지 않은 얼음 미로에 비부아크 천막을 쳤다

그램의 배낭을 메면 손과 발을 이용해 벽을 기어오를 수 있다. 이것이 불가능하다면 낭가파르바트의 단독 등반은 단념해야 한다.

벽 기슭으로부터 얼마 떨어지지 않은 바위 처마 밑에 돌을 치우고 머물 공간을 만들었다. 나는 납작한 돌을 주워다 바닥에 깔았다. 그러자 텐트가 반듯이 서고 비교적 안전해졌다. 밤에 어디서 눈사태가 일어날지 모르고 언제 낙석의 폭격을 받을지 모르기 때문에 항상 긴장하고 있어야 했다. 잠시 뒤 우즐라가 나타났다. 그녀는 온몸이 땀으로 젖어 있었고 매우 지쳐 보였다. 우리는 한 시간 남짓 비부아크 장소를 정비했다. 그러고 난 후 가까운 냇물에 가서 5리터 통에 눈 녹은 물을 길어왔다. 냇물이 얼음과 돌 사이를 빠르게 흐르고 있었다.

"이 바위는 언제까지 이대로 있을까요?"

"앞으로 10년은 더 이 자리에 있겠지."

다시 우즐라가 물었다.

"지진이 일어나도요?"

나는 그녀의 얼굴을 보며 그저 빙긋이 웃어 보였다. 큰 지진이 일어나면 바위는 물론 텐트까지 흔적도 없이 사라져 버릴 것이다.

"지진은 절대 안 나."

"그래도 만약이란 게 있잖아요."

나는 더 이상 말을 하지 않고 배낭을 풀었다. 손과 입을 같이 움직이기는 어렵다. 때문에 등반할 때는 말수가 적어질 수밖에 없다. 텐트 안이 금세 더워졌다.

"날씨가 다시 좋아질까요?"

"모르겠는걸."

우즐라는 커피를 끓였다. 텐트 안에 김이 서렸다. 한 시간 후에 다시 밖을 내다보니 날이 개고 있었다. 벽의 안개가 이제는 거대한 빙폭이 있는 높은 곳에 걸려 있었다. 소나기는 우리가 있는 곳을 피해 지나갔다. 빙하 위쪽 하늘은 청록 빛을 띠고 있었다. 안이 들여다보이는 갈대발처럼 빙하가 계곡 입구에 줄무늬를 그리고 있었다. 그 위로 투명한 안개가 끼어 있었다. 모든 것이 더욱더 커 보였다. 머리 위의 암벽에서 낙석이 떨어지는 소리가 쉴새 없이 들려오고 있었다.

위로 보이는 골짜기와 산은 신비스럽기만 했다. 특히 황혼이 깃들 때 더욱 그랬다. 부서진 디아마 빙하와 디아미르 빙하가 마주치는 곳은 폭풍 속의 파도를 연상케 했다. 엄청난 힘의 작

정상 부근의 석양. 그늘진 곳은 혹한이다

루팔벽 중심부와 정상

용이다.

빙벽의 하단부는 그다지 번쩍거리지 않았고 푸른 잿빛을 띠고 있었으며 인간의 접근을 거부하고 있었다. 얼음 사태와 낙석은 저녁녘에 더욱 심해졌다. 우즐라는 칼날처럼 솟은 빙벽의 모습과 너무나도 가까이에서 들리는 낙석 소리에 충격을 받은 듯했다. 벽 기슭에는 낙빙과 낙석의 흔적이 뚜렷했다. 이곳은 규모가 큰 원정대가 오르기에는 적합하지 않은 곳이었다.

우리는 사나운 날씨가 계속되고 낙석의 위험이 커져 내일 아침 베이스캠프로 다시 돌아가기로 했다. 더 기다려 봤자 의미가 없었다. 여기저기 크레바스가 입을 벌리고 있었고 돌이 많아서 하산하기도 힘들었다.

베이스캠프로 돌아올 때 위쪽에서 엄청난 얼음 사태가 일어나 벽 기저부의 넓은 빙하 일대가 온통 눈과 얼음 가루로 뒤덮였다. 밑에서 바라본 그것은 정말로 매혹적인 광경이었다. 반짝거리는 분설이 소리 없이 하늘로 오르다가 그대로 사라졌다. 그리고 얼마 뒤에 우레와 같은 소리가 났다.

테리가 우즐라를 위해 벽 기슭까지 마중 나왔다. 그는 내가 벌써 올라간 줄 알고 있었다. 그의 표정과 말투에서 나는 테리가 나와 같은 마음이라는 것을 느꼈다.

"날씨가 나빴나요?"

그가 걱정스러운 표정으로 내게 물었다.

"그래요. 벽에 눈이 많았고 낙석이 심했어요."

나는 대답했다.

"낭가파르바트는 지금까지 본 산 중에서 가장 큰 산이에요."

우즐라가 도취된 듯 말했다.

"여기서 보면 보잘것없는 바위 덩어리 같지만 올라 보면 독립된 산괴처럼 굉장히 커요. 에베레스트도 낭가파르바트보다 작은 느낌이 들거든요."

"낭가파르바트의 인상이 에베레스트보다 그렇게 강해요?"

테리가 나에게 물었다.

"아니요. 제 경우에는 다섯 살 때 처음으로 가까이서 본 가이슬러슈핏첸이 지금까지 본 산 가운데 가장 큰 산이라고 생각해요. 그 당시의 일이 아직도 내 기억 속에 생생하게 남아 있을 정도로 가이슬러슈핏첸의 인상은 깊었어요."

“그때 벌써 가이슬러에 올라갔어요?”

이번에는 우즐라가 물었다.

“그래, 바로 가장 높은 사스 리가이스에 올라갔어. 그 다음날이 되자 내가 정말 그 높은 곳에 올랐다는 사실이 믿기지 않더군. 그 산이 정말 얼마나 거대한지를 누구에게도 설명할 수 없었지.”

“왜 설명할 수 없었어요?”

“크다는 관념이 뒤죽박죽되어 결국은 모든 게 흐려져 버렸거든.”

“그 높은 곳에 올랐을 때 아름다웠나요? 혹 불안하다거나 위험하다는 생각은 들지 않았나요?”

“그때는 별로 불안하지 않았어. 아직도 그 기억이 생생한데, 마지막 나무가 있는 곳에 아버지가 담배를 숨기셨지. 아버지가 왜 그러셨는지는 잘 모르겠어. 물어본 적도 없지만. 아버지는 나무에 있는 구멍에 담배를 넣고 그 위에 돌을 올려놓으셨어. 그리고 다시 걷기 시작했지.”

“당신과 아버지뿐이었어요?”

“동생과 어머니도 함께 갔었어. 아버지가 앞에서 우리를 인도했지. 그때 나는 어느 길로 가면 되고 어느 길로 가면 안 되는지 알 수 없었지. 가끔 아버지는 나를 도와주셨고 이것저것 가르쳐 주셨어. 정상으로 통하는 능선에 들어서서는 무척 가파른 데를 지났어. 그곳을 다시 내려올 때 무척이나 힘들었던 기억이 나. 도중에 어떻게 해야 할지 몰라 망설이고 있을 때 다른 사람들이 나를 도와주기도 했지.”

“이번에 낭가파르바트에 오기 위해서 휴가를 얻었나요?”

테리가 물었다.

"만일 1년에 열한 달 동안 일해야 하고 한 달밖에 쉴 수 없다면 낭가파르바트 단독 등반은 영원히 바람만으로 그치겠죠. 그래서 나는 자유업을 택한 거예요. 물론 그렇다고 언제나 이렇게 할 수 있는 것은 아니지만요. 그리고 지금 이런 시도가 저절로 이루어진 게 아니라는 것도 알고 있고요."

"당신은 무척 자유로운 사람인 것 같아요."

우즐라가 말했다.

"산에 오르기 시작한 게 몇 살 때부터죠?"

"아마 열 살이나 열두 살 무렵일 거야. 그때의 경험에서 얻은 것이 무척 많았지. 산에 올라 처음으로 나 스스로 결정하고 판단하기 시작했거든. 그때 나는 이성과 본능이 정확하게 일치해서 움직였던 것 같아. 아마 지금보다 그때가 더 그랬을지도 모르지."

"당신은 그때부터 남다른 점이 있었군요?"

"그런지도 모르지. 그러나 그것이 육체적인 부분만은 아니야. 이젠 트레이닝도 잘 안 하고 있지. 물론 그렇다고 특별히 강한 의지를 지닌 것도 아니고 다른 사람들보다 불안을 더 잘 이겨내지도 못해."

"하지만 당신이 타고난 남다른 면이 있었다 해도 만일 이전에 경험한 스무 번의 원정이 없었다면 오늘 여기 있지 못했겠죠?"

"물론 그렇겠지. 타고난 점이 결정적인 의미를 가지고 있다는 게 아니야. 1970년만 해도 나는 8,000미터 봉의 단독 등반이 불가

가파른 바즈인 습곡을 오르고 있는 메스너

능한 것으로 믿고 있었지. 1973년이 되서야 자신이 생긴 거야."

베이스캠프로 돌아온 지 채 한 시간도 못 되어 나는 다시 등반 준비에 들어갔다. 이제야 모든 고민을 떨쳐 버린 홀가분한 기분이 들었다. 이제 필요한 것은 좋은 날씨뿐이다.

몸을 움직일 때마다 힘이 나는 것이 확실히 느껴졌다. 줄칼로 아이젠의 날을 세워 등산화에 달고 있을 때 무엇인가 해방감이 느껴졌다. 마치 날개가 돋은 기분이었다.

아무 일도 안 하고 있으면 불안과의 싸움에서 질 것만 같다. 숨을 크게 들이마시고 싶어진다. 나는 다시 산으로 눈을 돌렸다. 그리고 아무도 모르게 왼쪽 눈을 감았다. 이 행동은 좋은 생각이 떠오르면 늘 하는 버릇이다. 그러나 몸이 아프거나 피로할 때는 그렇게 안 된다. 매번 정확하게 느끼는 것은 아니지만 그것은 오래전부터 생긴 버릇이다.

나는 상자 속에서 가져 갈 식량을 골랐다. 참치 통조림 두 개, 수프 여덟 봉지, 치즈 두 통, 굳은 빵, 물론 크래커도 챙겼다. 누군가 이것 말고 다른 것들은 왜 안 가져가는지 묻는다면 그럴듯한 이유를 대기는 어렵다. 나는 오직 올라갔다가 내려오는 그 10일만을 생각했다.

이렇게 짐을 싸고 무게를 달아 보며 배낭을 꾸리고 있자니 한결 기분이 좋아졌다. 미지의 세계로 출발할 때는 언제나 이렇다. 손을 움직이고 있노라면 뭔가 보람이 느껴진다. 누구도 그 이상할 수 없을 만큼 일이 잘될 때가 있다. 출발 전의 마지막 점검은 이렇게 돼야 한다.

짐을 싸고 있을 때 우즐라가 다가와 분말 우유통 한 개와 설탕 분유 커피가 섞인 통 등을 건네주었다. 그녀가 나를 보며 뭐라고 말했지만 내 귀에는 잘 들리지 않았다. 나는 통조림 두 개를 배낭에 넣고 주머니를 단단히 잡아맸다. 아마도 우즐라는 그것으로 충분하냐고 묻는 것 같았다. 나는 그렇다고 고개를 끄덕였다. 그녀는 내 말이 믿어지지 않는다는 표정이었다. 그러나 이내 그녀도 알겠다는 듯 고개를 끄덕이며 텐트 안으로 들어갔다. 안에서 우즐라가 덜그럭거리며 그릇을 챙기고 있는 소리가 들렸다. 나는 배낭을 어깨에 메고 무게를 어림잡아 보았다.

"역시 15킬로그램이군."

무게는 그 이상도 그 이하도 아니었다.

벽 기슭의 빙하 지대. 베이스캠프를 떠나기 전 다시 한 번 뒤를 돌아 확인하고 있다

8월 6일, 정오가 조금 지났을 무렵 나는 베이스캠프를 떠났다. 날씨는 아주 더웠다. 베이스캠프에서 200미터쯤 떨어졌을까. 나는 큰 바위 위에 서서 다시 한 번 뒤를 돌아보았다.

"티케."

나는 혼자 중얼거렸다. 이 말은 지금의 내 마음과 꼭 들어맞는 듯했다.

모든 것을 충분히 점검했고 이제는 출발하기만 하면 된다. 마음에 걸리는 것은 하나도 없다. 또 만일이라든가 하는 고민은 조금도 없다. 나는 전력을 다해 산을 오를 것이다. 더 이상 생각할 수 없는 최상의 방법으로 해낼 생각이다. 나는 이 등반이 아주 위험하고 또 내 능력의 한계까지 가게 되리라는 것을 잘 알고 있다. 게다가 피하기 어려운 갖가지 위험이 도사리고 있다는 것도 알고 있다. 그러나 나는 이 등반을 우연에 맡기고 싶지는 않다.

디아미르

나는 여기 쌓여 있는 눈과 바위와 구름의 감정을 함께 가지고 있다. 더 이상 철학이 필요 없다. 모든 것을 이해하고 죽음까지도 이해하게 되니까. 나는 두려움을 통해서 이 세계를 새롭게 알고 싶고 느끼고 싶다. 고독이 더 이상 파멸을 의미하지 않는다. 이 고요 속에서 분명히 나는 새로운 자신을 얻게 되었다. 그것은 내 인생에서 처음으로 체험한 흰 고독이었다. 이 고독은 두려움이 아닌 나의 힘이다.

고독한 새에는 다섯 가지 조건이 있다

첫째는 가장 높은 곳까지 나는 일이요

둘째는 같은 종이라 해도 친구를 삼지 않는 일이요

셋째는 부리를 하늘로 쳐드는 일이요

넷째는 한 가지 빛깔을 하고 있지 않는 일이요

다섯째는 낮고 낮은 소리로 노래를 부르는 일이다

| 후아나 델 라 쿠르스 수녀 |

고독의 빙벽

두 시간 전부터 나는 가파른 빙벽을 올랐다. 서두르거나 쉬는 일 없이 계속해서 올라갔다. 대빙폭과 마제노 벽 사이에 있는 아이스 브리지에 가려면 루트를 오른쪽으로 잡아야 한다. 나는 루트를 전혀 확보도 하지 않고 단지 아이젠과 아이스 피켈만으로 15미터의 수직 벽을 넘었다. 이 빙벽은 중앙의 눈사태 통로 오른쪽에 있는 벽이다.

"여기를 어떻게 다시 내려간담."

위로 빠져나왔을 때 나는 혼자 중얼거렸다.

잠시 후 배가 불룩 나온 빙벽이 또 눈앞에 나타났다. 길이가 적어도 100미터나 되고 여러 군데가 오버행으로 되어 있었다. 그것이 기울어진 담장처럼 벽을 가로막고 있었다. 그 위쪽은 전혀 보이지 않았다. 오른쪽으로 벽이 더 치솟아 있었기 때문에 그 위쪽은 어떻게 돼 있는지 알 길이 없었다.

"왼쪽으로."

그때 누군가 말하는 소리가 들리는 듯했다.

낭가파르바트를 오르고 있는 메스너

"정말?"

무의식중에 이렇게 대꾸하고 나서 나는 깜짝 놀랐다. 한두 시간 전부터 나는 혼자 있었다. 누가 있기라도 한 걸까? 확실히 왼쪽이 걷기에 수월해 보였다. 그래서 나는 누군가가 한 말이 옳기라도 한 듯 왼쪽으로 갔다.

그 길은 무척 어려워 간신히 오를 수 있었다. 다행히 패인 곳이 있어서 침니를 오르는 식으로 절벽을 타고 넘었다. 두 다리를 힘껏 벌려 갈라진 빙벽의 양쪽을 바깥으로 밀면서 손으로 날카롭게 패인 홈통을 긁어 잡고 조금씩 조금씩 위로 올라갔다. 오르는 데 온정신을 쏟아야만 했기 때문에 다른 것은 생각할 여지가 전혀 없었다. 오로지 몸을 움직여 산을 오를 뿐 내가 무엇을 하는지 어디로 가는지 생각할 틈이 없었다.

갑자기 주위의 빙전이 강한 햇빛을 받아 밝아졌다. 다음 순간 그 빛은 순식간에 사라졌다가 다시 머리 위의 하늘에서 환하게 빛나고 있었다. 태양은 보이지 않았지만 그 빛은 대빙폭 위를 비추고 있었다. 머리 위 높은 곳에서 디아미르 벽 구석구석까지 빛이 스며들었다. 조금씩 따뜻한 온기에 녹아 몸이 풀리는 듯했다.

잠시 후 해가 솟았다. 감동적인 순간이었다. 사막에서 모래가 움직이는 것처럼 공기가 하늘에 층을 짓고 있었다. 낭가파르바트의 그림자가 지평선에 드리워졌다. 나는 지금 올라가거나 내려가거나 둘 중 하나를 선택해야만 하는 기로에 서 있었다. 그러나 나는 세상과 단절된 저 명료한 세계로 들어가고자 위쪽을 향해 계속 발걸음을 옮겼다.

"조심해서 다녀와요!"

헤어질 때 테리가 나한테 했던 말이다.

"어떤 일이 있어도 당신을 기다리겠어요."

우즐라도 말했었다.

베이스캠프를 내려다보며 텐트를 찾았으나 눈에 띄지 않았다.

그때 갑자기 누군가 다가와 내게 말을 건넸다. 침묵의 세계가 그 소리에 깨졌다. 내 시야 한 편에 어떤 남자가 서 있었다. 그 남자가 서 있는 배경은 마치 옛날에 내가 살았던 고향 집 같았다. 그 남자는 바로 내 아버지였다. 나는 아버지의 뒤를 따라갔다. 어

45도의 얼음 사면을 오르자 머리 위로 강한 햇빛이 쏟아졌다

렸을 때의 기억과 조금도 다름없는 느낌이 들었다. 정말로 아버지와 같이 있다는 생각이 들었다. 나는 어린 나를 산에 데려다 주시던 그때의 아버지가 지금의 내 나이와 비슷하다는 것을 생각해냈다.

태양이 지평선 위로 떠오르자 다시 혼자가 됐다. 나는 열두 발톱짜리 아이젠을 신고 45도의 얼음 사면을 올랐다. 부서지기 쉬운 얼음에 아이젠 앞 발톱을 번갈아 찍었다. 세 걸음을 짧게 내딛은 다음 두 다리를 약간 벌려 뻗친 후 발에서 시선을 떼고 위를 보았다. 그런 다음 짤막한 아이스 피켈로 머리 위 80센티 정도 부근을 찍었다. 그리고 다시 짤막하게 세 걸음 앞으로 나갔다. 늘 하던 나만의 리듬을 다시 찾은 듯했다.

어린 시절을 거의 기억하지 못하지만 몇 가지 일만은 또렷하게 머릿속에 남아 있다. 어느 날 도랑에 빠져 이마를 다친 일이 있었다. 또 숲 속의 작은 빈터에서 생긴 일도 생각났다. 아버지와 어머니가 우리를 놔둔 채 가 버리셔서 형과 나는 그곳에서 어찌 해야 좋을지 몰랐다. 결국 우리는 울음보를 터뜨렸다. 먼저 형이 울었고 나도 따라 울었다.

"그때 너는 참 제멋대로 굴었었지."

"그뿐인가, 고집도 셌지."

"너는 어쩌면 그렇게 아버지를 꼭 닮았니!"

"그런지도 모르지."

"생각하는 것이 고리타분한 게 아버지와 똑같아."

"아니야, 그렇게 생각하는 것은 대개의 경우 내가 일을 결정했기 때문이야."

"대개라니, 너는 언제나 그랬어."

"내 기억으로는 어렸을 때 나는 언제나 형들보다 나았지. 자랑은 아니지만 그게 싫지는 않았어. 사실 그랬으니까."

"우리 식구는 열한 명이나 돼서 언제나 나이에 따라 그룹이 생겼지. 제일 나이 많은 축, 중간 축 그리고 적은 축 이렇게 말이야."

"커서 학교에 갔었고 아버지는 우리의 선생님이었어."

"학교 시절을 별로 기억 못 하겠는걸……."

그때 갑자기 한쪽 아이젠이 등산화에서 미끄러졌다.

"조심해!"

나는 소리 질렀다. 이제껏 나 혼자서 말하고 있었단 말인가?

NANGA PARBAT

9.8.1978

Reinhold Messner

1. absolute Alleinbesteigung
(neue Route in der Diamir-
Wand)

Incipit liber bresith quē nos genesim
In principio creauit deus celū dicim9
et terram. Terra autem erat inanis et
vacua: et tenebre erāt sup faciē abissi·
et sp̄s dn̄i ferebat sup aquas. Dixitq;
deus. Fiat lux. Et facta ē lux. Et vidit
deus lucem q esset bona: ⁊ diuisit lucē
a tenebris· appellauitq; lucem diem ⁊
tenebras noctem. Factūq; est vespe et
mane dies unus. Dixit q; deus. Fiat
firmamentū in medio aquaꝝ: ⁊ diui-
dat aquas ab aquis. Et fecit deus fir-
mamentū: diuisitq; aquas que erāt
sub firmamento ab hijs q̄ erant sup

메스너의 정상 노트. 구텐베르크 성서 첫 장

벌써 대빙폭까지 올라왔다. 날씨는 좋지도 나쁘지도 않았다. 나는 세 시간 전에 제1비부아크 장소를 떠났다. 출발하기 전 나는 친구가 정상에 놓으라고 준 구텐베르크 성경의 첫 장을 다시 한 번 확인했다. 그는 작은 알루미늄 통까지 만들어 주었다. 나는 이 통 안에 귀중한 양피지를 넣어 정상에 남길 생각이다. 정상에서 사진이 제대로 찍힐지도 의심스럽고, 사진을 찍을 수 있을지조차 알 수 없었다. 더욱이 정상에 오를 수 있을지도 장담할 수 없는 상황이었지만 성공했을 때를 대비해 이것들을 가져왔다.

나는 마음을 가다듬고 다시 앞으로 나아갔다. 곧이어 마제노 산군의 웅장한 벽이 눈앞에 나타났다. 마침내 빙탑을 넘어서 왼쪽으로 가로질러 갔다.

"어마어마한 세계로군!"

이 벽 속에서 방향을 정한다는 것은 결코 간단한 일이 아니다. 1,500미터나 되는 머메리 · 리페 우측의 파란 얼음이 따뜻한 아침 햇살을 받아 눈부시게 빛났다. 바로 옆의 거대한 빙탑은 너비 500미터에 높이가 200미터나 됐다. 여기까지 오면 어느 정도는 마음이 놓였다. 그러나 아주 안전한 곳이란 있을 수 없다. 적어도 6,000미터까지는 올라가야 한다. 그보다 낮은 곳에서는 위험할 뿐 아니라 비부아크를 할 마땅한 장소가 없기 때문이다. 대빙폭 위에까지 올라가야 비교적 안전한 지대가 있을 것이다. 그곳 어딘가에 텐트를 치는 수밖에 없다.

여덟 시가 지난 지 얼마 안 되어 위험 지대를 벗어났다. 나는 너무 기쁜 나머지 소리를 지를 뻔했다. 오늘은 오르기 시작한 지

테리와 우즐라. 메스너는 이들에게 베이스캠프에서 기다리라고 했다

한 시간 만에 500미터를 해냈다. 배가 나온 빙벽을 이처럼 빨리 순조롭게 타고 넘을 수 있어서 기분이 좋았다. 사진은 별로 찍지 못했다. 혼자서 사진 찍기가 쉽지 않았다. 피켈에 나사를 용접해 삼각대처럼 만든 후 나사에 카메라를 고정시키고 피켈을 만년설에 꽂은 다음 자동 셔터로 내 모습을 찍었다.

우즐라는 어떻게 지내고 있을까? 아마 그녀는 지금 내가 어디쯤 있는지 망원경으로 보고 있을 것이다. 하지만 서로 어떤지 정확히 알 수 없으니 답답한 노릇이었다. 출발할 때 나는 테리와 그녀에게 베이스캠프에서 열흘간 기다리라고 말했다.

"열흘, 아니 열이틀이 되어도 내가 돌아오지 않으면 당신들은 돌아가도 좋소."

혹 내가 영영 산에서 내려오지 않더라도 나를 찾지 않기를 바랐다. 그래봐야 아무 소용이 없다는 걸 잘 알고 있기 때문이다. 나를 구하려고 다른 사람이 위험한 일을 겪게 해서는 안 된다. 이번 원정을 떠나기 전 나는 법률상의 수속도 모두 마쳤다.

내 발밑으로는 고도가 6,000미터나 되는 다리가 놓여 있는 셈인데, 이 높이는 동부 알프스의 일반적인 암벽 높이와 맞먹는다. 그것은 마치 동화 속에 나오는 세계의 유리 산을 연상케 했다. 저 멀리 산 정상이 보였다. 차가운 아침 햇살을 맞으며 서 있으니 한없이 높은 곳에 올라와 있는 것 같은 느낌이 들었다. 이번에는 반드시 정상에 오를 수 있을 것 같은 느낌이 들었다. 저 위에 오르면 고독이 엄습하여 질식하지 않을까 하는 불안이 갑자기 나를 사로잡았지만 다시 내려오지 못할지도 모른다는 걱정은 들지 않았다.

아주 가파른 빙벽 길에서도 나는 내 모습을 카메라에 담았다. 산을 오르기 전 미리 아주 넓게 찍을 수 있는 광각렌즈를 소형 카메라에 장착했다. 이렇게 하면 가까운 위치에서도 스스로를 촬영할 수 있다.

만년설은 아직 단단해 발자국이 남지 않았다. 어느새 6,200미터 고도에 다다랐다. 오늘은 빙벽용이건 암벽용이건 하켄을 쓰지 않았다. 빙하가 발아래 아득히 보였다. 디아미르 벽에 뭔가가 떨어지며 요란한 소리를 내도 조금도 걱정이 되지 않았다. 위험 지대는 이미 넘어섰다. 앞으로 한 시간 이상은 미끄러지지 않는 만년설을 오르게 될 것이다. 파란 만년설 경사면에 내리쬐는 빛이 노랗게 느껴졌다. 수직으로 솟은 빙탑 아래는 이 파란색이 유난

빙하 지대를 오르는 메스너

히 짙었다. 나는 이곳에 머무르기로 했다.

배낭을 깔고 바닥에 앉았다. 비부아크 장소로 안성맞춤이라는 생각이 들었다. 제대로 자리를 잡았다는 흐뭇한 생각이 온몸에 스며들었다. 허리를 펴고 구름 너머 지평선으로 눈을 돌렸다. 한동안 날씨는 좋을 것 같았다.

나는 세상의 모든 것을 등지고 혼자 오르는 게 아니다. 이렇게 여기 앉아 있으면 나는 산의 일부가 된다. 때문에 어떤 행동도 신중하게 해야 한다. 미끄러져서도 안 되며 눈사태를 일으켜서도 안 되며 크레바스에 떨어져서도 안 된다. 나는 여기 쌓여 있는 눈과 바위와 구름의 감정을 함께 가지고 있다. 더 이상 철학이 필요 없다. 이곳에서는 모든 것을 이해하고 죽음까지도 이해하게 되니까.

나는 산을 정복하려고 이곳에 온 게 아니다. 또 영웅이 되어 돌아가기 위해서도 아니다. 나는 두려움을 통해서 이 세계를 새롭게 알고 싶고 느끼고 싶다. 물론 지금은 혼자 있는 것도 두렵지 않다. 이 높은 곳에서는 아무도 만날 수 없다는 사실이 오히려 나를 지탱해 준다. 고독이 더 이상 파멸을 의미하지 않는다. 이 고독 속에서 분명 나는 새로운 자신을 얻게 되었다.

고독이 정녕 이토록 달라질 수 있단 말인가. 지난날 그렇게도 슬프던 이별이 이제는 눈부신 자유를 뜻한다는 걸 알았다. 그것은 내 인생에서 처음으로 체험한 흰 고독이었다. 이제 고독은 더 이상 두려움이 아닌 나의 힘이다.

융기되어 오버행을 이룬 빙벽 아래 두 번째 비부아크를 설치했다

융기되어 오버행을 이룬 빙벽 아래 텐트 칠 자리를 마련했다. 마음 놓고 자려면 역시 튀어나온 벽 밑에 텐트를 쳐야 한다. 디아미르 벽에는 수없이 많은 빙탑이 서 있으므로 사방이 틔어 있는 장소는 어디건 안전하다고 볼 수 없었다. 눈사태에 쓸려 내려갈 위험이 있기 때문이다.

아래에 가로놓인 세계는 정상보다 더 멀리 있는 듯 보였다. 내 마음이 정상을 향하고 있는 건지 아래를 향하고 있는 건지 알 수 없었다. 순간 나는 완전히 마음이 가라앉았다. 다행히 짙은 구름과 안개가 골짜기에 퍼져도 마음이 편안했다.

빙벽에 스크류 하켄을 박고 텐트를 고정시켰다. 태양이 머리 위쪽에 왔을 때쯤 나는 텐트 안으로 들어갔다. 텐트 안은 내 몸과 배낭과 취사도구가 겨우 들어갈 공간밖에 없었다. 나는 텐트를 넣었던 주머니에 눈을 넣고 녹였다. 안에 주머니를 매달아 놓았기 때문에 햇볕에 눈이 녹아 바닥으로 물이 똑똑 떨어졌다. 그것을 냄비에 받아 따로 저장해 두었다. 그리고 한 공기 정도의 물이 고이면 끓여서 차와 수프를 만드는 데 썼다. 고산지대에서는 되도록 물을 많이 마셔야 한다.

파트너란 그다지 중요한 것은 아니다. 처음에는 상대가 되어 주는 사람, 내 모습을 비춰 주는 사람이 필요하다는 생각이 들었다. 그리고 누군가 곁에 없으면 도저히 해낼 수 없을 것 같은 느낌이 들었다. 파트너와 말을 주고받는 일이 중요한 것은 아니다. 그저 누군가 곁에 있다는 것만으로도 충분하다. 또한 서로 말이 없다 해도 상대가 무슨 생각을 하고 있는지를 알 수 있다. 나는 지금 내 안에 그런 파트너를 가지고 있을까.

눈앞에 상상 속 파트너의 모습이 계속 나타난다. 옆에 있는 그 누군가와 끊임없이 말을 주고받는다. 내가 있는 곳에 누군가가 있다. 그것만은 확실하다. 주위에서 음성만 들리는 게 아니라 아주 가까이에 그 실체가 있다. 만질 수는 없지만 틀림없이 거기서 움직이고 있다. 그러나 나는 이 존재를 굳이 찾으려고 하지 않는다.

"넌 바보야. 그런 게 대체 어디 있다는 거야."

나는 혼자 중얼거렸다.

그러나 잡히지 않는 이 생명체가 실제할 것이라는 생각이 다시금 강하게 고개를 들었다.

나는 그에게 말을 건넨다. 그가 내 물음에 대답해 준다. 논리적으로 설명이 안 되는 그 무엇이, 그러면서도 내 마음을 움직이는 그 무엇이 거기에 있다. 내가 이렇게 있는 것과 똑같이.

남아 있는 희망

찻잔 크기만한 냄비에 수프를 끓여 조금씩 먹었다. 강판으로 문지른 듯 입 안이 쓰리고 깔깔했다. 상자에서 차가운 콘비프를 꺼내 억지로 먹었다. 그런데 이것이 화근이었다. 속이 메스꺼워지더니 결국 먹은 것을 토하고 말았다. 나는 텐트 안에 쭈그리고 앉아 있다가 눈 속으로 기어나가 종일 애써 마신 유동식을 모두 토했다. 이곳은 고도 6,400미터 지점으로 벽의 높이만 해도 4킬로미터에 가까운 낭가파르바트 서벽 가운데이다. 이렇게 높은 데 있을 때 체내에 충분한 수분이 없으면 위험해진다.

텐트 안에 있은 지 여섯 시간이 지났다. 안은 몹시 더웠지만 나는 햇볕을 가리지 않았다. 텐트 안에서 태양열로 눈을 녹여야 했기 때문이다. 이런 식으로 연료를 절약해야 오래 버틸 수 있다.

길이 40센티에 내 다리 정도 굵기의 텐트 주머니가 천정에 매달려 있었다. 그 주머니 아래로 물이 떨어졌다. 한 번 매달아 두면 해가 지기 바로 전에 물이 냄비에 가득 찼다. 나는 이 물로 다시 수프를 만들었다. 이것이 벌써 세 번째다. 되도록 많은 수분을 섭취하기 위해 냄비의 물을 남기지 않고 억지로 마셨다. 앞으로 당분간은 식사를 하지 못할 것이다.

오늘 아침 등반으로 체력 소모가 심했던 듯하다. 15킬로그램의 짐을 지고 여섯 시간 동안 1,600미터의 높이를 올랐으니 좀 지나치긴 했다. 게다가 확보도 없었으니. 만약 실수라도 한다면 도전은 그것으로 끝나고 만다. 이번에는 밑에 그물이 있거나 바닥이 겹으로 돼 있지도 않은 곳을 올라야 한다.

새벽 등반에서 수직 빙벽 루트가 세 곳이나 나타나 위험을 무릅쓰고 그곳을 넘어가야만 했다. 나는 세 번 모두 망설였다. 한 발자국도 헛딛는 것이 용납되지 않았기 때문이다. 만약 파트너가 있었다면—그렇다고 해서 전 구간이 쉬워지는 것은 아니지만—훨씬 수월하게 오를 수 있었을 것이다. 그러나 나 혼자서는 도저히 용기가 나질 않았다. 나는 그때마다 다시 한 번 심호흡을 크게 했다.

이런 일은 평생에 한 번 있을까 말까 한 일이리라. 단순히 고통스럽다는 것뿐 아니라 이 끝없는 황야와도 같은 수직 빙벽에서 확보도 하지 않고 등반하는 것은 위험천만한 일이다. 내가 실패하고 물러서리라고는 생각하지 않았지만 내려갈 길을 생각하니 더없이 어렵고 험한 루트로 보였다. 이런 생각에 마음이 무거웠다. 더욱이 나는 아직 정상에 오른 것도 아니었다. 어쩌면 정상에 오르지 못할지도 모른다. 내일도 루트가 이렇게 어렵다면 단순히 용기나 기술만으로 해낼 수 있을지 의문이다. 1미터 또 1미터 고도가 높아질수록 나는 더욱 힘에 겨웠다.

과연 무사히 내려갈 수 있을까? 나는 그 문제에 대해 더 이상 생각하지 않기로 했다. 모든 일이 끝날 때까지 덮어두기로 했다. 나는 눈을 녹이고 쉬어야 한다. 텐트 주머니에서 녹은 물이 규칙적으로 냄비에 떨어지는 동안 나는 두 다리와 경련을 일으킬지도 모르는 오른팔을 주물렀다. 아침 내내 나는 아이스 피켈로 스텝을 찍고 손잡을 데를 파서 내 몸을 크레바스 위로 끌어올렸다. 모든 몸놀림은 정확해야 한다. 만약 몸을 끌어올리는 데 한 번이라도 실패한다면 그것으로 끝이다.

양말이 다 말랐다. 텐트 앞 햇볕에 놓아두었던 이중 등산화도 말랐다. 나는 등산화를 텐트 안에 들여놓았다. 그때 서쪽 하늘에서 불덩어리 같은 해가 뭉게구름 사이로 모습을 감추더니 그대로 사라졌다. 갑자기 냉기가 돌았다. 숨이 막힐 듯 뜨거웠던 태양의 열기가 아직 남았는지 텐트 주머니에서는 눈이 녹아 규칙적으로 물이 떨어졌다. 나는 물이 다시 얼기 전에 조심스레 작은 냄비로 옮겨 가스 불에 얹었다. 좀 더 물을 마셔 부족한 수분을 보충해야만 한다. 그래야 몸 안의 피가 진해지지 않는다. 밤이 되어 기온이 영하 15도로 떨어져도 물을 마셔야 한다. 그리고 토하면 안 된다. 이제 한 번 더 토할 경우에는 살고 싶은 생각이 있다면 발길을 돌려야 한다.

단독 등반. 나 이전에 몇몇 사람이 8,000미터 봉을 혼자 오르려고 한 적이 있었다. 모리스 윌슨이 1934년에 에베레스트를 오르려 했으나 그는 다시 돌아오지 못했다. 2년 뒤 그의 시체가 6,400미터 지점에서 발견됐다. 캐나다인 덴만 역시 같은 산을 겨냥했으나 그가 도달한 곳은 겨우 노스콜 밑이었다.

지금 내가 있는 곳에서 가장 가까이 있는 사람들은 고도차 2,400미터 아래의 조그마한 베이스캠프에 있었다. 테리가 순수한 호기심에 자진해서 이 일을 맡았는데 그는 등반 경험이 전혀 없었다. 우즐라 역시 내가 조난당할 경우 나를 도와줄 수 없었다. 다만 내가 위험에 처하게 되어 신호탄이나 무전으로 알릴 경우 구조를 청할 수는 있을 것이다.

그러나 나는 무전기나 신호탄 등 그 어떠한 위험 신호도 준비하지 않았다. 그런 것들이 무슨 소용이 있단 말인가. 경우에 따라 외부와 연락을 취할 수 있는 가장 가까운 마을이 바부자르인데, 그곳은 이곳에서 무려 나흘이 걸리는 거리였다. 그 마을에는 수동식 전화기가 있어서 간혹 외부와 통화를 할 수 있다. 게다가 나는 짐 무게를 줄이려고 플래시마저 가져오지 않았다. 잠자리에 들 때까지 빛을 내는 물건이라곤 가스 불꽃뿐이다. 밤에 무슨 일이 일어나지는 않겠지.

내 미니 텐트는 얼음 처마의 보호를 받고 있었다. 혹시 있을지도 모르는 눈사태에 대비해 빙벽에 박은 스크류 하켄에 자일로 텐트를 묶어 놓았다. 이 정도면 가까이서 발생하는 눈사태의 풍압에도 견딜 수 있을 것이다. 남아 있는 희망이 있을지는 모르지만.

나는 몹시 지쳐 매트리스 위에 베개 대용으로 놓아둔 아노락에 머리를 파묻었다. 그제야 시간을 확인해야 한다는 생각이 들었다. 시계를 들여다보니 18시가 조금 지나 있었다.

갑자기 몸이 공중에 붕 뜬 듯한 기분이 느껴졌다. 내가 아주 가벼워진 듯했다. 떨어질 걱정은 전혀 없었다. 그러나 나는 다시 힘없이 쓰러졌다. 피로와 해방감이 이렇게도 교차할 수 있다니! 나는 이 모든 것이 사실처럼 느껴졌다. 처음에는 번갈아 다음에는 한꺼번에 일상적인 인식과 평소에 느껴보지 못한 감각 사이를 오락가락했다. 잠시 뒤 이 두 감정은 서로 떨어졌다. 그리고 내가 위로 떠올라 텐트 천정에 붙어 또 다른 나를 내려다보고 있는 듯한 기분이 들었다. 얼마 후 이번에는 그 위치가 바뀌었다. 이것은 그저 느낌만은 아니었다. 이 모든 일이 내 앞에서 그대로 나타났다—한 번은 위에서, 다음에는 밑에서. 내 두 눈으로 똑똑히 보았다. 이런 감정은 내가 잠에서 깨어날 때 흔히 느끼는 그런 것이었다. 그러나 이 두 가지 감정을 나는 생각하거나 정확히 표현할 수가 없었다.

다시 누군가와 이야기한다. 분명 내 자신과 이야기하는 것은 아니다. 상대방의 모습이 내 시야에 보이는 것 같다. 이것은 결코 환상이 아니다. 그러한 환상은 이미 1970년 낭가파르바트에서 내려올 때 경험했다. 그때 몇 명의 사람들이 내 앞으로 다가오는 것이 보이더니 갑자기 사라졌다. 그중 몇몇은 낯익은 얼굴이다. 그들은 말을 타고 내게 다가왔다. 그런데 자세히 보니 그것은 사람이 아니고 돌덩어리였다. 흰 말처럼 보인 것은 흐르지 않는 빙하 한구석에 쌓여 있는 눈 더미 때문이었다.

그러나 이번에는 틀림없이 사람인 것 같다. 나는 그들과 이야기를 하고 있지만 내가 정말로 말을 하고 있는지조차 모르겠다. 하지만 대체 어찌된 영문인지 알려고 하지는 않는다. 다만 바라보고 있을 따름이다. 물론 나도 이론상으로는 믿지 않는다. 그런데 내가 아무 생각 없이 있으면 그들은 다시 내 앞에 나타난다. 그것은 분명한 사실이다. 또 어디선가 그들이 말하는 소리가 들려온다.

'누군가가 나에게 말하고 있다는 것은 있을 수 없는 일이야. 나는 틀림없이 혼자니까.'

나는 혼자 중얼거린다. 그러다가 소리가 들려오면 다시 이런 느낌도 사라지고 만다. 내가 그 말을 확실히 했는지 안 했는지조차 모르겠다. 그러나 나 이외의 사람이 거기에 있다는 것만은 확실하다.

눈을 감으면 그들의 말소리가 더 잘 들린다. 시야의 한구석에서 더욱 확실히 그 모습이 느껴진다. 나는 밥 짓는 것을 도와주고 말 상대해 주는 사람이 있다는 것이 그리 달갑지만은 않다. 그러나 한편으로는 그들이 있어 기쁘다. 나는 그들과 어린 시절의 이야기나 실패담 등 이런저런 이야기를 나눈다.

마지막으로 텐트 밖을 내다봤을 때 서쪽의 구름들이 회갈색으로 물들고 있었다. 해가 지고 경사면에 뭉쳐 있던 비구름이 갑자기 커졌다. 여기서 기다리며 날씨 추이를 지켜봐야겠다. 구름이 산등을 휘감고 있을 때 움직이는 것은 위험하다.

벽은 무서우리만큼 조용했다. 골짜기로 안개를 몰고 오는 바람 때문에 텐트 기둥에서 휘파람 소리가 났다. 곧 눈이 내릴 것 같았다.

낭가파르바트를 덮고 있는 안개. 마치 밤과 같다

“저 밑에서는 비가 오겠지.”

나는 혼자서 중얼거렸다.

“벌써 오고 있어.”

누군가 내 말에 대꾸를 했다. 그러나 말하는 사람의 모습은 보이지 않았다. 안개의 습기 때문에 졸음이 왔다. 몸이 점점 차가워졌다. 안개 층이 어쩌면 이토록 무겁고 두터울까. 별이 반짝이는 밝은 하늘에 비해 주위는 안개 때문에 너무도 어두웠다.

비부아크를 시작하자 다시금 여러 가지 문제가 생겼다. 만일 다른 사람과 나 사이에 황무지가 가로놓여 있다면 나는 어떻게 해서든 그 사람에게 갈 수 있다. 그러나 이처럼 험한 벽이 있을 때는 자신이 없다. 이런 상황이 나와 다른 사람 사이에 가로놓인 거리와 시간을 헤아릴 수 없이 크게 만든다.

자유의지로 방 안에 틀어박혀 있을 때 겪는 고독과 내가 지금 체험하는 고독은 전혀 다르다. 여기서는 기다릴 수가 없다. 또한 위로 한 발자국 내딛을 때마다 사람이 있는 곳에서 그만큼 멀어진다. 그리고 높이 올라갈수록 걸음은 힘들어진다. 마지막 순간까지 홀로 있다는 것은 사람으로서 견디기 어려운 일이다. 어쩌면 요트로 세계를 일주하는 일이 훨씬 쉬울지도 모른다. 폭풍이 몰아치면 파도에 몸을 맡기고 표류하면 그만이다. 이때 사람은 자연의 힘과 싸울 수밖에 없다. 그러나 완강하게 자신과 싸워도 결국 자신을 이기지 못하고 발길을 돌리면 결코 정상에 오를 수 없다.

물이 반쯤 담긴 냄비를 다시 가스 불에 올려놓았다. 녹은 물이 다시 얼지 않도록 하기 위해서이다. 이렇게 하지 않으면 연료를 지나치게 소비할 우려가 있다. 온갖 일을 혼자서 한다는 게 참 어려웠다. 냄비가 엎어지지 않도록 왼손으로 손잡이를 쥐고 오른손으로 은박지 속의 농축 수프 가루를 끓는 물에 넣었다. 그때 왼쪽 아이젠이 망가진 것이 생각났다. 고장 난 아이젠으로는 오도가도 못한다. 다행히 포켓 나이프로 조일 곳을 조인 다음 등산화에 맞춰 보니 잘 들어맞았다.

해가 지자 갑자기 손가락이 저려왔다. 아까부터 계속 팔다리도 저렸다. 앞으로 이틀 뒤 정상에 오를 수 있을까. 한 번만 더 토하는 날에는 그것으로 끝이다. 그렇게 되면 되도록 빨리 산을 내려가는 길밖에 없다. 다시 시도해 본다는 것은 심리적으로나 육체적으로나 어려운 일이다. 안전을 위해 나는 수면제를 먹지 않고 자기로 했다.

희박한 공기

8월 8일 아침, 베이스캠프에 한바탕 소란이 벌어졌다. 이 당시 있었던 일을 며칠 뒤에 우즐라가 말해 주었다.

새벽 다섯 시 십오 분, 우즐라는 아직 잠에서 깨어나지 못한 채 텐트 안에 누워 있었다. 그때 테리가 소리치며 텐트 안으로 뛰어들었다. 흥분한 나머지 하늘을 찌를 듯한 테리의 목소리를 듣고 그녀는 순간 정신이 번쩍 들었다. 그곳은 낭가파르바트 베이스캠프였다. 그리고 내가 떠난 지 사흘째 되는 날이었다.

"우즐라, 지진이야! 오른쪽 벽에 눈사태가 일어났어!"

"눈사태라고? 어디야?"

우즐라는 잠에서 깨어났다. 그녀는 깜짝 놀라 침낭 안에서 허우적거리다가 텐트 입구에 놓아두었던 식량통과 버너를 뒤엎었다. 그리고 허겁지겁 텐트 기둥 어딘가에 달려 있는 입구의 끈을 더듬어 찾았다. 이처럼 흥분한 테리의 목소리를 듣기는 처음이었다. 그녀는 계속 텐트의 입구를 더듬다가 소리쳤다.

"그가 보여요?"

테리는 어느새 텐트 밖으로 나가 있었다. 그는 하나밖에 없는 쌍안경을 손에 들고 있었다. 몸이 침낭 속에서 채 빠져나오지 않은 채 우즐라는 낭가파르바트 벽을 보기 위해 몸을 일으켰다. 눈사태는 벌써 밑에까지 진행되고 있었다. 그녀는 급히 바지를 입고 맨발로 나와 테리에게 쌍안경을 건네받아 60시간 전부터 추적해 온 '검은 점'을 찾았다. 그때 갑자기 거센 바람이 일고 눈이 쏟아졌다. 우즐라의 머리카락이 휘날렸고 눈가루가 그녀의 얼굴을 때렸다. 우즐라는 손으로 얼굴을 가리고 몸을 돌려 쭈그리고 앉았다. 푸른 하늘을 쳐다보다가 그녀는 잠시 자기 머리가 이상해진 게 아닌가 하는 생각이 들었다.

우즐라는 꿈속에서 갑작스럽게 현실로 돌아오게 되어 정신을 차리기 힘들었다. 그녀는 자신이 없었다. 이제껏 꿈이라고 생각했던 것이 갑자기 현실로 바뀌다니 납득이 가질 않았다. 푸른 하늘을 올려다보자 얼음 가루가 눈과 얼굴을 때려 따가웠다. 그녀는 모든 것이 꿈이기를 바랐다.

우즐라는 테리의 설명을 듣고 그제야 이 눈보라가 눈사태 때문에 일어났고 푸른 하늘이 보였다고 해서 이상할 게 없다는 사실을 알았다. 테리의 설명으로 그녀의 환상은 모두 사라졌다. 다행히 이 모든 것은 악몽이 아니었다. 꿈과 현실이 뒤섞인 상태가 계속된 것은 불과 2~3초 정도였을 것이다. 그러나 그 시간이면 메스너가 추락하는 모습을 상상하기에 충분한 시간이었다.

"저기 보인다."

테리가 밝은 표정으로 말했다. 그는 벽에서 움직이고 있는

벽 중앙 지대 빙사면

'점'을 찾아냈다. 우즐라는 안도의 숨을 내쉬었다. 그러나 아직 완전히 안심할 단계는 아니었다. 그녀는 어제부터 그 점이 과연 나인지 아닌지를 의심해 왔다. 내가 첫날에 그렇게 높이까지 올라갔다고는 생각하지 못했기 때문이다.

그녀가 생각하기에 점은 지나치게 높은 곳에 있었다. 만약 비부아크 지점이 훨씬 아래였다면 눈사태가 그 점을 쓸어버렸을 것이라고 그녀는 생각했다. 그녀는 테리가 단언한 대로 눈사태가 비부아크 지점보다 아래서 일어났다고 믿었다. 그러나 테리는 내가 그보다 훨씬 위에서 건강한 얼굴을 하고 앉아서 눈가루가 지옥으로 떨어지는 광경을 바라보고 있는 게 보인다고 했다. 내가 만일 하루라도 출발을 늦췄더라면 틀림없이 눈사태에 묻혔을 것이라고 생각되자 우즐라는 여러 번 등골이 오싹했었다고 했다.

어제 내가 텐트를 쳤던 장소보다 위에서 한 점이 정상을 향해 움직이고 있는 것을 쌍안경으로 봤을 때 우즐라는 테리의 목을 끌어안고 싶었다.

테리는 그녀에게 백여 년 전 낭가파르바트에서 발생한 엄청난 얼음 사태와 지각 이동으로 인해 헤아릴 수 없는 피해를 남긴 지진 이야기를 했다. 1840년부터 무려 41년에 걸쳐 고르 지역을 마주보는 낭가파르바트 산군의 리차캄 서쪽이 지진으로 무너지고 나중에 라키오트 다리를 놓게 된 인더스 계곡의 가장 좁은 곳에 높이가 300미터나 되는 흙더미가 생겼다. 하상이 완전히 매몰되고 만 것이다. 1841년 4월, 아스톨의 군수 자바르 칸은 하천이 앞으로 한 달간이나 막힐 염려가 있다고 카시미르 정부에 경고했다. 물이 막혀서 생긴 호수의 길이는 60킬로미터에 이르렀다. 그 무렵 길기트의 라자 카림 칸은 자작나무 껍질에 경고문을 적어서 인더스 강에 띄워 사람들에게 위험을 알렸다. 그러나 그 경고문은 별로 사람들의 눈에 띄지 않았고 결국 둑이 무너지고 말았다. 말랐던 수로에 물이 범람했다. 거센 강물이 진흙더미와 함께 밀려 왔다. 강물은 제 빛깔을 잃었고 광란하는 물, 시체, 낙타, 텐트, 노새, 나귀, 나무, 살림 도구 같은 것들이 무섭게 떠밀려 내려왔다. 때맞춰 피하지 못한 사람들은 행방불명됐다. 바위 위로 피한 사람도 많았으나 그 바위도 눈 깜짝할 사이 홍수에 휘말렸다. 재빨리 기슭에 서 있는 나무에 매달렸던 사람과 묶여 있던 짐승들 모두 소용돌이 속으로 빨려들어가 영원히 사라졌다. 마치 젖은 수건으로 개미떼를 쓸어버리듯 강물이 모든 것을 집어삼켰다.

우즐라와 테리가 베이스캠프에서 아침 식사를 준비하고 있는 동안 나는 낭가파르바트 고소에서 행동을 재개했다. 파키스탄 농부가 두 사람에게 지진 소식을 알려왔다. 농부는 그 뉴스를 라디오에서 들었다고 말했다. 진원지는 인더스 강이 구부러지는 지대이며 강도는 8정도였다고 한다. 나는 아무것도 모르고 있었다. 단지 밑에서 빙벽이 거대한 덩어리를 지어 무너지는 것을 보았을 뿐이다.

나는 꽁꽁 얼어붙은 눈을 냄비에 넣어 녹인 다음 물을 끓이고 홍차 봉지를 담갔다. 차를 다 마신 뒤에는 수프를 만들었다. 멀리서 들려오는 웅장한 폭포수 소리가 살을 에는 듯한 새벽녘의 고요를 갑자기 깨뜨렸다.

나는 텐트 문을 젖히고 목을 내밀었다. 저 아래 어디인가에서 빙벽이 반쯤 떨어져 나간 것이 틀림없었다. 이곳에서는 마치 모든 것이 살아 움직이고 있는 듯했다. 그때 왼편에서 얼음 사태가 굉음을 내며 급류를 이뤄 골짜기 아래로 떨어졌다. 밑에서는 눈사태가 해일처럼 산기슭을 향해 퍼져나갔다. 그것은 그동안 내가 타고 넘은 빙벽에서 발생한 것이다. 어제 이맘때쯤 떠나온 비부아크 장소도 이 눈사태에 휩쓸려 버렸다.

출발이 하루라도 늦었더라면 아마도 나는 이 자리에 없었을 것이다. 나는 눈사태가 끝나는 모습을 물끄러미 바라보았다. 무섭지는 않았지만 관자놀이에서 맥박이 빠르게 뛰었다. 이제 내려갈 루트는 사라졌다. 다시 올라왔던 길로 내려갈 수는 없었다.

“집으로 가려면 다른 수를 써야 할 거야.”

나는 혼자 중얼거렸다.

차갑고 파란 벽의 그늘 속에서 텐트를 걷고 배낭을 챙겼다. 앞으로 얼마나 머무를지 생각하다가 식량은 모두 가져가기로 결정했다. 식량은 콘비프 두 통, 레바 소시지 한 통, 소프트 치즈 1파운드들이 한 통, 남티롤 건빵 두 개, 수프, 홍차, 커피 등이었다.

눈이라도 언제나 다 같은 눈이 아니다. 때로는 반짝거리는 얼음이기도 하고 때로는 덩어리로 굳어지는가 하면 눈가루로 바뀌기도 한다. 굳은 눈이 아이젠에 밟혀 뿌드득 소리를 내야만 다리에 자신감이 생긴다.

산마루에서 불어오는 찬바람이 얼굴을 때렸다. 배낭이 무거워 어깨에 배겼다. 당초에는 하산 길에 먹을 식량을 텐트를 쳤던 자리에 남겨 둘 생각이었다. 그러나 밑에서 길이 끊긴 지금으로서는 이대로 모두 가지고 가는 수밖에 없었다. 어쩌면 이제 벽의 남면으로 내려가야 할지도 모른다.

나는 왼쪽을 따라 비스듬히 위로 올라갔다. 가는 도중 갈라진 틈이 많은 빙탑에 가서 오르기 쉬운 데를 찾았다. 여기만 타고 넘어서면 경사가 비교적 완만한 정상 부근에 들어서게 되고 비교적 안전한 지대에 이르게 된다. 그러나 날씨가 변수였다. 눈이 올 것 같았기 때문이다. 새털구름이 서쪽 하늘을 완전히 덮고 있었다. 낭가파르바트의 정상에 모자를 씌운 듯한 이 구름은 무지개 빛깔이었다.

첫 100미터를 오르는 데 그 전날 500미터를 오를 때보다 더 많은 시간이 걸렸다. 이대로 가다가는 절대로 정상에 오르지 못할

디아미르 측면에서 거대한 얼음 선반이 무너져 쌓인 빙괴

것이다.

디아미르 벽 아래쪽 여기저기서 눈사태가 일어났다. 이처럼 이른 시간에 일어나는 눈사태는 나로서는 처음 겪는 일이었다. 그러나 어쩔 수 없는 일이었다. 엄청난 양의 얼음이 아래로 떠밀려 내려가는 것을 보고 나는 베이스캠프도 휩쓸리지 않았을까 걱정됐다.

운이 좋았다고는 생각하지 않는다. 바로 그때 그보다 더 높은 곳에 있었을 뿐이다. 어쩌면 어떤 힘의 작용으로 위험한 벽 밑에서 때맞춰 피할 수 있었는지도 모른다. 언젠가 하루 늦게 출발해 눈사태를 피하게 된 것도 바로 그 힘이다. 눈사태를 보면서 머릿속에 떠오른 것은 그저 내가 살아 있다는 사실뿐 아무것도 없었다.

등반하면서 다리 사이로 벽 밑을 내려다보니 어제까지 그토록 더러웠던 빙하에 신설이 내린 것 같았다. 그 밖에 다른 변화는 없었다.

마제노 피크의 가장 높은 봉우리까지 올라가 디아미르 계곡 양쪽에 있는 연봉 너머를 바라보았다. 이 정도 높이라면 전 세계의 윤곽이 드러날지도 모른다는 느낌이 들었다. 몇 시간을 바라보아도 싫증이 나지 않았다. 그러나 이대로 있을 수는 없었다. 나도 모르게 무엇인가에 이끌려 계속 위로 향했다.

이 얼음 사면은 엄청난 세계였다. 정상을 향해 다가갈수록 강한 감정의 파도가 나를 덮쳤다. 나는 정상과 문제의 하강 루트 사이에서 나라는 존재가 무엇인지 알 것 같았다. 구름을 바라보고 주위의 산들을 보자 내가 여기 있다는 게 당연한 일처럼 느껴졌다.

아홉 시에서 열 시 정도 되었을까. 태양의 열기가 처음에는 따뜻하더니 점차 괴로울 정도로 뜨거워졌다. 나는 이제 7,000미터 높이를 지나 사다리꼴을 한 정상 암벽 가까이까지 갔다. 가끔 허리까지 빠지는 눈 속을 한 걸음 한 걸음 헤치며 암벽에 다가섰다. 다섯 발자국을 내딛고 한숨 돌리고 또 다섯 발자국을 내딛는 식으로 나아갔다. 눈이 부셔서 색이 짙은 선글라스를 써야 했기 때문에 안전한 캠프지를 찾아내기가 쉽지 않았다. 게다가 타는 듯한 더위와 배낭의 무게로 체력이 많이 소모됐다. 설상가상으로 텐트를 치고 비부아크를 할 만한 오버행의 바위터가 눈에 띄지 않았다.

메스너는 가파른 사면을 오르며 직접 자신의 모습을 카메라에 담았다

나는 러셀을 교대해 줄 파트너라도 있었으면 싶었다. 그러나 지금은 무엇이든 혼자 해내야만 했다. 도와줄 수 있는 사람은 주위에 아무도 없었다. 말을 건네며 격려해 줄 사람도 없었다.

바위가 역층을 이루고 있어 막영지가 될 만한 1평방미터의 평평한 장소조차 없었다. 나는 몸을 질질 끌며 돌아와 오른편에 눈이 쌓여 있는 데로 가 보았다. 그곳에서 두 크레바스 사이에 텐트를 칠 만한 장소를 간신히 찾아냈다. 나는 완전히 탈수 상태에 빠져 힘없이 눈 속에 쓰러졌다. 텐트를 치기조차 어려웠다.

오늘도 가파른 사면을 여러 군데 올라갔지만 사진은 별로 찍지 못했다. 날씨가 다시 좋아졌으나, 내 힘으로는 어쩔 수 없게 됐을 때 나를 구출해 줄 사람이 없다는 생각이 들자 날씨에는 관심조차 가지 않았다. 헬리콥터가 있어도 나를 구조해 내지 못할 것이다. 테리와 우즐라가 내 상태를 알 길이 없다고 해서 그다지 걱정하지 않기를 바랐다.

생각조차 하고 싶지 않았지만 무엇이 나를 이처럼 비참한 지경에 몰아넣었는지 알 수 없었다. 지난 5월에 있었던 무산소 에베레스트 등정만으로는 지금까지 불가능하다고 여겨졌던 일에 대한 행동으로서 아직 미흡하다고 여겨졌는지 모른다.

나는 눈 위에 누워서 희박한 공기를 들이마셨다. 그리고 폐 속에 공기가 남도록 내쉬기 전에 숨을 한 번 멈췄다. 오후의 햇살이 뜨겁게 내리쬐고 있었다. 나는 계속 물을 마셔야 했고 텐트 주머니로 눈을 녹여야만 했다.

"무엇 때문에 혼자서 텐트를 쳐야 하나. 둘이서 같이 치면 될

세 번째 비부아크. 침낭 커버가 천막에 햇볕이 쪼이는 것을 막아 주었다

터인데."

나는 혼잣말로 중얼거렸다. 내가 가져 온 텐트는 아주 간단하다. 이글루 모양을 한 푸대인데, 이것을 두 개의 두랄루민 폴을 반달형으로 교차해서 걸치면 된다. 다만 폴을 이어서 펴야 하는데 이것이 생각보다 어렵다.

이 모든 생각이 타는 듯한 더위와 괴로움 속에 끝까지 이어지지 않고 희미해졌다. 피로에 지쳐 사고력마저 잃고 누워 있을 때 문득 한 소녀가 내 곁에 앉아있는 것 같이 느껴졌다.

그 소녀는 내가 눈을 발로 다지는 것을 옆에서 보고 있었다. 소녀는 몹시 더운지 서 있기가 어려운 듯이 보였다. 모든 일을 혼자서 해야 했지만 그녀가 거기에 있다는 것만으로도 고마웠다. 30분 후 텐트가 완성됐다. 텐트 위에 침낭 커버를 덮어 뜨거운 태

텐트에서 서쪽을 바라본 모습. 왼쪽으로 피켈과 아이젠이 보인다

양열이 안으로 들어오지 않도록 했다. 매트리스와 배낭을 정돈하고 텐트 주머니에 눈을 담아서 안에 걸어 놓았다. 두 시간이 지나자 물방울이 떨어지기 시작했다. 발 밑에는 안개가 바다처럼 모든 계곡과 산을 6,500미터 높이까지 덮고 있었다. 나는 어제보다 훨씬 자신감이 생겼다.

붉게 물든 안개가 서쪽 하늘을 덮고 있었다. 이것은 날씨가 좋아질 것이라는 징조이다. 마치 이곳이 세상의 끝같이 보였다. 지금으로서는 저 너머에 어떤 일이 일어나고 있는지 알 수 없었다.

나를 둘러싸고 있는 아이들과 어른들을 바라본다. 그러나 그들이 누구인지 알 수 없다. 그러면서도 굳이 누구냐고 묻고 싶지 않다. 그들은 거기에 그대로 있고 나는 그들과 이야기를 나누며 내가 하는 행동을 의논했다. 가령 고도계를 꺼내서 바늘이 어느

눈금을 가리키고 있는지 확인하고 싶을 때도 그랬다.

안개를 뚫고 강렬한 햇살이 텐트 위를 내리쬐었다. 나는 거의 알몸으로 누워 있었다. 가끔 반쯤 열린 깡통에서 콘비프를 꺼내 먹었다. 눈에 꽂아 놓은 피켈 그림자가 텐트 안에 비쳤다. 나는 이따금 텐트를 젖히고 눈을 걷어 들이거나 하늘을 올려다보았다. 지평선에 거대한 뭉게구름이 하나의 독립된 봉처럼 보였다. 어쩌면 저렇게 매혹적일 수가 있을까! 마치 물속의 풍경을 보는 듯했다.

음식을 만들어 먹고 난 뒤 잠시 쉬면서 가슴속 깊이 맑은 공기를 들이마시자 점점 자신감이 생겼다. 지금 나는 이 버림받은 세계에 깊이 파묻혀서 보호를 받고 있다는 느낌이 들었다.

때로는 어쩔 수 없는 고독감에 사로 잡힐 때가 있다. 나는 그 고독감에서 벗어나려고 텐트 밖으로 나왔다. 그러자 소녀가 다시 거기에 서 있었다.

"우리는 꽤 높은 데 와 있는 거야."

내가 말을 건넸다.

"내일 정상에 오르는 거죠?"

"날씨만 좋다면."

"틀림없이 좋을 거예요."

나는 텐트 앞에 서서 서쪽 하늘을 바라보았다. 보이는 것이라곤 뭉게구름뿐이었다. 하늘에는 이따금 별이 보였고 공기는 여전히 뜨거웠다. 내가 다시 말을 건네자 소녀는 웃기만 했다. 잠시 후 소녀는 천천히 일어서더니 내 시야에서 사라지는 듯했다. 나는 안개가 걷힌 사이로 오후의 하늘을 다시 쳐다보았다. 그러자 다시 별이 보였다.

"이곳에서 별을 본 적은 이번이 처음이야."

내가 말했다.

"정말 본 적이 없었나요?"

소녀가 물었다.

"전에는 별을 보지 못했어."

머리 위에서 구름이 다시 갈라지며 검푸른 하늘이 보였다.

"걱정 말아요. 날씨는 좋을 테니까……. 당신이 산에서 돌아올 때까지."

나도 그럴 거라는 생각이 들었다. 바람도 없고 안개가 끼었지만 공기는 따뜻했다.

시간은 오후 네 시였다.

"혼자 있으니까 좋다."

내가 말했다.

"좋다고요?"

소녀가 물었다.

"그래, 기분이 좋아. 지난번 원정 때보다 훨씬 기분이 좋아. 다른 사람에 대해 신경 쓸 필요도 없고 나를 건드리는 사람도 없으니까. 나는 내가 원하는 대로 빨리 오르기도 하고 또 언제든 텐트에 들어가서 마음 놓고 쉴 수가 있거든. 이렇게 높은 데서 혼자 있으면서 마음껏 자유를 느낄 수 있단 말이야."

태양이 잿빛 하늘을 뚫고 벽을 비추자 만물이 되살아나는 듯했다. 안개도 걷히기 시작했다. 그때 어디선가 낯선 소리가 들려왔다. 환청일까? 나는 지금 혼자이고 내 그림자와 이야기하고 있을 뿐 그 외는 모두 허상이라는 것을 잘 알고 있다. 그러나 시간이 조금 지나면 누군가 나타나서 얘기를 하고 있다. 어째서 이런 현상이 일어나는지 말로는 설명할 수 없다. 상대방이 손에 잡히거나 눈에 보이지 않고 느낌으로만 알 수 있으니 말이다. 나는 소녀와 여러 번 몸이 닿을 것 같았지만 그녀에게 눈길을 돌리기만 하면 소녀는 사라져 버렸다.

혼자 있으면서 언제나 누군가에게 말을 건넬 수 있다고 생각하니 기분이 묘했다. 나는 전에도 수없이 마음속으로 대화를 한 적이 있었다. 그때에도 내가 혼자 있지 않다는 것을 무의식중에 느낀 적이 있었다. 여기서도 역시 나 혼자가 아니란 것을 느낄 수 있었다.

저녁 때 다시 한 번 텐트 밖에 나가 보았다. 텐트 앞에 서서 주위가 따뜻한 노란색에서 차가운 적색으로 바뀌는 것을 보았다. 한참 만에 주위는 푸른색을 띠더니 마침내 보랏빛이 감도는 검정색으로 바뀌었다. 낭가파르바트의 정상 하늘에 끝까지 남아 있던 희미한 빛은 이제 완전히 사라졌다.

나는 굴 안의 짐승처럼 텐트 안에 누운 채 한동안 바깥을 내다보았다. 반짝거리는 만년설 너머로 떨어지는 석양을 바라보다가 문득 이곳에서는 저 현실 세계의 판단이 그리 중요한 게 아니란 생각이 들었다.

나와 정상은 하나다

8월 9일, 아침잠에서 깨어났을 때 무언가가 내 몸을 짓누르는 듯했다. 나는 가수면 상태였고 눈을 뜨기조차 힘들었다. 잠이 덜 깬 상태에서 조금씩 현실을 인식하자 가슴이 답답해지고 괴로워졌다. 그것은 내가 이곳에 있다는 것, 나 혼자라는 것, 요컨대 인간이기 때문에 생기는 불안이다. 잠자는 동안에는 혼자라는 사실을 잠시 잊을 수 있다. 그러나 이처럼 절대 고독과 갑자기 맞닥뜨리게 되면 가슴속에 억압된 감정들이 한꺼번에 터져 나온다. 우쉬와 헤어지고 난 뒤 수개월 동안 눈을 뜨기만 하면 이와 비슷한 경험을 했다. 갑작스레 닥치는 이 압박감은 나를 짓눌러서 산산조각 낼 듯했다. 그것은 바닥 저 깊은 곳에서 나를 억압하는 절망과도 같았다. 이 절망은 너무나 힘에 겨워 울고 싶을 정도였다.

텐트 입구를 열어젖히고 밖을 내다보았다. 그러자 조금씩 기분이 나아졌다. 이제 힘든 고비는 지나갔다. 어쩌면 고독에 대한 불안과 고독을 그리워하는 마음이 서로 화해한 것인지도 모른다.

아직 날이 밝지 않았다. 그러나 밤이라고 해서 줄곧 깜깜했던 것도 아니었다. 공기는 아주 차가웠다. 나 혼자 있다는 느낌이 내 존재에 대한 강한 인식을 불러일으켰다. 밑에서 흐르는 검은 구름이 내 마음을 매혹시키기도 하고 불안하게 만들기도 했다. 솟구쳐 오르는 구름 사이로 이따금씩 산꼭대기가 보였다. 마치 하느님이 천지창조를 할 때 곁에서 그 광경을 바라보는 느낌이었다.

위협하는 거친 날씨에 처음에는 놀랐지만 감정에는 아무런 변화가 없었다. 나는 그저 산 정상을 바라보고만 있었다. '티케' 하고 나는 머릿속에 떠오른 한 마디를 입 밖으로 내뱉었다. 지금 같아선 비눗물로 방울을 만들어 텐트에 매달 수도 있을 것 같았다. 순간적이었지만 따뜻한 그 무언가가 피로에 지친 내 몸을 뚫고 지나갔다.

나는 다시 잠이 들어 아침 일곱 시가 되서야 일어났다. 흐린 날씨였지만 정상이 보였다. 정상까지 굳은 눈이거나 얼음이라면 두 시간 아니 넉넉잡아 세 시간이면 오를 수 있을 것이다. 그러나 러셀을 해야 하는 눈은 모래처럼 쑥쑥 빠지기 때문에 그보다 시간이 훨씬 더 걸릴 것이다.

나는 한없는 고통을 느끼며 앞으로 나아갔다. 나를 따라다니던 눈에 보이지 않는 자들은 모두 사라지고 다시 나 혼자가 되었다. 허리까지 빠지는 눈 때문에 꼼짝할 수 없어 마치 몸이 마비된 것 같았다. 나는 눈을 밟으며 천천히 앞으로 나아갔다. 러셀 자국이 내 뒤로 깊숙이 났다. 그러한 악전고투의 세 시간이 지나고 오전 열 시가 되었다. 이렇게 가다가는 정상까지 어렵겠다는 생각이 들었다. 더 이상 체력을 소모하면 하산마저 힘들다는 생각이 들었다. 사느냐 죽느냐의 문제에 직면하자 정상은 아무래도 좋다는 생각이 들었다—어제까지만 해도 정상은 그토록 매력적이었고, 알피니즘의 마지막 의미를 밝힐 수 있는 유일한 곳이라 생각했었는데……. 그렇다면 여기서 돌아설 것인가……. 아니면 되든 안 되든 최후의 수단을 써 볼 것인가. 나는 최후의 수단인 깎아지른 바위 장벽을 넘어 정상에 이르는 최단 루트로 오를 것인지를 곰곰이 생각해 보았다.

이 공허함! 생명의 세계로부터 떨어져 나간 느낌이다. 이대로 가다가는 미쳐버릴 것만 같다. 이 상황을 무엇과 비교할 수 있으랴. 자기를 비춰 볼 상대도 없다. 손을 잡거나 몸을 기댈 친구도 없다. 이러한 감정은 분명히 느껴지는 것은 아니지만 의식의 밑바닥에 깔려 있다가 앞으로 나아가려고 하면 불쑥 나타나서 마음을 억누르고 불안하게 만든다.

계획을 포기하느냐 그대로 밀고 나가느냐의 갈림길이 당장 눈앞에 다가왔다. 나는 최후의 수단을 시도하기로 했다. 머리 위의 바위를 오를 수 있다면 그리고 눈사태의 위험만 벗어날 수 있다면 기회가 아주 없는 것은 아니었다.

암벽 등반은 어려서부터 내 장기였다. 나는 암벽을 오를 때마다 항상 조심하며 특히 높이 오를 때는 돌로미테의 수직 암벽에서처럼 언제나 벽에서 몸을 뗐다. 그런데 이곳 암벽과 비교하면 돌로미테 암벽은 암벽 연습장이나 다름없었다. 이 8,000미터 고도에서 투박한 이중 등산화를 신고 색안경까지 써서 앞이 잘 보

돌로미테의 수직 암벽

이지 않는데도 어떻게 미끄러지지 않는지 나도 의문이 들 정도였다. 아마도 타고난 본능이 도움이 되는 게 분명했다. 정상이 거의 눈앞에 있었기 때문에 내 마음은 벌써 그 위에 있는 듯했다. 나는 손바닥만으로 바위 선반을 잡아 벽을 올라선 다음 눈 덮인 바위 홈통을 따라서 러셀을 했다. 모든 감각이 극도로 예민해졌다. 이제 내게 남은 힘이 별로 없다고 생각했는데, 다시금 힘이 나기 시작했다.

볕에 나왔는가 하면 어느새 그늘에 들어섰다. 구름이 해를 가

벽을 오를수록 새로운 세계를 발견하고 모든 것을 생생하게 느끼게 된다

리자 모든 것이 몽롱하고 불투명해졌다. 가끔씩 눈이 날리고 골짜기는 어둠 속에 자취를 감췄다. 때때로 안개 사이로 고원 목장이 조그맣게 내려다보였다. 나는 이 모든 것을 이해할 수 없었고 그것을 표현할 방법도 없었다. 또렷하게 보이는가 하면 다음 순간에는 다시금 뭐가 뭔지 희미하기만 했다. 다시는 내가 있던 세계로 돌아가지 못할 것 같았다.

서쪽 지평선은 한없이 멀고 끝이 보이지 않았다. 나는 저 밑에 사람들이 사는 세계를 상상할 수가 없었다. 그렇다고 나 자신을 동정하거나 자랑스러워 한 것은 아니었다. 새벽녘에 느꼈던 불안과 여기까지 올라왔다는 기쁨이 마음속에서 뒤엉켰다. 그전 원정에서 느끼곤 했던 혼자만의 자부심도 이젠 없었다.

나는 일부러 그 옛날로 다시 뒷걸음질 치려는 것도 아니고 현실 세계에서 도망치고 있는 것도 아니며 다만 내 길을 가고 싶을 뿐이다. 나는 단지 수직의 얼음 세계를 오르며 수개월 전부터 습관처럼 되어버린 저 고독 속에 나 자신을 묻고 싶을 뿐이다. 나는 이미 질서의 세계에서 완전히 벗어났다. 수일째 나는 얼음에 둘러싸인 세계에 살고 있다. 이 세계는 언뜻 혼돈스럽고 공허해 보이기도 한다. 그러나 나는 이곳에서 내 몸을 꿰뚫고 흐르는 그 모든 것을 생생하게 느끼고 깨닫는다. 이렇게 나는 새로운 세계를 발견한다.

내 주위 모습을 보면 이 세상 같지 않다. 광고판이 늘어선 대로보다 허공이 훨씬 더 강하게 나를 부른다. 얼음 표면이 거칠면 거칠수록 내게는 더 많은 게 보이고 여러 가지 광경이 마음속에 떠오른다. 나는 산을 오르면서 나 자신이 인간이라는 의식에 눈을 뜬다. 그러나 그런 생각은 이내 다시 사라진다.

마침내 체력 소모가 극에 달하면서 모든 사고 능력을 잃어버렸다. 그러나 이렇게 지친 가운데에서도 모든 게 분명했다. 내 마음속에는 소중한 것과 하찮은 것이 공존했다. 극히 간단한 움직임도 내게는 철학 체계와 다름없이 중요했다.

나는 사다리꼴의 정상 벽을 바위터를 이용해 천천히 올라갔다. 눈이 쌓여 있는 바위 턱과 홈통을 넘는 데 애를 먹었다. 잠시 쉬면서 한숨을 돌리고 있을 때 서쪽으로 넓고 눈이 없는 땅이 보였다. 그 위에 구름으로 된 안개가 투명한 베일처럼 뒤덮여 있었다. 주위는 사뭇 공허하고 차가웠으나 한편으로는 자유롭고 아름다웠다. 꽤나 높이 올라왔다는 생각이 들었다. 아마 일찍이 그 누구도 근접할 수 없는 곳에 다가섰다는 우월감을 느낀 것인지도 모른다. 그러나 내가 체험한 것은 내가 지금까지 넘어온 것 이상을, 그리고 아마 존재하지 않았을지도 모르는 그 아득한 곳을 넘어온 느낌뿐이었다.

등반은 대체로 순조롭게 진행됐다. 다만 눈으로 뒤덮인 좁은 크레바스에서 안전한 발판을 찾느라 애를 먹었다. 확보를 하려고 바위에 하켄을 박는 일은 없었다. 추락에 대한 두려움은 없었으나 힘이 다 빠질 것 같은 느낌이 종종 들곤 했다.

나는 얼음과 바위와 눈과 함께 있다는 것이 더없이 즐거웠다. 깎아지른 듯한 바위에서 장갑을 벗고 손끝에 바위의 감촉을 느낄 때 더욱 그랬다. 손가락이 약간 무감각했지만 바위의 딱딱한 느낌이 그대로 전해졌다. 바위는 샌드페이퍼처럼 거칠었다. 이 정도면 등산화가 미끄러질 염려는 없었다.

걸음을 내딛다 체력을 넘어서는 듯한 한계가 느껴지면 곧바로 발을 멈춰야 했다. 그리고 체내에 산소를 많이 공급하기 위해 숨을 크게 쉬었다. 여기서 정상까지 가려면 얼마나 많은 난관에 부딪힐지 잘 알고 있었기 때문에 위를 쳐다보기가 싫었다. 정상의 윤곽이 하늘에 닿을 듯했다.

암벽용 하켄을 박을 수 있는 좁은 틈이 계속 눈에 띄었으나 하

깎아지른 벽을 오로지 자일과 피켈만으로 오르고 있다

켄은 사용하지 않았다. 비상용으로 하나밖에 가져 오지 않은 하켄은 아노락에 들어 있었다. 리스가 넓으면 손가락을 넣어 몸을 지탱할 수 있었다. 하지만 팔과 종아리 근육에 무리가 가지 않도록 조심스럽게 움직였다. 아이젠이 바위에 긁혀 뿌드득거리는 소리만이 거친 숨결과 함께 내 주위에 울려퍼졌다.

80미터 높이의 절벽을 지나자 작은 설원이 나타났다. 이제부터는 러셀을 하면서 올라가야 한다. 문득 고통스러운 등반이 끝나려면 아직 멀었다는 생각이 들었다. 평탄한 눈길보다는 바위가 더 오르기 좋았다. 이 지점에서부터 최대 경사면 오른쪽 수직 벽으로 건너뛴 다음 거기서부터 마른 바위를 오르면 될 것 같은데, 이 트래버스는 자일 없이는 도저히 어려울 것 같았다. 힘들겠지만 러셀을 그대로 계속하며 직등하기로 했다.

나는 자기 확보를 하면서 오르는 단독 등반과 등반구나 확보 용구 없이 오르는 단독 등반에는 큰 차이가 있다고 생각해 왔다. 나는 이런 벽을 하켄이나 볼트의 힘을 빌려 오르는 일에는 매력을 느낀 적이 한 번도 없었다.

이제 두 다리가 마음먹은 대로 움직이지 않았다. 그럴 때마다 할 수 있는 데까지 몸을 앞으로 내밀고 눈 위에 쭈그리고 앉아서 잠시 동안 휴식을 취했다. 좀 나아졌다 싶으면 위를 쳐다보았다.

두 다리를 낭떠러지에 늘어뜨리고 아래를 내려다보고 있다

그리고 다시 앞으로 나아갔다. 마지막 설원에 다다랐을 때에도 어쩌면 실패하는 것이 아닌가 하는 생각을 지워 버릴 수가 없었다. 그러나 동시에 꼭 해낼 수 있다는 확신도 있었다. 나는 1미터를 오를 때마다 시시각각 변하는 내 자신과 싸워 이겨내야만 했다.

산소가 희박한 대기 속에서 피로에 지친 몸으로 중력에 저항하며 전진하는 일은 정말 고역이었다. 이미 여러 차례 등반을 통해 알고는 있었지만 걸음을 뗄 때마다 몸을 지탱하는 일이 얼마나 어려운 일인지를 다시금 느낄 수 있었다. 그러나 이날처럼 등반이 잘 된 적은 일찍이 없었다. 이 등반이 위험하다는 것은 이미 알고 있었지만 그렇다고 긴장으로 몸놀림이 굳어지지는 않았다.

피로가 더해지면서 걸음이 점점 느려졌다. 그러다가도 잠깐 쉰 다음 위를 쳐다보면 기분이 좋아졌다. 바위는 얼음같이 차가웠지만 햇볕을 쬐면 이내 따뜻해졌고 경사도 그렇게 심하지 않았다. 그러나 그늘에서는 바위를 붙잡기가 어려웠다.

정상 능선의 공기는 여전히 맑았으며 하늘은 푸르다 못해 거무스름했다. 저 위에서 세상은 끝나는 걸까. 땀도 흐르지 않는데 혀끝이 짰다. 긴장한 탓인지 혀를 놀리면 입술이 서로 달라붙었다.

30분쯤 지나자 바위 돌출부에 이르렀다. 그 위로는 한 발로 설 수 있는 공간이 있었다. 나는 바위에 하켄을 박고 15분 정도 몸을 의지하고 쉬어 볼까 생각했으나 그만두고 바위에 쭈그리고 앉아 두 다리를 낭떠러지에 늘어뜨리고 긴장을 풀었다. 거의 수직에 가까운 암벽에 상체를 기댔다. 그러자 등에 중압감이 느껴졌다. 밑에서는 습기 찬 냉기가 올라와 바짓가랑이로 스며들었다.

더 쉬어야 했지만 그대로 일어나서 다시 위를 보았다. 잠시나마 쉬었기 때문인지 정상까지의 거리가 달라진 듯 보였다. 발밑의 벽도 전보다 더 가파르고 훨씬 더 튀어나온 듯했다. 여기서 손을 놓으면 끝없는 나락으로 떨어질 것만 같았다.

카메라가 제대로 조작되지 않아 한참 동안 애를 먹었다. 눈높이에서 내 모습을 두 장 찍은 다음 바지 주머니에서 굳은 빵 한 조각을 꺼내 입에 넣고 천천히 씹었다.

바로 앞에 있는 돌출된 바위에 다시 몸을 기댔다. 잠시 후 나는 의자 넓이밖에 안 되는 층계에 올라서서 암벽에 상체를 기대고 그대로 일어섰다. 장갑 낀 두 손을 왼쪽 볼에 대고 바위에 머리를 기대면 선 채로 잠을 잘 수 있을 것 같았다. 나는 빵을 입에 넣고 우물우물 씹으며 정상까지는 기껏해야 50미터 정도 남았구나 하고 생각했다. 실제로 사다리꼴의 정상 벽 400미터 중 이제 마지막 50미터만 남았다.

"이젠 됐다."

나는 혼자 중얼거렸다.

"네 말이 옳아."

누군가 말했다.

"너는 너무 느려. 그렇지만 내려갈 때는 좀 더 빠를 거야."

"알고 있어. 전에도 무사히 내려갔는걸."

이렇게 말하긴 했지만 자신을 속일 생각은 없었다. 최후의 50미터가 가장 힘들고 더 이상 꾸물거릴 수 없다는 것을 잘 알고 있었기 때문이다.

몸을 세워 바깥으로 약간 젖힌 다음 벽을 내려다보았다. 지금은 내려가고 싶은 생각이 전혀 들지 않았다. 나는 앞으로 나아가야 한다. 갈증이 심했다. 그러나 저녁이 되서야 물을 마실 수 있었다. 투박한 플라스틱 등산화에서 벽 기슭의 잿빛 빙하 끝으로 시선을 옮기자 다시금 복부에 통증이 느껴졌다. 나는 본능적으로 암벽에 달라붙었다. 끝이 없는 낭떠러지를 내려다보자 잊고 있었던 불안이 다시금 고개를 들었다. 벽을 오르는 동안은 한 발자국씩 조심스럽게 옮기기 때문에 이런 불안은 들지 않았다. 오르는 도중에 잠시 밑을 내려다볼 때 역시 그랬다. 다만 암벽에 정신을 집중하지 않거나 손에 힘을 빼고 서 있을 때 그런 느낌이 일어났다. 그러나 전혀 불쾌한 느낌은 아니었다. 말하자면 마치 무엇이 내 중심을 옮겨 놓은 듯한, 내가 나한테서 빠져나간 뒤에 다른 무엇이 그 자리에 대신 들어온 듯한 느낌이었다. 돌로미테 암벽을 여기저기 오르던 어린 시절에 이미 나는 이러한 느낌을 경험한 적이 있었다. 좁은 능선에서, 발판에 서서, 튀어나온 암벽에서 나는 이러한 체험을 경험했다.

충분한 휴식을 취하자 다시 기운을 되찾을 수 있었다. 그래서 나는 가벼운 기분으로 망설이지 않고 벽을 올라갔다. 최대한 조심하며 계속 올라갔다. 어떤 결단을 내릴 필요도 없었고 최후의 수단이 필요하다는 생각도 들지 않았다. 어느 때보다도 망설이지 않고 나는 걸음을 옮겼다. 설령 여기서 체력이 떨어진다 하더라도 이제 실패란 있을 수 없었다. 하강에 필요한 시간이 모자라지는 않을까 하는 생각이 잠시 머리를 스쳤으나 그 걱정은 이내 사라졌다. 발걸음이 다시금 가벼워졌다.

나는 지칠 대로 지치고 피로가 쌓였다. 헐떡거리며 숨을 쉬면 침이 흘러 턱수염에 얼어붙었다. 피켈에 기댄 이마가 뜨거웠다. 나는 얼굴을 찡그리며 정신없이 쭈그려 앉았다. 귓전을 울리는 허파 소리와 점점 빨라지는 심장 고동 소리가 한꺼번에 머리를 울려 견딜 수가 없었다.

다리를 벌려 약간 패인 곳에 올랐다. 그때 갑자기 무언가 떨어

낭가파르바트 정상에 오른 메스너

지는 소리가 났다. 카메라 렌즈 뚜껑이었다. 카메라 렌즈 뚜껑이 떨어지다가 10미터 아래서 멈췄다. 여기서 다시 내려갈 수는 없었다. 그럴 만한 체력도 남아 있지 않았다. 나는 올라갈 수 있을 뿐이고 또 올라가야만 한다.

사진은 이제 더 이상 찍을 수가 없었다. 바위터에서는 위험해서 사진을 찍기가 어려웠고 더욱이 벽을 오르기 위해서는 두 손이 모두 필요했다. 자동 셔터로 찍으려고 해도 같은 곳을 세 번이나 오르내려야 했기 때문에 그만두었다. 체력이 거기까지 미치지 않을 뿐 아니라 떨어지지 않고 가고 있는 것만도 다행이었다.

8월 9일 16시, 드디어 정상에 올랐다. 나는 만년설이 덮인 제일 높은 지점에 피켈을 꽂고 주위를 둘러보았다. 발밑으로 실버자텔이 손에 잡힐 듯 가깝게 보였다. 빌로 벨첸바흐와 빌리 메르클이 조난사한 곳은 바로 그 밑이었다. 그 오른편은 루팔 계곡이고 그 사이는 하늘에 닿을 듯한 절벽이었다. 8년 전 오늘 같은 시간에 나는 이곳에 있었다. 그때는 귄터와 같이 있었는데 그는 하산 길에 눈사태로 죽고 말았다.

나는 주위를 한 바퀴 돌며 다시 둘러보았다. 내가 가장 높은 곳에 있다는 사실이 믿기지 않았다. 그러나 에베레스트에 올랐을 때만큼 그렇게 강한 감정의 폭발을 이번에는 느끼지 못했다. 오히려 마음이 아주 고요했다. 지난날 8,000미터 봉에서 느껴보지 못한 고요함이었다. 에베레스트에서는 몸을 떨며 흐느껴 울었는데, 이러한 감정의 폭발이 왜 낭가파르바트 정상에서는 일어나지 않는 것일까? 후일 나는 이 문제에 대해서 여러 번 생각해 봤다. 결국 낭가파르바트 정상에서 내가 느끼고 있던 고독의 상태에서는 그러한 강렬한 감정의 격동이 일어날 수 없었다는 결론을 내렸다. 그렇지 않았다면 나는 정상에 그대로 있었을지도 모른다.

나는 사방이 절벽을 이룬 만년설 위에 서서 주위를 둘러보며 모든 것을 마음속에 기록했다. 그런데도 그것이 무엇인지 말로 표현하기가 어려웠다. 그것은 웅장한 느낌도 아니고 위압당한 느낌도 아니었다. 그렇다고 해서 아무런 느낌이 없었던 것도 아니었다. 그저 한숨을 돌린 기분이라고나 할까.. 잠시 뿌듯한 마음도 들었다.

나는 발을 서쪽으로 놓고 바위 위에 걸터앉았다. 그 바위는 정상의 뾰족한 피라미드 2~3미터 아래서 눈 위로 삐져나와 있었

낭가파르바트 정상. 이곳에 알루미늄 통과 양피지를 두고 왔다

다. 시간은 16시 30분을 가리키고 있었다. 그때 친구가 전해준 물건이 떠올랐다. 나는 아노락에서 알루미늄 통을 꺼냈다. 동시에 하켄도 꺼내 앉은 곳에서 손이 닿는 가장 가까운 바위틈에 박았다. 하켄에 통을 묶고 안에서 양피지를 꺼내 그 위에 이름과 루트와 날짜를 적었다.

한 십 분 동안 내 사진을 찍었다. 먼저 컬러로 다음에는 흑백으로 그리고 다시 한 번 컬러로 찍었다. 정상의 눈은 등산화에 밟혀 단단하게 다져졌다. 처음에는 동쪽의 질버자텔을 배경으로 해서 나를 찍고 다음에는 남쪽과 서쪽을 그리고 다시 동쪽을 향해서 셔터를 눌렀다. 카라코룸의 산군은 보이지 않았다. 인더스 계곡 깊숙이 깔린 커다란 구름이 카라코룸의 산군을 가리고 있었다. 남쪽으로는 루팔봉이 조그맣게 보였다. 그것이 5,000미터나 된다고는 믿어지지 않았다. 마제노 벽은 깎아지른 듯 서 있었지만 아주 작게 보였다. 가날로 피크도 이곳에서 바라보니 작은 봉에 불과했다.

이 높은 곳에서 바라보니 주위가 얼마나 광대한지 모른다. 남쪽 발밑으로 무서우리만큼 까마득한 곳에 반짝거리는 수면과 푸른 초원이 안개 사이로 보였다. 처음으로 안개가 능선을 스쳐갔다. 안개의 장난이 잠깐 동안 계속되다 마침내 디아미르 계곡이 신비스러운 모습을 드러냈다. 동북쪽으로 실버플라토를 따라 무엇인가가 보이는 듯했다. 그때 갑자기 바람이 더욱 강하게 불었다. 내가 찍어 놓은 발자국에서 눈이 소용돌이치고 있었다.

내가 서 있는 정상의 회청색 그림자가 루팔 계곡 깊숙이 드리워졌다. 태양이 구름 뒤에 숨을 때까지 그 그림자는 없어지지 않았다. 벌써 오후 다섯 시였다.

나는 여전히 커다란 뭉게구름을 바라보며 황홀한 기분에 젖어 있었다. 발아래 1,000미터의 골짜기에 구름이 꽉 들어찼고 산등성이를 스쳐 흐르고 있었다. 골짜기에는 서서히 어둠이 내려앉았다. 밤은 어슴푸레하고 이슬처럼 차가운 안개의 막이 드리워지듯 깔려서 지금껏 뚜렷하게 보이던 것들이 모두 자취를 감췄다. 높이 떠 있는 구름에는 따뜻한 햇볕이 그대로 남아 있었다.

갑자기 공중에 떠도는 얼음의 결정체가 햇빛을 받아 반짝거렸다. 나는 아직 정상을 떠나고 싶지 않았다. 하지만 이제는 정말 내려가야 할 시간이 다가왔다. 정상이 너무도 고요해서 하산은

동생 귄터는 만년설 절벽을 넘은 이후로
되돌아오지 못했다

그다지 중요한 것으로 생각되지 않았다. 나는 고독의 바다에서 나와 우주의 안식처로 가는 느낌이었다. 눈에 보이는 세계는 구름과 만년설이 덮인 봉우리뿐 생명의 흔적이라고는 전혀 찾아볼 수 없었다. 이 산은 생명에 대한 거부, 혹한 그리고 단절의 상징이었고 내 가슴에 복잡한 감정을 불러일으켰다. 나를 둘러싼 지평선은 원으로 보였다. 주위에 달라진 것이 있다면 눈 위에 난 내 발자국뿐이었다. 아무 말도 할 수 없다는 것이, 이 강렬한 인상을 어느 누구에게도 들려줄 수 없다는 것이 안타깝기만 했다. 희미하게 보이는 지평선, 하늘에 걸린 엷은 무늬 등 모두 다 말로 표현할 수 없었다. 내 머리로는 이때의 감정을 제대로 표현할 방법이 없었다. 나는 그저 그곳에 앉아서 그 감정 속에 내가 녹는 대로 놔두는 길밖에 없었다. 나는 모든 것이 이해되고 의심이 생기지 않았다. 지평선 위에 가물거리는 희미한 빛 속으로 영원히 사라지고 싶었다.

"나는……."

무의식중에 내뱉은 이 한마디가 벌써 나를 흔들어 놓으려고 했다. 가만히 앉아 있으면 마치 내가 구름이 되고 안개가 된 듯했다. 이 끝없는 평온이 나에게 만족감을 안겨 주었다. 고요에 이끌려 나는 슬며시 정상을 거닐었다.

"나와 정상은 하나다. 그러나 우리는 서로 다르다."

내가 말을 계속하려고 하자 고요한 세계가 입을 다물게 했다. 갑자기 지난날의 일들이 바람처럼 눈앞에 펼쳐졌다. 모든 것이 언젠가는 끝날 것이라는 생각이 들었다. 그러나 별로 슬프지 않았다. 세상이 나를 들이마셨다가 토해내며 들끓고 소용돌이치는 것처럼 느껴졌다.

8년 전에 이곳에 올랐을 때 이 느낌은 더 강렬했다. 아니, 어쩌면 지금과 같았는지도 모른다. 당시 바로 이 시각에 귄터가 마지막 만년설 절벽을 넘어 정상으로 갔었다. 지금 나는 저 구름을 타고 그 위에서 동생과 서로 껴안고 있는 모습을 보는 듯한 느낌이 들었다. 그리고 올라온 길로 다시 내려갈 수 없다는 것을 알게 되자 둘이 절망에 빠져 있는 모습도 보였다. 절망은 우리를 몰아붙이듯 곁을 떠나지 않았다. 그러나 오늘 나는 흥분하지 않았다. 당시 낭가파르바트는 처음 오른 8,000미터 봉이었고 나는 아직 경

메르클 빙원을 통한 하산 길. 가운데가 메르클 리네 상단의 돌출부

험이 부족한 상태였다.

한 시간 후 나는 정상에서 내려왔다. 처음에는 서남능을 따라 내려오면서 서편 분지의 설원을 지나갔다. 긴 그림자가 나를 따라왔다. 내가 지나온 발자국이 장밋빛으로 물든 설면에 검게 드러났다. 눈의 상태가 수시로 바뀌었기 때문에 나는 한 걸음 한 걸음 신중하게 밑으로 내려왔다. 나는 몸이 지쳐 녹초가 됐다. 깊이 빠진 발을 빼내 앞으로 옮기는 것조차 힘들 정도였다. 내려가던 도중 비탈길이 깎아지른 암벽에서 끊긴 것을 알았을 때는 이미 늦었다. 이제 와서 되돌아 설 수도 없었다. 그러기에는 너무나도 지쳐 있었다. 바로 내려간다는 것은 생각조차 할 수 없었다. 내가 있는 곳과 서쪽 분지 사이에 수직 벽이 있었기 때문이다. 오로지

본능에 의지한 채 나는 낭떠러지와 곳곳에 있는 설원 사이에서 새로운 루트를 찾아야만 했다. 몇 차례나 있는 힘을 다해 추락하지 않으려고 노력했다.

비부아크 장소에 도착했을 때 나는 이 세계의 의미를 알 수 있었다. 텐트는 얼어붙은 채로 기울어져 있었다. 입구가 좁아져서 안으로 들어가기가 힘들었다. 나는 텐트 안에 앉아 발을 밖으로 내놓은 채 등산화를 벗었다. 그리고 등산화를 쳐서 눈을 털고 텐트 안에 들여놓았다. 밖은 아직 밝았다. 나는 50센티 폭의 매트리스 위에 깔아 놓은 침낭에 누워 짐을 정리할까 잠시 생각했다. 그러나 더 쉬어야겠다는 생각에 눈을 감았다. 잠들기 전 나는 하산길을 생각했다.

목숨을 건 하강

잠들기 전 나는 날씨가 점점 나빠지고 있다는 것을 알았다. 처음부터 짐작한 대로였다. 한밤중에는 안개 때문에 텐트가 눌리는 듯한 느낌이 들었다. 주위는 이상할 정도로 고요했고 나는 험악한 날씨 때문에 발이 묶일지도 모른다는 불길한 예감이 들었다.

여기저기의 마루턱과 능선에서 갑자기 폭풍설이 몰아쳐 오는 소리가 들렸다. 나는 아침 식사 준비를 하면서 밖을 내다보았다. 어두워서 어느 정도 눈이 내리고 있는지 알 수 없었다. 게다가 짙은 구름 때문에 아무것도 보이지 않았다. 새로 내리는 눈은 순식간에 다시 쌓였다. 날이 밝아오는지 텐트 왼쪽 천정이 훤했다.

새벽 여섯 시에 나는 텐트에서 나와 안개 속을 둘러보았다. 텐트 지붕에서 눈이 미끄러져 내렸다. 갑자기 바람이 불고 눈보라가 쳤다. 그때 어디선가 한 여자가 다가와 말을 건넸는데 무슨 말인지 알아들을 수가 없었다. 나는 눈 한 줌을 집어 얼굴에 문지르며 정신을 차리려고 애썼다. 고도계를 들여다보니 27을 가리키고 있었다. 어디로 가야 하는지 방향을 전혀 알 수가 없었다. 이

낭가파르바트의 악천후는 몇 주간 계속되기도 한다

런 악천후에는 하산할 수가 없기 때문에 나는 기다리기로 했다.

식량은 아직 닷새 분이 남아 있었다. 그러나 낭가파르바트에서는 한번 날씨가 나빠지기 시작하면 열흘이 지나도 좋아지지 않을 때가 많았다. 이제부터는 연료와 식량을 아껴야 한다. 이대로 죽을 수는 없다.

지금 떠나면 별 수 없이 프란츠 예가와 안디 슐릭이 당한 것처럼 루트를 잃게 될 것이 불 보듯 뻔했다. 이 두 친구는 1972년 마나슬루에서 눈보라를 무릅쓰고 하산하다가 실종됐다. 나는 이들과 같은 실수를 하지 않기 위해서 날씨가 좋아질 때까지 기다리기로 했다.

텐트 안에서만 웅크리고 있으려니 힘이 빠지고 피곤해졌다. 게다가 몸이 잘 움직여지지 않아 물이 가득한 냄비를 두 번이나 엎

눈보라 속 하강. 시야는 제로

질렀다. 그때 우모 침낭의 한 구석에 불이 붙었다. 아직 살아야겠다는 의지는 잃지 않았는지 나는 재빠른 동작으로 불을 껐다.

"가스를 절약하면 여기서 닷새는 버틸 수 있다. 그리고 조금씩이라도 매일 물을 마셔야 한다."

나는 혼자 중얼거리며 마음을 다잡았다.

밖에서는 벌써 첫 눈사태가 일어나 벽을 쓸어버렸다. 강한 바람 때문에 생긴 것이었다. 나는 텐트의 벽을 타고 흘러내리는 물방울을 잠시 바라보았다.

다시 누군가와의 대화가 이어진다. 보이지 않는 상대와 어떤 곳에 대해 이야기를 나눈다. 우리가 지금 이렇게 이야기하듯이 만나는 사람마다 편안하게 이야기를 나눌 수 있는 곳, 사람의 말을 그대로 믿어 주는 그런 곳에 대해 이야기한다.

밖에는 여전히 눈이 내리고 있었다. 잠시 텐트 안을 정리해 볼까 고민했지만 그만두었다. 그 대신 나는 끊긴 하산 길을 생각하고 또 생각했다. 거대한 세락 지대를 자일 없이 압자일렌 할 수는 없었다.

시퍼런 얼음 루트에는 지금도 눈사태로 요란한 소리를 내고 있었다. 이렇게 사나운 날씨가 예고도 없이 찾아오리라고는 미처 생각지 못했다. 이런 날씨가 며칠이나 계속 될지 지금으로서는 전혀 예측할 수 없었다. 나는 디아미르 벽에 대해 잘 알고 있었지만 이런 날씨에 움직이는 것은 위험한 선택이다.

날이 밝아 올 때까지 여러 시간 동안 나는 꿈속을 헤맸다. 텐트가 점점 눈 속에 묻히는 모습이 눈에 선했다. 나는 심한 갈증을 느꼈다. 문득 빈병을 가지고 샘터로 달려가는 어릴 적 내 모습이 눈앞에 어른거렸다. 나는 초원에서 꼴을 베고 있는 할아버지께 물을 가져가려던 참이었다. 어릴 적 나는 이런 심부름을 종종 하곤 했다. 가는 길에 땅에서 소리를 내며 물이 솟는 샘물가에 냉이가 돋아나 있었다. 나는 가던 길을 멈추고 우선 물구덩이를 만들고 흙을 가라앉힌 다음 물병을 그 속에 뉘었다. 그리고 물이 가득 차기를 기다렸다.

오랫동안 침낭 밖에 어깨를 내놓고 있었더니 추워졌다. 간단한 체조로 추위를 이겨 보려고 했지만 몸이 풀리지 않았다. 나는 다시금 천천히 상황을 머릿속에 정리해 보았다. 마제노 골짜기를 가로질러 루팔벽으로 가는 루트는 새로 내린 눈으로 눈사태의 위

테리가 망원경으로 벽을 주시하고 있다

험이 너무 많기 때문에 아예 생각조차 할 수 없었다. 아이스 브리지를 넘어서 하산하는 루트는 지진으로 무너져 지나갈 수 없게 됐다. 머메리 · 리페 위쪽은 얼어붙어 버렸다. 오직 남은 길은 머메리 · 리페 오른쪽에 있는 깎아지른 얼음투성이의 바위 홈통뿐이었다. 이곳을 기어 내려갈 수 없다면 그밖에 다른 방법은 없었다.

이 홈통 하부는 틀림없이 물기가 있는 얼음으로 덮여 있을 것이다. 다행히 그곳은 심한 낭떠러지가 없고 아이젠은 아직 날카로웠다.

낭가파르바트 상공을 뒤덮고 있던 구름이 점점 아래로 내려왔다. 테리는 하루 종일 내 모습을 볼 수 없었다. 그래도 그는 안개에 틈이 생기면 쌍안경으로 벽을 샅샅이 훑어보았다. 그러다 가끔 일어나서 굳어진 허리를 폈다. 테리는 정상 벽을 조금이라도 더 보려고 애를 썼다.

정상에는 폭풍이 휘몰아치고 백설이 흩날리며 혹한이 살을 에었다. 하산 길에 있는 바위란 바위는 모두 두꺼운 얼음으로 덮여 있을 것이다. 침니도 리스도 크레바스도 모두 얼어붙었다면 혼자서 하산해야만 하는 나로서는 퇴로가 끊긴 셈이다. 게다가 내려가는 도중에 비부아크를 할 만한 곳이 있을 리가 없었다. 도중에 힘이 빠지는 날에는 다시 살아남을 가능성이 희박했다.

다시 고개를 내밀어 밖을 내다보자 어두운 하늘에 별이 보였다. 벌써 저녁때가 된 것일까. 아니면 구름 사이로 대낮에 별이 보이는 걸까. 서쪽 하늘도 발밑 골짜기도 어두침침한 안개로 뒤덮여 있었다. 날씨를 전혀 예측할 수 없었고 새로운 몬순의 여파가 남쪽에서 낭가파르바트로 접근해 오고 있는지도 모를 일이었다.

텐트의 벽과 침낭 사이에 불안전하게 놓여 있는 가스버너에 차를 끓였다. 그리고 한잠 자려고 했다. 이따금 힘겹게 몸을 일으켜 물을 마셨다. 마시고 싶어서 마시는 게 아니라 마셔야만 하기에 마셨다. 혈액 농도가 짙어지면 안 되기 때문이다. 식사라곤 치즈 한 조각과 굳은 빵이 전부였는데, 그것마저도 입 안에 들러붙고 맛도 없었다.

걱정이 되어 마음이 괴로운 나머지 애써 긴장을 풀어 보려고 노력했다. 그러나 몸이 풀리지 않고 오히려 말을 듣지 않았다. 하는 일 없이 시간을 보내는 것은 견디기 힘든 일이었다. 가만히 누워 있어도 역시 에너지는 소모된다. 이렇게 높은 곳에서는 어떠한 일에도 힘이 든다. 앞으로 내려가야 할 빙벽에는 쉴 장소도 없었다. 이제부터는 체력을 회복할 방법이 전혀 없었다.

나는 졸면서도 밖의 하늘에서 구름 조각이 흩어지고 있는 것을 느낄 수 있었다.

"잘될 거야."

나는 어머니가 즐겨 쓰시던 말을 되뇌어 보았다. 무슨 말이든 해서 이 정적을 깨고 싶었다. 그래야만 기운이 날 것 같았다. 어두워진 텐트 안 때문에 밤이 된 것을 알 수 있었다. 달이 보였다 사라졌다 했다. 밖에는 으스스한 기운이 감돌고 있었다.

별들마저 갑자기 자취를 감추고 보이지 않았다. 날씨는 다시 나빠졌다. 순간적으로 변하는 빛의 유희가 텐트 안을 한층 극적인 분위기로 바꾸어 놓았다. 혼자 산에 오른 후 바람 없는 날을 처음으로 맞이했다. 눈의 결정체에서는 아무 소리도 들리지 않았다. 게다가 기온이 점점 오르고 있었다. 내가 내쉬는 입김으로 침낭 안이 따뜻해졌다.

나는 오랜 시간 누운 채로 침묵의 세계에 귀를 기울였다. 나를 방해하는 것은 아무것도 없었다. 공기가 부드럽고 따뜻하면 눈보라치던 사나운 날씨가 머릿속에 떠오르고 메르클과 벨첸바흐가 죽음의 세계로 떠났던 1933년 7월의 극적인 날이 생각난다. 이 이야기를 나는 얼마나 읽었는지 모른다. 지금 나는 당시의 원정대가 있었던 바로 그 높이에 있다—그때처럼 눈보라도 심하다.

그들은 그때 벌써 실버자텔을 넘어섰고 정상이 손에 잡힐 듯한 거리에 있었다. 그러나 마지막 공격을 기다리던 날 밤에 폭풍이 그들을 덮쳤다. 텐트 안에서도 견디기 힘들 정도로 심한 폭풍이었다. 호된 추위가 그들의 체력을 앗아갔다.

폭풍이 엄청난 눈보라를 능선으로부터 몰고 와서 막영지를 뒤덮었다. 메르클이나 벨첸바흐는 알프스에서 위험한 고비를 수없이 넘겼으며 다치지 않고 끝까지 살아남은 사람들이었다. 그들과 동료들은 3,000~4,000미터 급의 알프스 폭풍과 8,000미터 지대의 히말라야 태풍이 어떻게 다른지 잘 알고 있었다.

7월 7일, 아침부터 바람이 세차게 불었다. 미친 듯이 소용돌이치는 눈보라 속에서 태양은 있으나 마나였다. 메르클, 슈나이더, 벨첸바흐, 비일란트 등은 어떻게 할 것인지 함께 의논했다. 결국 기다리는 수밖에 없었다. 대원들과 포터들은 힘없이 침낭에 들어가 누웠다. 이러한 강풍 속에서는 취사도 제대로 할 수 없었다. 이런 상태로 그들은 이튿날 밤을 맞았다. 희망이 점점 사라지는 밤이었다. 텐트 기둥이 구부러지고 눈가루가 모든 틈새와 솔기로 들어왔다. 바람은 더욱더 사나워지고 미친 듯이 몰아쳤다.

7월 8일 아침, 그들은 모두 베이스캠프로 즉시 퇴각할 수밖에 없다는 생각을 했다. 다섯 사람의 등반가와 12명의 포터들의 생명이 걸려 있는 중대한 사안이었다. 메르클은 아셴브레너와 슈나이더에게 세 명의 포터를 데리고 먼저 가서 러셀을 하도록 지시했다. 나머지 사람들도 하산 준비를 했다.

선발대는 이를 악물고 눈과 싸웠다. 실버자텔까지 왔을 때 바람이 더욱 사나워지고 절벽을 하강할 때는 최대한 주의를 기울이지 않으면 안 됐다. 산등성이에서 100미터가량 떨어진 곳에서 셰르파 니마 도르제가 바람에 날려 떨어질 뻔했으나 동료들의 도움으로 살아남을 수 있었다. 미친 듯이 몰아치는 눈보라 속에서 10미터 앞도 분간할 수 없었다. 오직 한 번 그것도 순간적으로 구름이 바람에 찢길 때 후발대가 실버자텔을 내려오는 것이 보였다.

저녁 일곱 시 아셴브레너와 슈나이더가 꽁꽁 언 채로 제4캠프로 내려왔다. 그날 밤새도록 나머지 대원들을 기다렸으나 헛일이었다. 빌리 메르클과 그 일행들은 내려오지 못했다. 실버자텔 아래서 그들은 중간 캠프를 쳤다. 벨첸바흐는 침낭 없이 눈 속에서 잤다. 먹을 것은 하나도 없었고 하산 도중 셰르파 한 명이 죽었다. 메르클의 오른손과 비일란트의 두 손이 동상에 걸렸다. 계속 내려가던 중 3명의 셰르파가 죽었다. 그들은 자일에 매달리거나 텐트 안에 쓰러진 채 숨을 거뒀다.

7월 9일, 한 차례 두꺼운 눈구름이 갈라지고 잠깐 동안 능선이 보였다. 실버자텔 아래로 대부대가 하산하고 있었다. 이들과 꽤 떨어진 거리에서 작은 점 하나가 그들을 따르고 있었다. 그는 윌리 비일란트였는데, 얼마 안 가서 그는 지친 나머지 잠이 들었다가 그대로 깨어나지 못했다. 그날 밤에도 50센티가량의 신설이 쏟아졌다. 길이 100미터에 이르는 폭풍설이 실버자텔에서 라키오트를 수평으로 밀어붙였다.

네 사람은 눈을 헤치며 내려왔다. 그들이 지나간 자리에는 사람이 묻힐 정도로 깊은 고랑이 생겼다. 4명의 셰르파들은 완전히 지쳐 있었다. 그들은 더 이상 꼼짝할 수 없었다. 그들은 모두 손에 동상을 입었고 한 사람은 설맹에 걸려 있었다.

벨첸바흐는 최후의 편지를 썼다.

7월 10일 제7캠프에서 6캠프와 4캠프에 있는 대원에게. 우리는 하산 도중 윌리 비일란트를 잃고 어제부터 여기 머물고 있다. 둘 모두 앓고 있다. 6캠프까지 가려고 했으나 극도로 쇠약해져 불가능하다. 나와 메르클은 아마도 기관지 가다르와 후두염 그리고 감기에 걸린 듯하다. 대장은 전신이 쇠약해졌고 팔 다리가 모두 얼었다. 우리는 6일 동안이나 따뜻한 음식을 입에 넣어 보지 못했다. 빨리 7캠프로 와서 도와달라.

—벨첸바흐와 메르클로부터

7월 13일 밤, 벨첸바흐는 텐트에서 끝내 숨을 거뒀다. 아침이 되자 메르클은 있는 힘을 다해 일어섰다. 그는 두 자루의 피켈에 몸을 지탱하고 능선을 더듬으며 아래로 내려갔다. 안개가 걷히자 밑에 텐트가 서 있는 것이 보였다. 그러나 구조 작업을 기대하기는 어려웠다. 눈이 너무도 깊었다. 메르클은 모렌코프의 비탈길을 오를 수가 없었다. 그는 여러 번 시도했으나 끝내 좌절하고 말았다. 셰르파 두 사람이 아직도 그와 함께 있었다. 나머지 세 사람은 작은 설동을 팠다. 메르클은 셰르파 가이 · 라이와 모포 한 장으로 몸을 감싸고 밑에는 스펀지 매트리스를 깔았다. 매트리스는 겨우 두 사람이 잘 수 있었기 때문에 나머지 한 명은 모포만으로 견뎌야 했다. 이런 상태로 그들은 폭풍의 무자비한 포효 속에 밤을 보냈다.

7월 13일 늦은 밤, 제7캠프에서 세 사람이 내려오는 것이 보였다. 제6캠프 지점인 모렌코프로 오르기 전 등성이에 한 사내가 나타나서 손을 흔들었다. 세 사람은 기운을 낸 듯 다시 걷기 시작했다. 그러나 메르클과 가이 · 라이는 겨우 3미터만 나갔을 뿐 그 이상 걷지 못하고 몸을 끌다시피 하며 설동으로 되돌아갔다.

다음날 저녁, 그는 피로가 극에 달한 채 심한 동상을 입고 제4캠프에 겨우 도착했다. 슈나이더와 아셴브레너는 7월 15일과 16일에 다시 제5캠프에 가려고 시도했으나 헛일이었다. 엄청나게 내린 눈 때문에 그들은 포기해야만 했다.

아침이 되자 바람 속에서 도움을 청하는 소리가 분명히 들렸으나 안부鞍部에서 손을 흔들던 사내의 모습은 그 후 보이지 않았다.

4년이 지나 메르클과 가이 · 라이가 발견됐을 때 그들은 눈 속에 그대로 누워 있었다. 메르클의 누워 있는 자세로 보아 그는 아직 삶을 포기하지 않은 듯한 모습이었다. 잠시 쉬려는 듯이 앉아 있는 모습이었고 장갑을 벗어서 무릎 위에 펴 놓고 있었다. 그러나 모든 것을 종합해 볼 때 메르클이 가이 · 라이보다 먼저 죽은 듯했다.

나도 그 자리에 있었던 것처럼 생생하게 느껴진다. 죽음을 생각할 때 비로소 세상 모든 것이 덧없다는 것을 알게 된다. 죽은 후에 어떻게 되는 것인가 하는 문제에는 별로 관심이 없다. 나는 사후 세계가 있다는 것과 죽으면 모든 것이 없어진다는 것을 동시에 생각한다.

거울은 없었지만 그래도 가끔 손으로 머리를 빗었다. 내 모습이 어떻게 변해 있을지 궁금했다.

며칠 후 텐트 주위에서 바람 소리가 약하게 나다가 점점 강해졌다. 당시 나는 자고 있었는지 아니면 그냥 누워 있기만 했는지 기억이 나질 않았다. 이 고요한 내면의 세계에 주의 깊게 귀를 기울이고 있은 지 얼마나 되었을까. 밖에서는 다시 바람이 일고 있었다. 대기 속에는 무언가 마음을 긴장시키고 자극하는 것이 있었다. 텐트를 열고 싶었으나 그만두었다. 텐트에서 반 미터도 안 떨어진 곳에 꽂혀 있는 피켈과 아이젠이 텐트 벽을 통해서 보이는지 살펴보았지만 그림자도 보이지 않았다. 만일 바람에 날려 사라졌다면 큰일이다. 아이젠과 피켈 없이 산을 내려갈 수는 없기 때문이다. 다시금 날씨가 험악해지리라는 것을 알았으나 그에 대해서는 생각하고 싶지 않았다. 쉽사리 죽지는 않으리라.

잠이 들려는 순간 천둥이 쳤다. 이 천둥소리에 날씨가 좋아질지도 모른다는 일말의 희망은 여지없이 무너지고 말았다.

밤중에 침낭에서 나와 공기를 찾아 헐떡거렸다. 무의식적인 상태에서 숨이 막힐듯 가슴이 답답했다. 눈이 계속 내리고 있었지만 다행히 폭설은 아니었다. 소리만 들어서는 텐트 옆에 눈이 떨어지는지 지붕에서 흘러내리는지 아니면 벽에서 떨어지는지 알 길이 없었다. 눈사태 소리가 들려오면 나는 불안한 잠에서 깨어나 밖의 얼어붙은 황야를 떠올렸다.

나는 눈을 뜨고 텐트 안을 둘러보았다. 멀리서 여러 번 천둥이

치고 밖에서 이상한 소리가 들렸다. 메르클의 운명이 다시 내 머리를 스쳤다. 아무 소용 없는 일인줄 알면서도 나는 한밤중에 여러 번 눈을 떴다. 그때마다 내가 아직 여기에 있다는 절망감과 경이감이 교차했다.

텐트 벽은 안팎으로 얼음 갑옷을 입고 있어 빳빳했다. 날이 밝았는데도 낭가파르바트 정상 부근은 아직도 어둠이 가시지 않았다. 불투명한 텐트 벽을 통해 얼음투성이의 피켈과 아이젠이 희미하게 보였다. 모든 것이 그대로 있었다. 나는 본능적으로 얼어붙은 등산화를 집어 침낭 속에 넣었다.

몇 시간은 잔 것 같다. 아니 아무 생각 없이 그저 누워 있었는지도 모른다. 바람이 약해졌다.

산을 넘어 내습하는 추위가 살을 에는 듯했지만 발은 따뜻했다. 얼어붙은 텐트는 완벽한 이글루나 다름없었다. 텐트를 열기 전에 차를 한 잔 마시고 싶었다. 다른 것은 먹을 수가 없었다. 이제부터 어떻게 해야 하는지 나는 너무나도 잘 알고 있었다. 밖은 밝았으나 날씨는 여전히 흐렸다.

내려가자. 하루 동안에 베이스캠프까지 내려가는 거다. 만일 안개가 끼고 눈이 와서 방향을 분간키 어려운 정도면 그대로 이곳에 머물면 된다. 이렇게 모든 것을 나 스스로 결정할 수 있다니 얼마나 좋은가. 다른 사람에 대해 책임질 일도 없고 오직 나 자신에 대해서만 책임지면 된다. 그러나 마음이 안정되질 않는다. 주의력을 나 이외의 다른 것에 집중해 보려고 했지만 잘되지 않는다.

하산은 위험하고 힘든 일이었다. 밑에 있는 빙탑군은 생각만 해도 소름이 끼쳤다. 혈액은 벌써 농축 상태였다. 마신 것이 적었던 게 잘못이다. 손을 움직일 때마다 그것을 느낄 수 있었다.

밑에서 기다리고 있을 우즐라와 테리가 걱정됐다. 아마 두 사람은 내가 벌써 잘못된 것으로 여길지도 모른다. 그들이 어떻게 행동할지 나로서는 전혀 예측할 수 없었다. 다만 지나치게 걱정하지 않았으면 좋겠다는 생각이 들었다.

8월 11일 아침, 우즐라는 일기에 다음과 같이 썼다.

아주 드문 일이지만 문득 이런 생각이 든다. 만일 낭가파르바트가 그에게 기회를, 그것도 마지막 기회를 준다면 어떻게 될까. 나는 몇 번이고 '낭가파르바트는 이미 한 번 메스너의 손을 빠져나간 일이 있는데……' 하는 생각에 사로잡혔다. 만일 내가 위대한 라인홀트 메스너의 최후의 몇 시간에 관한 내용을 책으로 낸다면 세상 사람들은 잠시 나에게 눈길을 돌리겠지. 그때는 그 장면을 극적으로 써야겠다. 옆에 딴 사람이 없었으니 비난받을 걱정은 없겠지.

그건 그렇다 치고 내가 속은 것은 아닐까. 스물일곱 살이나 되어 처음으로 안정제를 먹었는데, 아무 소용이 없다. 신경 안정에 특효가 있다는 치즈와 벌꿀을 억지로 입에 넣고 책을 읽거나 글을 쓰며 이런저런 생각에 잠긴다. 눈이 빨개질 정도로 쌍안경을 들여다보다가 점점 머리가 이상해지는 듯해서 그냥 팽개쳤지만 잠시 후 다시 그것을 집어 든다. 그러다가 갑자기 화가 났다. 도대체 무슨 권리로 그 사람은 저렇게 높은 곳에 올라갔단 말인가. 그야 자신이 말한 대로 '내추럴 하이'를 좇아서 산에서 만족을 찾고 그 속에서 묻혀 있을 테지만 나와 테리는 이 낭가파르바트 기슭에서 잠도 못 자고 마음을 조이며 기도나 해야 하니 미칠 지경이다. 그는 다른 사람을 위해 기도한 적이 있을까? 아주 넓은 뜻으로 말하는 기도이긴 하지만.

그리고 나는 울었다. 물론 그 때문이 아니다. 그저 심리적 · 감정적 스트레스를 이겨내는 데 도움이 되지 않을까 해서였다. 할 수만 있다면 그의 두 귀를 잡고 이 말도 안 되는 산에서 끌어내리고 싶다. 며칠 전에 오스트리아 사람들이 딴 루트로 오르려고 이곳에 왔는데, 그들은 아주 친절했고 나한테 정말 다정하게 대했다. 그들은 '그 점'이 안 보이게 된 데 대해 유난히 호의를 베풀며 여러 가지 설명을 해 주었다. 한 남자는 내게 수정을 주었다. 한편으로는 기쁘기도 했지만 오히려 어리둥절했다. 산사나이의 세계란 매한가지야.

다시 화가 났다. 그러나 한편으로 무엇 때문에 이제 와서 화를 내는가 하고 자문한다. 메스너는 해내지 않았는가! 그밖에 달리 생각할 길이 없다. 이제는 걱정하지 않는다. 그리고 굳게 믿는다. 그는 저 높은 곳에서 멋지고 격렬하고 긴장된 순간을 체험하고 있는 것이라고. 그는 피로하고 힘들겠지만 무사히 내려오겠지. 그가 부럽다. 그를 생각하면 기쁘다. 그가 무사히 내려올 것을 내가 어떻게 잠시나마 의심할 수 있단 말인가. 좋지 못한 일이 일어날 리 없다—등반가로서의 그의 기술을 나는 전적으로 믿는다. 그에게 어려운 일이란 있을 수 없다—만일 잘못된다면 그는 정상에 오르기 전에 되돌아올 것이다. 그렇게 되면 그에게는 또 꿈이 남게 되겠지. 그리고 그가 낭가파르바트에 올라가서 앉아 있건 저 밑 어디에 있건 그것이 문제가 아니다. 죽음을 바로 눈앞에 두지 않고서야 누가 이처럼 고양된 기분을 맛볼 수 있단 말인가?—맙소사, 내가 이 마당에 독일 연방국 응급실을 생각하다니! 원래는 '그가 이렇게 되게 해 주소서. 이런 일이 없도록 해 주소서' 하고 기도드려야 마땅한데. 어쨌든 그는 행복한 사람이야. 그런데 무엇 때문에 이렇게 불안해 하는 거지. 바보 같은 짓이야. 메스너를 그 상태로 내버려 두어서는 안 되겠다는 생각은 들지 않고 오히려 그의 처지가 부럽기만 하다. 그를 생각하면 나는 행복해진다. 그리고 등반가가 아닌 여자의 몸으로 이런 체험을 할 수 있다면 어떤 괴로움도 참을 수 있을 것 같이 여겨진다.

8월 11일 아침. 날씨는 아직 별로 좋지 않았으나 점점 나아지고 있었다. 더 이상 시간을 지체하지 않기로 결단을 내렸다. 나는 가능한 한 짐을 모두 버리고 내려가기로 했다. 텐트와 침낭과 버너 등 대부분의 장비를 크레바스에 던졌다. 배낭에는 서너 통의 필름과 카메라, 고도계 그리고 색안경 등 자질구레한 것만 남겨 두었다. 이제 나를 붙드는 것은 아무것도 없었다. 오전 다섯 시에 텐트를 나와 내 모든 운명을 걸어 보기로 했다. 식량도 모두 버리기로 했다. 수프까지 모두. 오늘 안으로 베이스캠프까지 도착하려면 강행군을 해야만 한다. 가장 비탈진 직선 루트를 따라서 고도 3,000미터를 내려가는 것이다. 만일 그렇게 못하면 나는 오늘 밤을 넘기지 못할 것이다.

나는 굳게 결심을 하고 떠났다. 마지막으로 자신에게 가하는 채찍질이었다. 내려가던 도중 경사면을 가로지를 때 갑자기 미끄러졌다. 균형을 다시 잡으려고 했지만 허사였다. 이대로 그냥 떨어지는 것은 아닌가 하는 생각이 들었다. 그러나 다행히 몸무게를 받치고 있는 아이젠이 아직 있었다. 나는 아이젠이 눈에 박히도록 몸을 움직이며 껑충거렸다. 상체만이라도 균형을 되찾아야만 했다. 10여 미터를 뛰듯이 발을 옮기며 사면을 내려가 몸을 세웠다. 온몸이 떨리고 정신이 아찔했다. 이런 식으로 가다가 자칫 잘못해서 떨어지기라도 하는 날에는 그것으로 끝이었다. 잠시 쉬려고 아이스 피켈로 스텝을 크게 찍었다. 한 번은 제대로 됐다. 이러다가 발목을 삐거나 정강이뼈라도 부러지면 어떻게 하지. 나는 신경을 곤두세우고 다시 정신을 차렸다.

지금 내려가려는 얼음 통로는 낭가파르바트에서 가장 위험한 곳이다. 그러나 내려갈 수 있는 곳이 있다면 이곳뿐이라고 혼자 중얼거렸다.

체력을 비축해서 오늘 중으로 돌파하지 못하면 이곳에서 죽을 수도 있었다. 그러나 체념할 정도는 아니었다. 비부아크를 하는 동안 탈수가 심해서 몸이 말을 듣지 않았지만 그래도 아직은 움직일만 했다. 고약한 눈길을 뚫고 하산하기가 얼마나 어려운 일인지 나는 잘 알고 있었다. 이곳 벽은 경사가 심하지 않아서 어디건 눈이 쌓여 있었다. 걱정했던 대로 눈 표면은 굳어 있었다. 할 수 있는 데까지 힘을 동원해야만 했다. 조금의 실수도 있어서는 안 된다.

눈이 딱딱하게 굳어서 아이젠으로 힘껏 내리찍어야 했다. 그 밑은 온통 청빙이었다. 더욱이 걸음을 옮길 때마다 발이 빠지고 균형을 잃을 위험이 있었다. 빙벽에서는 하강이 등반보다 어렵다.

나는 스텝을 찍었다. 그러나 벽을 내려가며 모조리 스텝을 찍을 수는 없었다. 그렇다면 방법은 하나뿐이다. 즉 팔다리로 기어 내려가는 방법이다. 얼굴을 벽으로 향하고 오른손에는 피켈을 들고 왼손에는 벙어리장갑을 끼고 몸을 지탱한다. 즉 오를 때와 같은 방법으로 내려가는 셈이다. 스텝을 찍을 수는 없지만 그 대신 몸을 밖으로 젖히거나 돌릴 필요가 없다. 그러나 이렇게 내려가는 것은 아주 위험한 방법이다. 미끄러지는 날에는 그걸로 끝이다. 더욱이 발밑은 3,000미터나 되는 낭떠러지다.

90보나 100보쯤 내려갔을까. 어느새 숨이 차고 지쳐서 헐떡거렸다. 나는 상체를 빙벽에 기댔다. 날카로운 것으로 찌르는 것처럼 공기가 폐 속으로 들어왔다. 아이스 피켈을 쉴 새 없이 사용했기 때문에 두 팔이 납덩어리처럼 무거웠다. 쉬어도 괴로움은 또 다른 괴로움으로 바뀔 뿐이었다. 여기서는 모든 것이 고통스럽기만 했다. 쉬고 있는 동안에도 눈송이가 흘러내려 등산화와 팔에 쌓였다. 바람에 눈이 날려 순식간에 나는 얼음 옷을 입은 꼴이 되었다. 골짜기 바닥이 숨이 막힐 정도로 까마득하게 보였다. 밑을 뚫어져라 내려다봐도 아무 소용이 없었다. 그래서 눈앞에 닥칠 일에만 정신을 집중하기로 했다.

내려가는 속도가 더딜수록 그만큼 더 쉬어야 했다. 한 번 앉으면 일어서기가 더 어렵다. 스스로를 달래가며 무릎을 짚고 간신

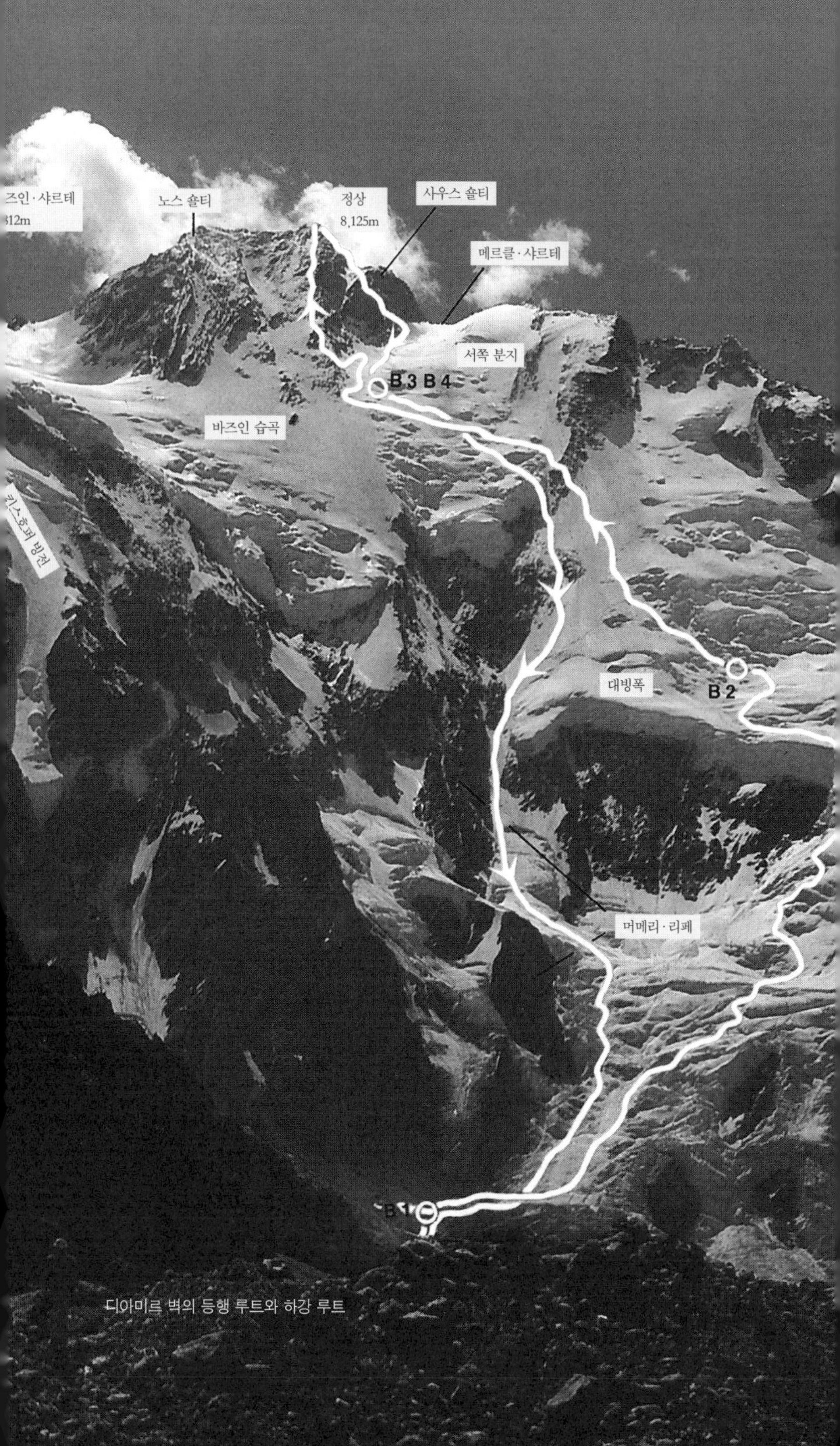

디아미르 벽의 등행 루트와 하강 루트

히 일어나야 했다. 한 걸음 다시 한 걸음 이렇게 가는 편이 한결 견디기가 쉬웠다. 무슨 일이 있어도 내려가야만 한다.

저기 보이는 좁은 리스는 몇 초 전만 해도 내 몸을 지탱해 주던 곳이었는데, 지금 다시 바라보니 어느새 얼음으로 반짝거렸다. 거대한 빙탑 사이를 지날 때는 쉴 수도 없었다. 그러나 순간순간이 소중한 선물을 받은 것처럼 느껴졌다.

오늘은 사진을 찍지 않았다. 그러나 여전히 전보다 더 열을 올려서 누군가와 이야기를 나누었다. 그것도 프랑스어로. 그런데 나는 프랑스어를 배운 적이 없지 않은가.

테리는 밑에서 쌍안경으로 어두운 얼음 통로를 수없이 쳐다보고 있었다. 빙탑군과 머메리 · 리페 사이에 낀 듯한 바위 홈통은 디아미르 벽에서 가장 깎아지른 부분이다. 오전 내내 테리는 쌍안경 곁에 붙어 있었다. 하루 종일 들여다보고 있어야만 하는 일은 고통스럽고 눈이 쓰린 작업이었다. 때문에 그는 가끔 일어나서 주위를 거닐었다. 그러나 쌍안경은 그에게 약과도 같았다. 그는 약을 먹어야 하듯이 쌍안경을 들여다봐야만 했다.

밑으로 내려갈수록 걸음이 느려졌다. 벽은 그다지 가파르지 않았다. 그래서 자주 골짜기를 내려다보며 내려갔다. 이곳은 얼음이 단단해서 처음 내려오기 시작했을 때처럼 아이젠이 박히지 않았다. 나는 서 있는 곳이 어딘지, 어디로 가야 하는지 신경 쓰지 않고 한 시간 남짓 내려갔다. 처음 비부아크를 했던 장소가 가

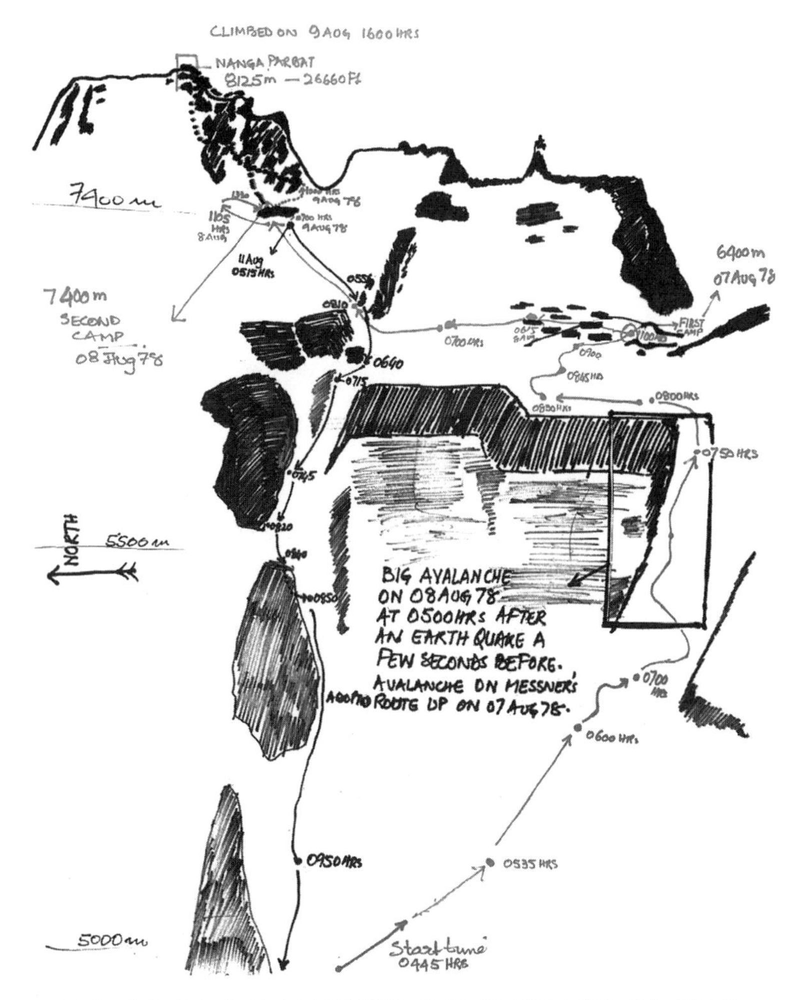

연락 장교 테리는 베이스캠프를 지키며 줄곧 망원경으로 메스너를 추적했다. 테리는 새벽 다섯 시 전에 일어나 어둠 속에 망원경을 설치했다. 그는 메스너가 벽에서 이동할 때마다 주요 장면을 빠짐없이 기록해 나갔다. 물론 그가 보일 때의 이야기지만. 그는 옆에 스케치 기구를 세워 놓고 메스너가 나타날 때마다 자세히 그 위치를 기록해 나갔다. 그리고 무사히 메스너가 돌아오자 이것을 그에게 건넸다. 이 그림은 그 원화인데 마치 미술 작품이나 다름없다

까워지자 이제 살았구나 하는 생각이 들었다. 홈통에 얼굴을 대고 녹아내리는 물을 빨아 마시자 피로감이 싹 가셨다. 그때 검은 뭉게구름이 디아미르 계곡으로 올라가고 있었다. 텐트 없이 하룻밤을 더 지내기는 어려울 것 같다는 생각이 들었다. 서둘러야 한다. 숨을 내쉴 때마다 속에서 무엇인가 떨어져 나가는 듯한 소리가 났다.

초원까지 갈 수 있을지 자신이 없었다. 종아리며 팔의 근육이며 몸 전체가 굳어 있었다. 손에 든 아이스 피켈은 몸에 용접된 것처럼 느껴졌다. 베이스캠프까지는 아직도 두 시간 이상을 가야 한다. 나는 나를 따라다니는 보이지 않는 자에게 더 이상 말을 하지 않았다. 그의 이야기에 더 이상 귀를 기울이지도 않았다. 또 크레바스를 뛰어넘어야 했다. 꽤 넓이가 넓어서 정신을 바짝 차려야만 했다.

어느새 날씨가 따뜻해져 오히려 더울 정도였다. 얼음 위로 작은 물줄기가 여기저기 흘렀다. 이를 악물고 갈증을 참았다. 물을 마시면 더 피로해지기 때문이다. 나는 한 걸음 한 걸음 얼음을 밟으며 산을 내려갔다. 발밑의 크레바스가 초록색으로 빛났다. 주위의 세계는 온통 빙탑뿐이었고 왼쪽도 오른쪽도 눈사태가 난 벽이었다. 이제 밑에는 깊은 절벽이 없었다. 나는 아이젠으로 미끄러운 얼음판을 밟을 때마다 재빨리 좌우를 살폈다. 내 동작은 느리고 빙하는 거대해서 머릿속에서 거리 감각이 사라졌다. 그러나 내가 지금 혼자 있다는 것, 자기 자신의 능력밖에 믿을 수 없다는 것이 강하게 마음을 붙들었다.

이후의 하강은 마치 신들린 것처럼 이뤄졌다. 나는 거울같이 미끄러운 얼음 위를 비틀거리며 내려갔다. 아이젠은 수없이 미끄러져서 몸을 제대로 가누기도 어려웠으나 균형을 잃고 넘어지려는 순간 아이젠이 제동을 걸었다. 마치 아이젠 스스로 자기가 할 일을 알아서 하는 것 같았다.

베이스캠프에서 우즐라와 테리는 오래전부터 내 모습을 주시하고 있었다.

거대한 분지의 돌밭 위로 우즐라가 마주 오고 있다. 손에는 내 등산화를 들고 있다. 우리는 가까이 다가섰다. 나는 일그러진 등산화를 벗어 던졌다. 두 번 다시 그것을 보고 싶지 않았다.

다시 혼자의 길을 떠나다

베이스캠프 위쪽에서 놀란 얼굴로 테리가 이쪽으로 오고 있었다. 설마 하루 만에 내가 내려오리라고는 그도 미처 생각지 못한 것 같았다. 우리가 서로 껴안았을 때 모두 눈물을 글썽거렸다.

우즐라는 자기가 끼지 못해 소외감을 느끼는 듯했다. 그녀는 아무 말도 하지 않았지만 내 눈에는 그렇게 보였다. 우리 남자들의 세계에서 자신은 따돌림을 당했다고 느끼는 듯했다. 우즐라로서는 할 말이 많겠지만 그리고 그녀의 그런 느낌에는 어딘가 유치한 점이 있었지만 어쨌든 소외감을 느끼고 있는 것이 분명했다.

"처음부터 해낼 것이라고 믿고 있었소!"

테리가 축하했다.

"이번 등산을 마치고 나니 더 강해진 느낌이군요."

"당신이 그 어려운 일을 잘 이겨낸 것이 얼마나 기쁜지 모르겠어요!"

우즐라가 말했다.

"위에서는 살아야겠다는 생각뿐이었지. 그래서 이처럼 돌아오

낭가파르바트 정상에서 있었던 일을 테리에게 이야기하고 있는 메스너

게 된 거야."

"그런데 어땠어요?"

테리가 궁금해 했다.

"차분한 기분이었어요."

나는 말했다.

나를 차분한 기분으로 만들어 준 것은 바로 고독이었다. 어떻게 그런 일을 해낼 수 있었는지 나 자신도 놀라웠다. 지금 그 사실을 깨달았기 때문에 전에 없이 내가 강해졌다고 느껴졌다. 디아미르 벽에서는 다른 생각을 할 틈이 없었다. 그것은 극적이고도 멋진 일이었다.

벽을 바라보며 거기서 지낸 6일간의 일들을 떠올렸다. 그동안 아무것도 바라는 게 없었다는 것이 이상하게 느껴졌다. 나는 이제 오르고 싶지도 않았고 내려가고 싶지도 않았고 단지 쉬고 싶을 뿐이었다. 또한 나는 불안하지 않았으며 고독을 즐겼다.

누군가 내 뒤에 서 있는 것이 느껴졌다. 나는 뒤를 돌아봤다. 그러자 디아미르 계곡에서 올라온 백발의 노인이 내게 작은 꽃다발을 내밀었다. 작은 국화꽃 다발이었다. 나는 몹시 기뻤다. 그는 내가 산으로 가려고 할 때 머리를 흔들며 어리석다고 한 노인이었다.

"12명, 15명, 20명 정도의 큰 원정대가 왔었지요. 그러고도 그들은 오르지 못했어요. 혼자서는 안 되지요."

그때 노인은 그렇게 말했었다.

베이스캠프에서 나는 온 세상이 내 것 같은 행복감에 젖었다. 그리고 별로 피곤하지도 않았다. 동상에 걸린 오른손 엄지손가락 때문에 우즐라가 혈액순환 촉진제를 주사했다. 바늘이 꽂히는 순간 나는 깊은 잠에 빠져들었다.

자고 깨기를 반복하며 이틀이 지났다. 나는 잠깐 눈을 떴다가 다시 잠들었다. 그 사이에 조금씩 물을 마셨다. 돌아갈 때는 올 때의 트래킹 루트와는 다른 길로 가야 했다. 폭우와 지진으로 디아미르 계곡에 이르는 길이 끊겼기 때문이다. 텐트 천정에는 주사약병, 고도계 그리고 테리가 만들어 준 조그마한 화환이 걸려 있었다.

낮에는 텐트 옆에 누워서 지냈다.

"내가 정말 낭가파르바트 정상에 갔었는지 잘 모르겠어."

나는 잠에서 깨어났을 때 우즐라에게 말했다.

"이상한 말도 다 하네요."

그녀가 말했다.

"어쩌면 이번 등반은 혼자 올라가면서 상상해 본 것뿐인지도 몰라."

"무슨 뜻이에요?"

"당신은 모를 거야."

"이번 단독 등반과 바꿔도 좋을 만한 것이 있어요?"

"아니."

"어째서 없어요?"

"나에게는 등반과 바꿀 만한 것은 아무것도 없으니까."

"만일 인생을 다시 시작한다면, 또 지금과 같은 생활을 하겠어요?"

테리가 내게 물었다.

"그런 건 별로 생각하고 싶지 않아요. 나는 그저 살 뿐이니까. 그리고 그것은 한 번으로 족하죠."

"당신은 앞으로도 이런 삶을 계속하리라고 생각해요?"

"앞으로의 일은 생각지 않아요."

"만일 정상에 오르지 못했다면요?"

"글쎄요. 더 행복해졌을지 아니면 더 불행해졌을지 모르겠어요."

"이번 단독 등반이 당신으로서는 육체적 한계였나요?"

단독 등반에 성공한 뒤 메스너가 베이스캠프에서 쉬고 있다

"육체적으로는 그랬을 겁니다. 저 위에서는 완전히 지쳤으니까요."

처음에는 말을 주고받기가 힘겨웠다. 피곤해서만은 아니었다. 나는 무엇인가 말하고 싶은 것이 있었는데, 두 사람은 분명 내 이야기를 알아듣지 못했다.

"당신은 어디까지 자신의 미래를 정할 생각인가요?"

테리가 또 물었다.

"내 장래 말이요? 눈앞의 것 말이죠? 나는 꼭 필요한 것만 정하죠."

"그건 일종의 모험인데요."

"나는 남한테 의지하지 않는 사람입니다. 앞으로도 계속 그러고 싶고."

"당신이 말하는 식으로 살려면 혼자여야만 가능할 거예요."

"둘이라도 가능해요. 둘이 따로따로 서로 혼자 살아가면 되니까."

"물론 사람은 혼자서는 아무것도 못하죠. 인간은 결코 독립된 존재가 아니니까요."

"그럴지도 모르죠. 그러나 나는 앞으로 나아가기 위해서는 줄곧 혼자여야 한다고 생각해요."

내 자신의 만족을 위한 것이 낭가파르바트 단독 등반에 있어서도 가장 중요한 전제 조건 중 하나였다. 이러한 경험이 언제까지 내게 남아 있을까? 지금은 1년 전에 비해 훨씬 좋은 상태다. 1년 전 나는 무엇보다도 혼자 살아가는 법을 새로 배웠어야 했다. 에베레스트 등반이나 낭가파르바트 단독 등반은 내 이혼과는 아무런 관계가 없다. 에베레스트 등반 허가는 결혼 전에 이미 나 있었고 낭가파르바트의 꿈도 5년 전의 얘기니까. 그렇다고 해서 이혼이 두 원정에 영향을 주지 않았다는 얘기는 아니다. 이전의 나였다면 산소마스크 없이 에베레스트 정상에 오른다든가 낭가파르바트 정상을 혼자서 오른다든가 하는 일은 꿈도 꾸지 못했을 것이다.

"아마 이번 등반에 대해서도 꼬투리를 잡아 이러쿵저러쿵 말하는 등반가가 있을 거예요."

우즐라가 주의를 환기시켰다. 그러자 테리가 끼어 들었다.

"그런 일은 늘 있기 마련이야. 그들은 언제까지나 망상을 버리지 못하고 자랑을 하는데, 아는 척하는 이야기뿐이니 지루하기만 하지. 중요한 것은 아이디어인데, 그것만은 어느 누구도 메스너를 따라갈 수 없을 거야."

"분명 그 일을 흉내 낼 사람이 나오지 않을까요?"

우즐라가 물었다.

"그럴지도 모르지. 분명한 것은 다음 세대는 이런 식의 단독 등반을 나보다 훨씬 수월하게 또 재치있게 해낼 거야. 8,000미터 봉의 어려운 벽을 하루만에 게다가 더 실질적인 기술로 말이야. 얼마든지 할 수 있고말고. 나는 단지 그것을 처음 시작했을 뿐이야."

그렇다. 그들은 모든 것을 더욱 멋지게 해낼 수 있을 것이다. 그들은 물량을 동원하지 않고 자신의 능력만으로 벽을 오를 것이다. 우리가 인간의 능력으로서 최상의 한계라고 평가한 것을 그들은 가이드북에서 지우고 그보다 더 멋진 방법으로 해결한 다음 새로운 한계를 기록해 넣겠지. 그리고 그들이 바라던 목표에 도달하면 스스로 비판하고 검토하겠지.

그러다가 마침내 어떤 등반이든 간에 정당한 방법으로 성공한다면, 지금까지 허영심으로 가득 차서 스스로 제약하지 않고 행동하며 큰소리까지 치던 자들을 결코 관대하게 상대해서는 안 될 것이다. 8,000미터 급의 거봉은 대규모의 원정대로 가지 않고서는 결코 오르지 못한다는 편견이 지난날의 단독 등반을 좌절시켰다. 히말라야 등반은 마술 세계에서의 행위같이 생각되어 단독 등반의 아이디어는 이단시되었다. 그러나 어느 시대에도 이런 일은 있었다. 오늘날 미친 짓이라고 웃음거리가 되는 일도 내일이 되면 옳은 일로 인정받는다. 제7급 문제나 무산소 에베레스트 등정 문제가 그렇고 이번 단독 등반도 같은 이야기가 될 것이다.

베이스캠프에 돌아온 지 사흘이 지나자 체력이 어느 정도 회복되어 우리는 짐을 챙기고 쓰레기를 태웠다. 나는 테리에게 아이스 피켈을 기념으로 주었다. 그는 어린애마냥 좋아했다. 아직 연기가 피어오르고 있었지만 우리는 나머지 물건을 두 마리의 나귀에 싣고 골짜기로 향했다. 베이스캠프가 있던 자리는 우리가 처음 이곳에 왔을 때와 같은 상태가 되었다. 그러나 사람이 다녀간 흔적을 지울 수는 없겠지.

다음날 가날로 산능을 넘어 디아미르 계곡에서부터 구나르 계곡까지 들어갔다. 우리는 고개를 넘으면서 디아미르 경사면 밑으로 펼쳐진 마치 동화 속에 나오는 세계와 같이 고요하고 텅 빈 골짜기를 내려다보았다. 디아미르 경사면에는 폭우를 몰고 오는 구름이 모여 있었다. 착잡한 기분으로 나는 반대편 골짜기로 내려갔다. 머리 위로 구나르 봉 특유의 바위 성채가 보였다. 우리는 끝없이 계속되는 너덜경을 지나 힘들게 밑으로 내려갔다. 여러 주일에 걸친 트레이닝 덕분에 나는 고도에 충분히 순응하고 있었지만 피로는 여전했다.

이곳은 높은 지대여서 8월인데도 만년설이 눈에 띄었다. 저 밑의 고원 목장에서는 작은 말과 양들이 풀을 뜯고 있었다. 목동들이 신선한 버터와 우유를 내놓았다. 곧바로 우리는 가파른 산등을 넘고 사나운 바람과 눈을 이겨낸 천리송과 자작나무들이 서 있는 곳을 지나 숲이 우거진 골짜기로 내려갔다. 첫 동네를 지날 때 남자들이 방금 따온 포도를 내놓으며 우리를 반겨 주었다. 난생 처음 맛보는 포도였다.

메스너가 테리에게 낭가파르바트 단독 등반에 사용했던 아이스 피켈을 선물로 주고 있다

집으로 돌아가면서 내게도 아이가 하나 있었으면 하는 생각이 여러 번 들었다. 나는 아이에게 이것저것 보여 주고 싶었다. 하기야 내게 아이가 있으리라고는 상상할 수도 없는 일이며 내가 원하는 아이는 한 여자에서 태어나서 두 사람에게 매달려 있는 그런 아이가 아니다. 내가 생각한 아이는 머리로는 생각할 수 있지만 합리적인 사고로는 이해하기 어려운 관념적인 산물이었다.

어떤 일이든 완전히 혼자 힘으로 해내겠다는, 마지막까지 혼자서 해내겠다는, 그리고 나 자신을 위해 최선을 다하고 싶다는 그러한 갈망은 낭가파르바트 단독 등반을 마친 후 더 강해졌다. 이것은 모든 능력을 가지고 싶다든가 어떤 일이건 반드시 해내겠다든가 하는 욕구라기보다는 오히려 스스로 완전히 홀로 서고자 하는 강한 열망이었다. 나는 내 안에서 안식을 찾고 그 안에 있고 싶었다.

나는 때때로 명상에 잠기곤 했는데, 수수께끼로 가득한 이 세상의 모든 신비가 내 안에 있다는—모든 비밀에 대한 물음과 대답이 내게 있다는—생각이 마음속 깊이 자리 잡았다. 다시 말해서 내 안에 삶과 죽음의 시작과 끝이 함께 있는 것같이 느껴졌다.

비가 억수같이 쏟아졌다. 그러나 나는 길을 재촉했다. 건너편 산비탈에서는 물이 격류를 이루고 바위를 넘어 숲이 우거진 골짜기를 따라 소용돌이쳐 내려갔다. 격류는 돌과 나무 할 것 없이 모조리 부수며 흙더미를 밀고 내려갔다. 그것은 마치 괴물 같았다.

나는 마지막 마을을 지나서 더 먼 길을 갔다. 당장이라도 쓰러질 듯한 집을 발견하고 그곳에서 나는 잠시 쉬기로 했다. 지붕에서 떨어지는 빗물의 장막이 내 얼굴에 드리워졌다. 그것은 너무도 투명하고 아름다웠다. 살아 있는 빗방울 커튼이 쳐진 창문이 눈앞에서 어른거렸다.

테리와 우즐라도 지붕 밑으로 들어왔다. 다른 사람은 아무도 없었다. 우리는 마른 통나무에 걸터앉아 내리는 비를 바라보았다. 개 짖는 소리도 들리지 않았고, 들에는 짐승 한 마리도 보이지 않았다. 그렇게 조용할 수가 없었다. 비도 거칠게 흐르는 냇물도 너무나 정겨웠다. 내 마음은 물 위에 떠서 한동안 냇물을 따라 흘러 내려갔다. 잿빛 하늘은 텅 비어 있었다. 드문드문 바람을 몰고 오는 구름이 있었으나 어두워서 내게는 보이지 않았고 우울한 기분도 들지 않았다.

한 시간 정도 쉬고 다시 산을 내려갔다. 주변의 경치는 거칠면서도 낭만적이었다. 좁고 가파른 골짜기를 지나 비탈을 넘어 낭떠러지 옆으로 길이 나 있었다. 자칫 잘못하면 바로 낭떠러지로 떨어질 듯했다.

드디어 끝없이 펼쳐진 모래땅이 있는 인더스 계곡이 나타났다. 해가 다시 뜨겁게 내리쬐었다. 인더스 계곡은 어떤 식물이건 말려 죽이고야 마는 적막한 사막의 골짜기였다. 그러면서도 한편으로는 마치 고향에 돌아온 듯한 느낌을 주었다. 그것은 오래전 어느 영화에서 본 듯한 풍경이었다. 깎아지른 암벽에 드문드문 서 있는 낙엽수에는 벌써 가을이 온 듯했다. 가끔 서너 채의 허물어질 듯한 움집만 보일 뿐 제대로 된 마을은 보이지 않았다. 집은 비탈진 우묵한 곳에 발코니처럼 붙어 있었다.

골짜기 저 멀리 푸른 땅이 눈에 띄었다. 잿빛 구름을 뚫고 햇빛이 나자 푸른색이 선명해졌다. 저곳까지 가야 마을다운 마을이 있다. 피오르드 해안처럼 안개 낀 인더스 강의 계곡에서 초원이 황량한 골짜기로 뻗어 있었다.

저곳까지 가려면 아직도 갈 길이 멀었다. 과연 저녁때까지 갈 수 있을지 모르겠다. 그러나 이것저것 생각하지 않고 그저 걷기만 했다. 어디서 묵을지 정하지 않았지만 전혀 걱정이 안 됐다. 우즐라는 뒤처져서 나를 따라오고 있었다. 그녀도 나처럼 혼자 걷기를 좋아했다. 혼자 걷고 있으면 그렇게 행복할 수가 없었다. 테리는 벌써 몇 시간 전부터 보이지 않았다.

나는 돌과 나무 주위를 혼자서 걸었다. 햇볕은 여전히 따뜻했다. 어떤 때는 눈앞에 거미가 나타나서 걸음을 멈추기도 했다. 그리고 그 옆을 지나 거미가 나무에서 늘어뜨린 흰 줄을 들여다보기도 했다. 그리고 다시 걸으면서 주위를 둘러보았다. 나는 모든 자연뿐 아니라 내 자신과도 조화를 이루었다. 여기저기 나무 잎사귀들이 푸른 점으로 보였다. 졸졸졸 흐르는 냇물 소리도 들렸다. 공중에서는 파리가 윙윙거리며 날고 있었다. 나는 그 속에서 혹 빠진 것이 있나 하고 찾아보았다.

나를 둘러싼 세계가 내 속에 들어왔다가 또 나간다. 눈앞에 펼쳐진 모든 풍경이 내 안에서 조화를 이루고 있다. 그것은 대지와 내 머리에서 나오는 소리의 화음이다. 다음 마을까지 얼마나 가야하는지 알 수 없지만 나는 그곳을 향해서 계속 걸었다.

나를 계속 앞으로 끌고 가는 것은 호기심도 아니고 습관도 아니다. 그것은 일종의 무아지경인지도 모른다. 왜 걸음을 멈춰야 하는가. 나는 하루 종일 걷고 또 밤중까지 걸었다. 캄캄한 밤이 되서야 황폐한 인더스 계곡이 내려다보이는 곳에 이르렀다. 나는 졸린 눈을 반쯤 감은 채 비틀거리며 구나르 방향으로 향했다. 밤에 이런 식으로 걷는 것이 명상의 본래 형태인지도 모른다.

극한 상황이 내 인생에서 가장 소중한 것은 아니다. 극한 상황은 또 다른 현실을 볼 수 있도록 눈을 뜨게 해 줄 뿐이다. 그것은 평소 내 안에서 잠자고 있는 어떤 의식의 상태를 일깨워 주는 열쇠 같은 역할을 한다.

약초에는 신비스러운 힘이 있는데, 나에게 등산은 일종의 약초와 같은 것이다. 그것을 정말 약초로 알고 있는가 하는 것은 나에게 별로 중요하지 않다. 내 몸이 알고 있으면 그것으로 족하다.

머리에 들어 있는 지식이란 피상적일 때가 많다. 한 가지가 빠져나가면 다른 지식이 그 자리를 채운다.

이것저것 생각하지 않고 자신의 몸에 집중하며 이렇게 혼자서 걸을 수 있다는 것은 얼마나 멋진 일인가. 그것은 자를 사용하지 않고 발과 눈으로 거리를 재는 것과 같다. 바로 여기야말로 내가 살 곳이라 여겨진다. 이곳은 나를 구속하는 것도 없고 고통스러운 과거도 없다.

어딜 가든 내 집이다. 반대로 어디에도 내 집이 없다는 것은 매력적이다. 어째서 내가 이런 생각을 하게 되었을까. 전에는 집이라 하면 먼저 어떤 장소를 머릿속에 떠올리곤 했다. 그러나 지금은 하나의 장소를 생각할 수가 없게 됐다. 어디에도 내 집이 없다. 어떻게 해서 이토록 달라진 것일까. 예전에는 고향에 대한 그리움을 잃고 그렇게 슬플 수가 없었다. 그러나 지금은 오히려 흐뭇하다. 그 무엇이 나를 어떠한 선 너머로 끌고 나간 것이 분명하다. 내 힘이, 고독이 그렇게 만든 것이다.

1년 전만 해도 고독은 내 약점이었다. 지금도 고독을 완전히 극복한 것은 아니다. 그저 며칠 동안 혼자 있었을 뿐이다. 나는 여전히 고독에 대해 완전히 알지 못한다. 그 점이 또한 나의 마음을 위로해 주는 것이기도 하다.

나는 이 메마른 산악지대에서 다시금 힘을 얻었다. 내가 하고 있는 일, 나를 둘러싸고 있는 모든 것이 본래의 나 자신과 같다는 것을 다시 한 번 확인했다. 나는 지금 끝이 없는 길을 가고 있다. 이 길을 전부터 알고 있었다 하더라도 나는 그때마다 다시 찾아

등산은 어떤 의식의 상태를 일깨워 주는 열쇠이다. 그것은 또 다른 현상을 볼 수 있도록 눈을 뜨게 해 준다

나서야 할 것이다.

이렇게 항상 어딘가를 향해 가고 있다는 것이 내가 혼자 살아갈 수 있는 유일한 희망이다. 즉, 안정된 생활이라든가 사랑 그리고 사회적 인정 같은 것을 얻고자 하는 사람들은 편한 길을 가지만 나는 나 스스로 택한 길과 하나가 되기를 원한다.

해가 저물어 우리는 포터의 집 지붕 위에서 하루를 묵을 수밖에 없었다. 나무 침대 세 개를 빌려서 그 위에 침낭을 폈을 때는 이미 밤이 깊어 있었다. 하늘에는 수없이 많은 별들이 반짝거리고 있었다. 한동안 나는 거기에 앉아 있었다. 흐르는 구름 사이를 비추는 달빛으로 주위는 온통 동화 속에 나오는 세상처럼 보였다.

내가 눈을 뜨고 있었는지 잠들어 있었는지 분명치 않다. 누군가 내 어깨를 짚었다. 나는 깜짝 놀라 침낭 속에서 몸을 일으켰다. 찬바람이 살에 와 닿았다. 달은 이미 저문 지 오래였다. 내 앞에 한 사내가 서 있었다. 어둠 속에 그의 실루엣만 보일 뿐 얼굴은 알아볼 수 없었다. 우리가 어디서 왔는지 그는 알고 싶어 했다.

"낭가파르바트에서 왔소."

내가 말했다.

"디아미르?"

"티케."

나는 고개를 끄덕였다.

낯선 사내는 한참 동안 내 얼굴을 들여다보았다. 그는 마치 뭔가 하고 싶은 얘기가 있는데 적당한 말이 떠오르지 않아 난감하다는 표정을 짓고 있었다.

낭가파르바트 연보

낭가파르바트 북편의 빙폭

1841 낭가파르바트 산군에서 발생한 산사태로 인더스 강이 막혀 낭가파르바트 남쪽의 인더스 계곡 일대가 큰 피해를 입었다.

1845 글라브 신이 그전까지 티베트에 속해 있던 발티 지방을 정복함에 따라 낭가파르바트 지역도 그의 통치 구역으로 들어갔다.

1850 글라브 신은 지라스와 길기트(1852)를 그의 속령으로 삼았다. 이후 분쟁이 그치지 않았다.

1854 알렉산더 폰 훔볼트의 청에 따라 슐라긴트바이트 형제가 히말라야 일대를 지리학과 지질학의 관점에서 연구하게 되었다.

1856 아돌프 슐라긴트바이트는 낭가파르바트 기슭까지 진출했다. 그리하여 낭가파르바트에 관한 스케치와 보고서가 처음으로

유럽에 소개됐다.

1857 아돌프 슐라긴트바이트가 8월 카슈가르에서 참수형을 당했다. 왈리 칸 군주가 이 아시아 연구가를 유럽의 스파이로 보았던 것이다.

1892 W. M. 콘웨이가 카라코룸을 여행할 때 낭가파르바트 기슭을 통과했다. 그는 등반의 가능성이 가장 많은 곳으로 라키오트 쪽을 꼽았다.

1895 낭가파르바트 등정의 첫 시도이자 최초의 8,000미터 봉에 대한 등반이 영국의 등반가 앨버트 프레드릭 머메리에 의해서 이루어졌다. 동행자는 G. 헤이스팅스와 J. 노만 콜리였다. 당시 육군 소령이던 C. G 부루스가 뒤늦게 참가했다. 머메리는 구르카 포터(라고비르) 한 명을 데리고 루팔 쪽을 정찰한 다음 디아미르 쪽으로 옮겨가서 약 6,000미터 높이(정확한 데이터는 아니다)까지 올랐다. 당시 머메리는 그의 이름을 딴 머메리 · 리페 오른쪽 빙벽을 오른 것으로 추측된다. 디아마 샤르테에서 라키오트 계곡으로 가려다가 머메리와 2명의 포터가 실종됐다.

1909 아부룻짼 영주 루이지 아마데오가 카라코룸 원정 중에 낭가파르바트 옆을 통과했다.

1910 출판업자이자 산악 문헌 저술가인 발터 슈미트쿤츠는 머메리가 쓴 책의 독일어판 판권과 그의 아내에게 보낸 머메리 서한의 복각 권리를 얻었다. 슈미트쿤츠는 입수할 수 있는 모든 문헌을 토대로 낭가파르바트를 연구하고 라키오트 계곡으로부터 즉, 동북쪽에서라면 낭가파르바트에 오를 수 있을 것이라고 1920년대에 빌로 벨첸바흐와 파울 바우어에게 일러줬다.

1913 영국인 E. 챈들러는 낭가파르바트 주변을 돌아보았으나 높은 지대까지 오르지는 않았다.

1914 히말라야의 선구자 켈라스 박사는 아스토르에 있는 가날로 캄을 올랐다. 그는 낭가파르바트의 북쪽이 등반 가능하다고 판단했다.

1930 빌로 벨첸바흐는 슈미트쿤츠와 머메리의 구상을 실현시켜 낭가파르바트의 서쪽으로 등반하려는 계획에 착수했다.

1931 벨첸바흐가 세웠던 낭가파르바트 원정 계획은 실현되지 않았다. 뮌헨 출신인 탁월한 등반가였던 그는 원정을 위한 휴가를 얻지 못했기 때문이다.

1932 빌리 메르클이 지휘하는 독일 · 미국 히말라야 원정대가 장도에 올랐다. 벨첸바흐의 아이디어와 계획을 계승한 메르클은 벨첸바흐의 생각과는 달리 북쪽을 겨냥했다. 원정대는 라키오트 피크로 해서 7월 30일 동능에 이르렀다. 그러나 원정대는 히말라야의 경험이 없어 실패하고 말았다.

1934 빌리 메르클이 2차 시도에 나섰다. 독일 히말라야 원정대가 그것이다. 1932년의 정찰 루트로 해서 (과도한) 대규모의 정상 공격대가 질버플라토까지 돌진했다(대원 5명, 셰르파 11명). 아셴브레너와 슈나이더가 고도 7,850미터 지점에 이르렀다. 한편 학술 조사대는 낭가파르바트 지도를 작성했다. 일주일 이상 계속된 눈보라로 비일란트, 벨첸바흐, 메르클 등이 6명의 셰르파와 같이 조난사했다. 드렉셀 대원은 원정 활동이 시작되자 폐렴으로 사망했다. 파란이 심했던 이 원정은 국제적으로도 큰 논란이 되었다.

1937 라키오트 봉 밑에 설치된 제4고소캠프가 얼음 사태에 휩쓸려

등반 대원 전원과 9명의 고소 포터가 사망했다. 살아남은 사람은 과학반원 2명뿐이었다. 파울 바우어가 구조대를 조직하고 급히 사고 현장으로 갔으나 6명의 대원과 카를로 빈 대장의 시체를 찾아내는 데 그쳤다.

1938 경험이 많은 대장 파울 바우어가 막강한 원정대를 거느리고 낭가파르바트 북쪽으로 향했다. 스리나가르에서 신선한 식량과 모든 장비를 나를 수송기 JU52까지 동원했으나 성과는 없었다. 레비치와 루츠가 7,300미터 고소에 올랐다.

1939 페터 아우프슈나이더가 이끄는 정찰대가 디아미르 사면에 올랐으나 6,000미터 고도에 이르렀을 뿐이었다.

1950 영국 원정대가 처음으로 낭가파르바트에서 동계 정찰을 실시했다. 돈리 대장과 크라스 대원이 제2캠프에서 폭설로 사망했다.

1953 7월 3일, 헤르만 불에 의해 낭가파르바트의 초등정이 이뤄졌다. 이 원정대를 조직한 칼 마리아 헤를리히코퍼 박사와 1934년 낭가파르바트에서 살아남은 페터 아셴브레너가 일찍이 퇴각을 명령했다. 발터 푸라우엔벨거 박사, 한스 에르틀 그리고 헤르만 불이 자진해서 정상 공격을 책임지고 나섰다. 헤르만 불은 고도차 1,300미터를 단독으로 넘어서는 눈부신 활동을 했으며, 한스 에르틀은 이 원정에서 훌륭한 기록 영화를 남겼다. 원정 지휘반과 공격조인 에르틀, 푸라우엔벨거, 불과의 의견 대립은 오늘날까지 완전히 해소되지 않고 있다.

1961 헤를리히코퍼의 새 원정대가 낭가파르바트 디아미르 쪽을 탐사했다. 그리고 토니 킨스호퍼가 어려우면서도 비교적 안전한 등반 루트를 발견하고 이 루트를 따라 7,150미터 높이까지 올

루팔벽(④ 셸 루트 ③ 메스너 루트 ⑥ 쿠쿠츠카 루트)

라갔다.

1962 디아미르 쪽으로 간 제2차 헤를리히코퍼 원정대가 낭가파르바트 제2등에 성공했다. 1961년 정찰 루트인 북봉 대암벽의 오른쪽(바위 홈통, 설전 등이 잇따라 있다)을 거쳐서 토니 킨스호퍼, 안더를 만하르트, 지그프리트 뢰브가 정상 공격을 감행했다. 이 새로운 루트는 직벽은 아니지만 부분적으로 매우 어려운 데가 있다. 이 루트가 8,000미터 봉에 마련된 두 루트 중에서 첫 번째 것이다. 하강 때 지그프리트 뢰브는 추락사 했다. 그는 체력 조절을 위해 '퍼비티'를 복용하고 있었다.

1963 헤를리히코퍼가 지휘하는 정찰대가 낭가파르바트의 남면(루팔벽)에서 등반 가능한 루트를 여러 곳 찾아냈다. 그 가운데는

중앙 암벽의 '디렛티시마' 루트가 있었지만 킨스호퍼는 등반이 불가능하다고 보았으며 또 다른 루트는 남면 좌측으로 올라가서 동서능을 넘어서는 루트이다.

1964 루팔 디렛티시마 루트에 대한 도전(헤를리히코퍼)은 암벽 하단에서 좌절됐다. 뒤이어 실업가인 로젠탈이 지휘하는 바이에른 출신의 원정대가 낭가파르바트의 서쪽에 있는 마제노 피크 등반을 시도했다.

1968 막강한 멤버로 구성된 원정대가 재차 헤를리히코퍼의 지휘 아래 루팔벽에 대한 대공격을 개시했다. 그러나 페터 숄츠와 빌헬름 슐로츠가 메르클 · 빙전을 겨우 넘어섰을 뿐이다.

1969 체코슬로바키아 원정대가 I. 갈피의 지휘로 불 루트를 지나 낭가파르바트 등반을 시도했다.

1970 루팔벽의 초등과 제2등이 귄터 메스너와 라인홀트 메스너(6월 27일), 페릭스 쿠엔과 페터 숄츠(6월 28일)에 의해 이뤄졌다. 메스너 형제는 서편(머메리 · 리페)으로 하산할 수밖에 없었다. 이와 같이 하여 낭가파르바트의 최초 횡단이자 단 1회의 횡단이 사전의 계획과 준비도 없이 이루어졌다. 귄터 메스너는 벽 기슭에서 눈사태로 죽었다. 1953년에도 그랬던 것처럼 이 원정 뒤에 지휘부와 일부 대원 사이에 의견 대립이 있었다.

1971 I. 갈피가 이끄는 강력한 체코슬로바키아 원정대가 낭가파르바트 제5등에 성공했다. 이것은 북쪽으로부터의 두 번째 등정인 셈이다. 일본의 한 원정대가 동부에서 행동을 개시하여 총라 피크에 올랐다.

1975 헤를리히코퍼의 새로운 원정대가 낭가파르바트에 올랐는데, 루팔벽 밑에서 세 파트로 나뉘어 행동에 들어갔다. 제1대가

킨스호퍼 루트에 설치된 고정 자일과 줄사다리

라키오트 피크를, 제2대가 동남 측능을, 제3대는 토니 킨스호퍼가 정찰한 루트를 지나 서남능을 각각 겨누었다. 각 대의 과감한 공격에도 불구하고 성과는 없었다.

1976 대대적인 선전 없이 제한된 물자를 가지고 그라츠 출신의 한스 셸이 소규모 원정대(등반가 4명, 이사 1명)를 조직하고 그 지휘를 맡았다. 이 원정대는 토니 킨스호퍼가 정찰한 루팔벽 왼쪽 루트를 택해서 4명의 대원이 정상에 섰다. 이 새로운 루트(셸 루트)—위험도와 길이, 난이도 등을 계산한다면—는 낭가파르바트 정상까지 이르는 루트 중 지금까지 알려진 가장 간단한 것이다. 그럼에도 불구하고 몇 주 뒤에 오스트리아·독일·폴란드 합동 원정대가 이 루트에서 실패했다. 이 무렵

일본 원정대가 디아미르 쪽의 도전을 포기하기도 했다.

1977 '익스플로러 클럽'의 미국 원정대가 킨스호퍼 루트를 경유해서 디아미르 쪽으로 오르려 했다. 얼음으로 동결된 첫 꾸르와르에 잘못 설치된 텐트에서 2명의 등반가가 돌 사태로 사망했다. 루팔 방면에서는 이해 여름에 오스트리아·폴란드 원정대가 실패했다.

1978 파키스탄 정부가 3개 원정대에 낭가파르바트의 입산을 허가했다. 특히 체코슬로바키아 원정대에게는 북봉에 대한 최초의 등반 허가를 내렸다. 체코슬로바키아 원정대는 서쪽 리페를 올라 초등에 성공했다. 독일의 슈바벤 주에서 온 원정대가 셸 루트를 목표로 삼았으나 밑에서 물러났다. 라인홀트 메스너가 디아미르 벽을 경유하여 낭가파르바트의 완전 단독 등반(하산도 새로운 루트로)을 해냈다. 상부 오스트리아 지방의 소규모 원정대가, 한스 셸에 의해 히든 피크에서 그리고 또 2년 전에는 낭가파르바트에서 실시된 등반 방법에 의해 어려운 킨스호퍼 루트를 올랐다(제2등). 대원 6명 중 5명이 정상에 섰다.

1979 프랑스 원정대가 마제노 피크를 넘어 낭가파르바트 등정을 시도했으나 30일간의 악천후로 좌절되었다.

1981 이탈리아 원정대가 디아미르 측면의 킨스호퍼 루트를, 네덜란드의 소규모 원정대가 셸 루트로 등정에 성공하였다. 이들 4인조는 남서능(마제노 능)에 도달하여, 디아미르 측면을 가로질러 7,516미터 고소 능선에서 비부아크하였다. 다음날 대원 한 명이 하산하고, 나머지 셋이 7,550미터에서 비부아크하였다. 다른 한 명이 다시 병으로 하산하고 7,800미터 고소에서 또 한 대원이 처져서 결국 롤란드 나아르 대원 혼자 등정하였다.

1982 헤를리히코퍼가 "자기 산"으로 돌아와서 루팔벽 루트 오른쪽에 있는 남동능을 시등하였다. 5월에 야닉 세니오르가 리드하는 강팀이 결국 7,100미터에서 기권하였다. 포터 한 명이 추락사하고 세니오르가 눈사태에 휘말렸으나 다행히 무사했다. 이어서 7월 헤를리히코퍼 등반대가 와서 8월 중순 제5캠프(7,500미터)를 건설하였다. 12명의 대원 중 뵐러가 남봉에 등정하였다. 그 뒤 단독 전진하였으나 주봉까지 가지 못하고 제5캠프로 후퇴하였다.

1984 셸 루트에 실패했던 일본 원정대의 일원인 하세가와 쓰네오가 단독 동계 초등을 감행했으나 루팔벽에 대한 이 대단한 계획은 끝내 실패하였다. 한편 4인조의 릴리안과 모리스 두 사람이 포터 없이 최초로 디아미르 벽 부부 등정에 성공하였다.

1985 막강한 폴란드 등반대가 남동능 루트 개척에 성공하였다. 예지 쿠쿠츠카, 카를로스, 카르솔리오, 지그문트 하인리히와 슬라보미르 로보드진스키 등이 주봉을 등정하였다.

1992 영국인 마크 밀러와 존 틴거가 라키오트 피크에 새로운 루트를 탐색하였다. 그들은 동쪽에서 출발하여 불 루트를 따라 정상에 접근을 시도하였으나 실패하였다. 1년 뒤 프랑스인 부부 에릭 무와르와 모니끄 루스가 동계 셸 루트를 시도하였다. 마제노 능(덕 스코트) 루트의 개척을 시도하였다. 이 산릉은 8,000미터 고소에서 최장 거리로 마제노 피크에서 정상까지 15킬로미터이다. 스코틀랜드 원정대가 셸 루트 상에 데포를 두었지만 성과는 없었다.

1993 덕 스코트, 보이체크 쿠르티카 그리고 리차드 카우퍼 셋이 마제노 산능에 도전하였지만 눈사태로 실패하였다.

1995 한 일본 원정대가 북면에 신 루트를 개척하였다. 이들은 실버자텔을 직등하였다. 7월 23일, 야베 아키오, 아키야마 다케시, 사이토 히로시 등 세 명이 새벽 세 시에 산소마스크를 쓰고 출발하여 불 루트를 따라 정상으로 향해 17시에 등정하였다. 그러나 일몰 전에 바즈인 샤르테까지 갈 수가 없어 7,700미터 고소에서 비부아크하였다. 8월 24일, 실버자텔 캠프로 귀환하였다. 그들의 정상 왕복 39시간은 헤르만 불 등반 방법을 모방하였다. 한편 스코트, 쿠르티카, 릭 알렌 그리고 대드류 록 등이 같은 산릉 3분의 2를 돌파하였다.

1996 크리츠토프 비엘리키가 K2 등정 후 디아미르 측면(킨스호퍼 루트)을 단독 도전하였다. 그러나 그가 따라가려던 팀은 벌써 떠나고 없었다. 그는 앞서 간 원정대가 남긴 천막에서 밤을 지새며 환상에 시달렸으나, 9월 1일 정상에 섰다.

1997 쿠르티카와 로레땅이 신 루트 개척에 나섰으나 실패하였다. 1996년 말과 1997년 초에 걸친 동계 초등 시도가 모두 실패하였다. 1997년 2월 폴란드 등반가 두 명이 정상 250미터 밑까지 진출하였으나 오도가도 못하게 되자 디아미르 베이스캠프에서 헬기로 구출되었다.

1998 다른 폴란드 팀이 낭가파르바트의 동계 초등을 결심하고 나섰지만 강풍과 불상사로 후퇴하였다.

1999 헝가리 등반가 에로스 졸트가 머메리 · 리페 우측 린네로 단독 등정에 성공하였다.

2000 라인홀트 메스너가 소규모 등반대로 디아마 빙하와 북측면으로 능선까지 오르고, 1978년 체코 등반 루트를 따라 북봉에 도달하였다. 아이젠들, 토마셋트, 메스너는 신설로 기권하였다.

2000 한국 낭가파르바트 원정대 권오수, 이화형, 이홍길이 등정하였다.

2001 독일 등반대가 등정에 성공하였다. 얼마 후 이탈리아 국제 원정대(대장 크리스티안 쿤트너)가 등정에 성공하였다.

지금까지의 통계에 의하면 약 180명 등정에 약 60명이 희생되었고 신 루트 9개를 개척하였다. 새로운 가능성으로 1970년 메스너 디렛티시마 루트 우측 남벽, 라키오트 피크 남쪽 루트, 서북면을 디아마 빙하로부터 올라 북봉을 지나 정상까지 가는 길(이 루트는 낭가파르바트 정상까지 스키로 가능), 매력은 덜하지만 북쪽에서 올라 디아마 샤르테로 가서 북능으로 정상에 이르는 길, 그리고 극히 위험하기는 하지만 민첩한 자일 파티라면 가능한 고도 3,000미터 동북벽 등이 있다.

2003 6월 초, 초등 50주년 축제에 많은 낭가파르바트 노병들이 모였다. 라인홀트 메스너가 디아미르 계곡에 '귄터 산악 학교'를 개교하였다.

세계의 지붕 히말라야 8,000미터 급 14좌

에베레스트Everest 8,848m

네팔에서는 '사가르마타', 티베트어로는 '초모랑마'로 불린다. 초등은 1953년 존 헌트가 이끄는 영국 원정대의 에드먼드 힐러리와 셰르파 텐징 노르가이에 의해 이루어졌다. 우리나라에서는 1977년 고 고상돈 대원이 처음으로 등정하였다.

K2 8,611m

현지에서는 '초고리'라 부른다. 초등은 1954년 아르디토 데시오가 이끄는 이탈리아 원정대의 리노 라체델리와 아킬레 콤파그노니에 의해 이루어졌다. 우리나라에서는 1986년 김병준 대장이 이끄는 원정대가 아브루치릉으로 정상을 밟았다.

칸첸중가Kanchenjunga 8,586m

8,450미터가 넘는 네 개의 봉우리를 포함하여 다섯 개의 봉우리가 있다고 하여 '다섯 개의 눈의 보고'라는 뜻을 가지고 있다. 초등은 1955년 찰스 에반스가 이끄는 영국 원정대의 조지 밴드와 브라운에

의해 이루어졌다. 우리나라에서는 1987년과 1988년에 걸쳐 부산대륙 산악회(대장 정상무)에 의해 남서벽 루트로 동계 등정된 바 있는데, 이들은 카라반 도중 이성호 대원을 잃는 불운을 겪으며, 이정철 대원이 단독으로 정상 등정에 성공하였다.

로체Lhotse 8,516m

'에베레스트의 남쪽 봉우리'를 뜻한다. 초등은 1956년 에글러가 지휘하는 스위스 원정대에 의해 이루어졌으며, 로체샤르는 1979년 5월 12일에, 그리고 중앙 로체는 그보다 한참 후인 2001년 5월 23일 각각 오스트리아 원정대와 러시아 원정대가 처음으로 등반에 성공하였다.

마칼루Makalu 8,463m

'검은 귀신의 산'이라고도 불린다. 초등은 1955년 프랑코 대장이 이끄는 프랑스 원정대에 의해 이루어졌다. 우리나라에서는 1982년, 함탁영 대장이 이끄는 15명의 등반 팀이 남동 능선을 따라 세계 11번째로 등정에 성공하였다.

초오유Cho Oyu 8,201m

'터키보석의 여신' 또는 '청록여신이 거처하는 산'이라는 뜻이다. 초등은 1954년 10월 19일 오스트리아의 원정대의 헐버트 티키와 세르파 파상 다와 라마에 의해 이루어졌다. 우리나라에서는 1992년 가을 울산 · 서울 합동대에 의해 초등이 이루어졌다.

다울라기리Dhaulagiri 8,167m

산스크리트어로 '흰 산'이란 뜻이다. 1960년 막스 아이젤링이 조직한

스위스 원정대가 북동릉을 경유하여 초등에 성공하였다. 우리나라에서는 1988년에 부산 합동대의 최태식 대원과 세르파 2명이 등정에 성공했다.

마나슬루manaslu 8,163m

산스크리트어로 '영혼의 산'이란 뜻이다. 1956년 5월 9일 마키 대장이 이끄는 일본 원정대의 이마니시와 셰르파 갈첸 노르부가 초등에 성공하였다. 우리나라에서는 1980년 동국대 산악회에 의해 세계에서 8번째로 등정에 성공하였다.

낭가파르바트Nanga Parbat 8,125m

우르두어로 '벌거벗은 산'이라는 의미이다. 별칭은 디아미르로 '산중의 왕'이라는 뜻이다. 1953년 독일 · 오스트리아의 원정대의 헤르만 불이 첫 등정에 성공하였다. 우리나라에서는 1992년 6월 박희택, 김주현, 송재득이 최초로 등정에 성공하였다.

안나푸르나Annapurna 8,091m

산스크리트어로 '수확의 여신'이라는 뜻이다. 안나푸르나 제1봉 등정에 처음 성공한 것은 모리스 에르조가 이끄는 프랑스 등반대로, 모리스 에르조와 루이 라슈날이 6월 3일 정상에 도달함으로써 이루어졌다. 우리나라에서는 1984년 겨울 김영자가 여성 산악인으로서는 처음으로 안나푸르나 제1봉 등정에 성공하였다.

가셔브룸1 Gasherbrum1 8,068m

'빛나는 벽'이라는 뜻이다. 1975년 8월 베이스캠프까지 불과 12명의 포터만 동원한 2인조 원정대 라인홀트 메스너와 피터 하벨러가 가셔브룸 1봉의 북벽을 경유하여 등정했는데, 이것은 히말라야에서 최초로 이루어진 알파인스타일 등정이었다. 우리나라에서는 1990년 충남 산악연맹 원정대의 박혁상 대원이 처음으로 등정에 성공했다.

브로드 피크Broad Peak 8,047m

육중하고 험악한 괴물이라는 별명을 가지고 있다. 1957년에 M. 슈무크의 지휘 아래 헤르만 불, 디엠베르거, 빈터슈텔러 등 강력한 4인조가 전원 초등정에 성공했다. 우리나라에서는 1995년에 스페인 바스크 원정대와 합동으로 등반한 엄홍길과 광주전남의 빛고을 원정대가 몇 시간 차이로 정상에 서게 되었다.

가셔브룸2 Gasherbrum2 8,035m

1956년 7월 8일 오스트리아 프리츠 모라벡의 지휘 아래 6명으로 구성된 원정대가 1934년의 정찰을 토대로 직접 정상으로 연결되는 남서 언덕을 경로로 처음으로 등정에 성공했다. 우리나라에서는 1991년 7월 19일과 20일 성균관대 OB 산악회와 울산 산악연맹 원정대가 연달아 등반에 성공했다.

시샤팡마Shisha Pangma 8,027m

1964년까지 정치적인 이유로 등정이 이루어 지지 않고 있다가 중국의 공산화 이후 공산당의 전폭적인 후원에 힘입어 1964년에 초등정이 이루어 졌다. 우리나라에서는 1991년 대한산악연맹의 김창선, 김재수 대원이 남서벽을 통하여 등정에 성공하였다.

옮긴이의 말

포기하지 않았다면 도전은 끝난 게 아니다

사람은 누구나 인생의 전성기가 있기 마련이다. 그 전성기가 개인적인 것일 경우에는 각자의 인생에서 커다란 전환점이자 행복한 시간이 될 테지만 시대의 산물일 경우에는 역사적으로 옳고 그른지, 가치가 있는지 없는지를 평가받게 된다.

이러한 측면에서 볼 때 세기의 철인 라인홀트 메스너는 후자에 속할 것이다. 메스너는 20세기 후반 알피니즘의 무대에서 가장 돋보이는 존재였는데, 그를 유명하게 만든 것은 뭐니 뭐니 해도 1978년 에베레스트 무산소 등정과 낭가파르바트를 단독으로 등반한 일이다.

세계 최고봉을 인공적인 산소의 도움 없이 오를 수 있는가 하는 논쟁은 1920년대 에베레스트 도전이 시작되면서부터 일어났다. 반세기에 걸친 이 논쟁은 1978년 5월 8일 메스너와 페터 하벨러의 자일 파티로 종식됐다. 이날의 무산소 등정은 1953년 5월 29일에 있었던 에드먼드 힐러리와 텐징 노르가이의 에베레스트 등정과 같이 인류 역사에 영원히 기록되고 잊혀지지 않을 하나의 사건이었다.

라인홀트 메스너의 존재가 세계 등산계에 알려진 것은 1970년의 일이다. 그는 스물다섯 살 때인 1970년 세계 9위인 낭가파르바트(8,126미터)에 도전했는데, 그때 처음으로 산소 기구 없이 8,000미터가 넘는 봉에 올라 산악인들을 놀라게 했다. 또 동생 귄터와 함께 형제끼리 정상을 정복한 첫 기록도 갖고 있다. 그는 동생 귄터와 함께 표고차 4,500미터나 되는 세계 최대의 벽을 넘어 낭가파르바트에 오름으로써 그의 이름을 하루아침에 부각시켰다. 메스너가 에베레스트를 무산소로 오르겠다고 공언한 것도 바로 이 무렵이었다. 당시 에베레스트 원정을 계획하고 있던 우리 한국 원정대는 산소 기구를 사용할 예정이었기 때문에 그의 발언에 관심을 가지지 않을 수가 없었다. 그 당시 그가 우리 뒤를 이어 에베레스트 정상에 서리라고는 아무도 예측하지 못했다.

대체로 뛰어난 등산가가 그러하지만 메스너에게는 구도자 같은 면이 있다. 그는 끝없는 정진, 가혹한 자기단련으로 세계 최고의 등반가, 유럽 알피니즘의 거장으로 평가받고 있다. 또한 기존 알피니즘의 통념을 깨고 등산에 새로운 척도를 제시했다. 메스너는 등산에 대한 생각 자체부터 특이했다. 즉 그는 전통적으로 답습되어 온 등산 형식에 대해서 비판적이었으며 많은 인원과 장비와 자금이 투입되는 원정 활동을 반대했다. 이러한 자기만의 등산관을 입증이나 하듯 메스너는 1975년 페터 하벨러와 함께 히든 피크(8,068미터)에 올랐다. 8,000미터 급 봉을 둘이서 오른 것은 처음 있는 일이었다. 아마도 앞으로 있을 단독 등반의 징검다리를 놓는 심산이었으리라. 그는 1972년 마나슬루 원정 때 고소 캠프에서 혼자 정상까지 오른 일이 있었지만 이것 역시 그에게는 치밀하게 계산된 행동이었다.

낭가파르바트는 지구상에서 아홉 번째로 높은 고봉이지만 표고로 치면 8,000미터 급 14봉 중에서 낮은 편에 속한다. 그러나 낭가파르바트만큼 집요하게 도전을 받고 비극을 연출한 곳도 없다. 이러한 낭가파르바트를 메스너는 1978년 에베레스트에 오른 지 3개월 후에 단독으로 등반하는 초인적인 능력을 보여준다.

메스너는 등산계의 역사적 과제를 해결하고자 직접 산을 오르고 어려운 도전을 마다하지 않았으며 이러한 경험을 바탕으로 《에베레스트*Everest Solo*》와 《낭가파르바트 단독 등반*Alleingang Nanga Parbat*》을 썼다. 그는 대학에서 공학을 전공하다 등산가로서의 길로 접어들었는데, 문필력도 남달리 뛰어나 그 뒤 많은 저서를 남겼다. 그러한 저서들 가운데서도 《낭가파르바트 단독 등반》은 중요한 위치를 차지하고 있다.

역자가 이 책을 처음 우리나라에 소개한 것은 지난 1980년대 초의 일이었으나, 당시만 해도 우리나라 산악계에는 '낭가파르바트'라는 8,000미터 급 고산은 물론, '단독 등반'이라는 등반 형식 자체가 생소했을 뿐 아니라 히말라야 붐이 일기 전이어서 큰 주목은 받지 못했다.

1944년생인 메스너는 우리 나이로 칠순을 넘긴 나이다. 그러므로 이제는 지난날처럼 역사에 남을 만한 큰 등반은 할 수가 없을 것이고 따라서 그에게 새로운 등반기를 기대하기에는 무리일 것이다. 그러나 그의 끝나지 않은 열정과 도전 정신이 산악계뿐 아니라 사회 전체에 많은 영향을 준 것은 부인할 수 없을 것이다.

메스너는 지난날의《낭가파르바트 단독 등반》을 보완하는 형식으로 2003년에 개정판을 냈다. 이때 그는 책의 제목을《흰 고독: 낭가파르바트의 먼 길*Die Weisse Einsamkeit: Mein Ianger Weg Zum Nanga Parbat*》로 바꾸었다. 이는 20년 전 역자가 '검은 고독 흰 고독'으로 옮긴 것을 20년 후에 저자가 '흰 고독'으로 바꾼 것이다. 이렇게 책 제목을 바꾼 데 대해 메스너는 개정판의 서문에서 간략하게 설명하고 있는데, 이는 흔치 않은 일임에는 분명하지만 그만큼 고독이라는 그 무게감을 저자인 메스너도 절감했기 때문이리라.

> 생명이 살아나고 나의 자율성도 되찾으면서 지금까지 검은색의 고독이 비로소 흰 고독으로 바뀌었다. 그러나 여기까지 오느라 나는 얼마나 많은 것을 버렸는지 모른다. 단독 등반으로 사랑을, 지상 최고의 벽을 도전으로 동생을…….

라인홀트 메스너가 세계 등반 역사의 흐름을 바꾸어 놓고 그 역사를 새로 쓰는 등 뛰어난 업적을 남기며 명실공히 세계 최고의 알피니스트가 된 데에는 남들이 선불리 흉내 낼 수 없는 그만의 도전 정신과 체험의 세계가 있었다. 그 도전 정신과 체험의 세계가 이 책에 고스란히 녹아 있다.

메스너는 개정판에서 자신의 낭가파르바트 관계사를 총정리하며 처음에 내놓았던 그의 단독 등반기를 중심으로 그 앞뒤에 여러 기록을 삽입하거나 첨부했는데, 이 부분들이 거의 동생의 죽음에 대한 원정 대장 헤를리히코퍼와의 의견 차이와 불화 이야기로 그 서술이 복잡하고 산만하여 일반 독자에게 도움이 되지 않고 오히려 메스너의 낭가파르바트에 대한 한계 도전의 모습이나 분위기를 이해하는 데 역효과가 있다는 생각에 부분적으로 삭제했음을 밝힌다.

저자는 물론이고 역자와 출판사는 책을 통해 독자에게 언제나 도의적 책임을 지게 된다. 그런 뜻에서 지난날 메스너의 책을 여러 권 번역했던 역자로서 개정판보다는 예전의 《검은 고독 흰 고독》이 산악 명저로 고전적 가치가 있다고 보고 필로소픽 출판사의 도움을 받아 이번 기회에 다시 출간하기로 했다.

《검은 고독 흰 고독》이 단순히 한 유명 산악인의 등반기가 아니라, 평생에 걸쳐 싸워 온 한 인간의 집념과 성공을 다룬 휴먼스토리로서 현대를 사는 사람들의 가슴속에 영원한 고전으로 남기를 기대해 본다.

김영도

옮긴이 김영도
서울대학교 문리대 철학과를 졸업했으며 1977년에 한국에베레스트원정대 대장을, 1978년에 한국북극탐험대 대장을 맡았다. 사단법인 대한산악연맹 회장과 제9대 국회의원을 지냈으며 현재 한국등산연구소 소장으로서 국내에 다양한 산악문학을 소개하고 있다. 옮긴 책으로는《내 생의 산들》,《8000미터 위와 아래》,《죽음의 지대》등이 있으며, 쓴 책으로《우리는 산에 오르고 있는가》,《산에서 들려오는 소리》,《나는 이렇게 살아왔다》등이 있다.

Die weiße Einsamkeit
검은 고독
흰 고독

초판1쇄 발행 | 2013년 10월 25일
초판2쇄 발행 | 2015년 7월 30일
개정판1쇄 발행 | 2019년 5월 15일

지은이 | 라인홀트 메스너
옮긴이 | 김영도
펴낸이 | 이은성
펴낸곳 | 필로소픽
편　집 | 김은미
디자인 | 윤혜림

주소 | 서울시 동작구 상도2동 206 가동 1층
전화 | (02) 883-9774
팩스 | (02) 883-3496
이메일 | philosophik@hanmail.net
등록번호 | 제379-2006-000010호

ISBN 979-11-5783-149-4 03850

필로소픽은 푸른커뮤니케이션의 출판브랜드입니다.

이 도서의 국립중앙도서관 출판시도서목록(CIP)은 서지정보유통지원시스템 홈페이지(seoji.nl.go.kr)와 국가자료공동목록시스템(www.nl.go.kr/kolisnet)에서 이용하실 수 있습니다. (CIP제어번호: CIP2019015570)